Irene Hannon

Gezeiten der Hoffnung

cap-books

Bestell-Nr.: 52 50495
ISBN 978-3-86773-243-7

Oberer Garten 8
D-72221 Haiterbach-Beihingen
07456-9393-0
info@cap-music.de
www.cap-music.de

Übersetzung: Antje Balters
Lektorat: Nadine Weihe
Umschlaggestaltung: Jens Vogelsang
Satz: Nils Großbach
Fotonachweise: fotolia.com, © Anastasia Popova;
istockphoto.com, © Doug Lemke; fotolia.com, © detailblick-foto
Printed in Germany

Originaltitel: TIDES OF HOPE

Originally published in English under the title
Tides of Hope
by Harlequin Love Inspired
New York, NY, 10279, U.S.A.

Selig sind die, die trauern,
denn sie sollen getröstet werden.

Matthäus 5,4

Gewidmet meiner Mutter Dorothy Hannon – in liebender Erinnerung an das Nest eines ganz besonderen Vogels, das immer meinen Weihnachtsbaum schmückt.

Vielen Dank für die großzügige Unterstützung:
BMC Terrill J. Malvesti, United States
Coast Guard; Julie & Karsten Reinemo,
Topspin Sportfishing Charters;
Eriak Mooney, The Sconset Trust;
Michael Galvin, Nantucket Chamber of Commerce.

Kapitel 1

„Tut mir leid, wenn ich störe, aber hier ist etwas Dringendes für Sie, Sir."

Leutnant Craig Cole saß in seinem Büro und hatte sich dem Fenster mit Blick auf den Hafen von Nantucket zugewandt, der völlig im Nebel lag. Nun drehte er sich jedoch zu seinem Unteroffizier um. Er hatte gerade angefangen, das Dienstprotokoll zu lesen, konzentrierte sich jetzt aber ganz auf das Anliegen seines Mitarbeiters. „Was gibt es denn?"

„Eine Beschwerde, Sir. Von der Eigentümerin eines der einheimischen Charterboote für Angler, die absolut nicht damit einverstanden ist, dass wir im Rahmen der Sicherheitskontrollen vor Ort eine Verwarnung wegen eines Verstoßes gegen sie ausgesprochen haben. Die Frau wollte unbedingt mit Ihnen persönlich sprechen, aber Sie waren ja auf der Sitzung des Naturschutzausschusses. Ich komme nicht mehr weiter mit ihr, und weil Sie ja jetzt wieder da sind, habe ich mir gedacht, dass Sie die Angelegenheit doch auch selbst in die Hand nehmen könnten."

Ein verdächtiges Zucken um Barlows Mundwinkel signalisierte Craig, dass etwas im Busch war.

Unteroffizier Ben Barlow war seit zwei Jahren auf Nantucket stationiert und eine unschätzbare – wenn auch etwas respektlose – Informationsquelle seit Craigs Ankunft vor vier Wochen. Barlow hatte ihm schon ein paar Mal in etwas kniffligen Situationen weitergeholfen, und genau eine solche Situation stand offenbar gerade wieder unmittelbar bevor.

„Okay, Barlow, raus mit der Sprache. Was ist los?“

Der Unteroffizier kam ein paar Schritte weiter auf Craig zu und gab ihm eine Kopie der schriftlichen Verwarnung. „Die Sache ist völlig eindeutig. Es geht um abgelaufene Leuchtmunition.“

Craig überflog das Schriftstück und stellte fest, dass es sich bei dem Schiff um ein schon älteres, 9,40 Meter langes Motorboot namens ***Lucy Sue*** handelte.

Es war zwar die vorgeschriebene Menge an Leuchtmunition an Bord gewesen, allerdings mit überschrittenem Verfallsdatum. Die Kontrolle war vom neuesten – und jüngsten – Mitarbeiter der Station der Küstenwache durchgeführt worden. Craig hielt den Mann für zuverlässig und gewissenhaft.

„Aber dann ist doch eigentlich alles klar. Wo ist denn das Problem?“, fragte er.

Breit grinsend antwortete der Unteroffizier: „Die Kapitänin des Schiffes behauptet, wir seien rücksichtslos und knallhart, weil die Leuchtmunition erst seit einem Monat abgelaufen sei. Sie sagt, es wisse doch jeder, dass Leuchtmunition noch mindestens ein halbes Jahr nach Ablauf des Verfalldatums benutzbar sei, und außerdem habe sie sowieso vorgehabt, noch vor Beginn der Saison neue Leuchtmunition zu besorgen.“

Eine Kapitänin also. Craig suchte nach dem Namen auf der schriftlichen Verwarnung. Katherine MacDonald.

War das Geschlecht der Kapitänin der Grund für Barlows offensichtliche Erheiterung?

Craig ließ das Schriftstück sinken, schaute seinen Unteroffizier eine ganze Weile schweigend an und sagte dann: „Mir ist egal, was sie sagt. Es handelt sich hier eindeutig um einen Verstoß gegen die Vorschriften."

„Das habe ich ihr auch schon gesagt, Sir, aber sie gibt einfach keine Ruhe." Wieder versuchte der Mann, sein Grinsen zu unterdrücken, allerdings auch jetzt wieder vergeblich.

Craig kniff misstrauisch die Augen zusammen und fragte seinen Mitarbeiter: „Kennen Sie die Frau?"

„Nein, Sir, aber ich weiß, dass Ihre Vorgängerin ziemlichen Respekt vor ihr hatte."

Nach allem, was er über seine Vorgängerin Sandra Medart gehört hatte, war sie eine zuverlässige Offizierin, und er hatte bisher in seiner zugegebenermaßen sehr kurzen Amtszeit keinerlei Hinweise auf irgendwelche Versäumnisse, Verstöße oder eine zu laxe Amtsführung bei ihr feststellen können. Ihm war aber auch klar, dass die Arbeitsweise auf der Station der Küstenwache mit Sicherheit nicht ganz so streng nach Regularien und Protokoll verlief, wie er es nach den vergangenen drei Jahren im Hauptquartier in Washington gewohnt war. „Wollen Sie damit andeuten, dass Offizierin Medart bei der Durchsetzung des Gesetzes Unterschiede gemacht und sich von persönlichen Gefühlen hat leiten lassen, Barlow?"

„Nein, Sir", antwortete der Mann rasch. „Aber Kapitänin MacDonald lebt schon ihr ganzes Leben hier auf der Insel, und sie bietet seit bestimmt zwölf Jahren solche

Chartertouren für Angler an. Ich glaube, sie stammt aus einer der alteingesessenen Walfängerfamilien."

„Aber das ist doch kein Grund, bei ihr eine Ausnahme in der Anwendung von Gesetzen zu machen."

„Nein, Sir. Sie wartet in meinem Büro, Sir", sagte der Unteroffizier abschließend und deutete mit dem Kopf in Richtung der entsprechenden Tür.

Sich eine ungerechtfertigte Schimpftirade anzuhören, hatte eigentlich nicht auf Craigs Tagesordnung für diesen letzten Freitagnachmittag im März gestanden, auch wenn er mit Gegenwind bei den verstärkten Sicherheitskontrollen gerechnet hatte, die er Anfang der Woche angeordnet hatte. Und eine gute Öffentlichkeitsarbeit gehörte nun mal auch zu den Aufgaben eines Kommandeurs der Küstenwache – besonders auf einem Posten wie diesem, wie Admiral Paul Gleason bei einem Telefonat mit Craig noch einmal extra betont und ihm gleichzeitig mitgeteilt hatte, dass seinem Versetzungsgesuch stattgegeben worden sei.

Wahrscheinlich würde es seine erste größere Bewährungsprobe werden, die Wogen zu glätten und gleichzeitig an seiner Position bei der Durchsetzung der Sicherheitsbestimmungen festzuhalten, überlegte Craig.

„Also gut, dann schicken Sie sie herein", sagte er zu seinem Unteroffizier.

„Alles klar", entgegnete der, drehte sich aber auf dem Weg zur Tür noch einmal um und sagte: „Ach ja, Sir, nur noch ein kleiner Hinweis: Sie hat rotes Haar und ein entsprechendes Temperament." Er unternahm gar keinen Versuch, sein breites Grinsen zu verbergen, verließ das Büro und schloss die Tür hinter sich.

Nach dieser Vorwarnung nahm sich Craig noch einen Moment Zeit, um sich auf die bevorstehende Auseinandersetzung einzustellen. Er hatte im Laufe seines Berufslebens schon mit vielen aufgebrachten Menschen zu tun gehabt, deshalb müsste es eigentlich eine Kleinigkeit sein, mit der Kapitänin eines kleinen Charterbootes für Angler fertig zu werden – ob sie nun rothaarig war oder nicht. Er würde ihren Ärger zerstreuen, indem er einfach ruhig blieb und Verständnis zeigte, und er würde sein Bestes tun, damit es nicht zur Konfrontation kam, sondern alles möglichst friedlich ablief.

Als dann aber eine halbe Minute später Katherine MacDonald erst in sein Büro und dann auf seinen Schreibtisch zugestürmt kam, die Hände in die Hüften stemmte und sich mit wütendem Blick vor seinem Schreibtisch aufbaute, da verflog seine Hoffnung auf ein einvernehmliches Gespräch. Für eine so kleine Frau – Craig schätzte sie auf höchstens 1,60 Meter – verfügte sie über eine ebenso einschüchternde Präsenz wie jeder seiner beinharten Ausbilder, denen er im Laufe seiner Berufslaufbahn bei der Küstenwache begegnet war.

Und als er sich unter dem prüfenden Blick ihrer leuchtend grünen Augen erhob, kam ihm urplötzlich die Erinnerung an den schlimmsten Sturm, den er je erlebt hatte. Das war in seiner allerersten Zeit als Rettungsschwimmer in Alaska gewesen. Ein kleines Frachtschiff von der Insel Kodiak war nach einem Motorschaden manövrierunfähig auf die Felsen von Cape Trinity zugetrieben, sodass die drei Besatzungsmitglieder gezwungen gewesen waren, ins eisige, aufgewühlte Wasser zu springen.

Während Craig fertig zum Absprung über der tosenden Brandung in der geöffneten Luke des Bergungshubschraubers gesessen und nur noch auf das Okay-Zeichen des Flugmechanikers gewartet hatte, war im ganz klar gewesen, dass sich ihm dieser riskante Einsatz für immer in sein Gedächtnis einprägen würde. Aus irgendeinem beunruhigenden Grund empfand er in Bezug auf die Begegnung mit Katherine MacDonald jetzt ganz ähnlich.

Trotzdem bemühte er sich redlich, ein Lächeln zustande zu bringen, denn er wollte wenigstens versuchen, die Situation noch irgendwie zu retten. „Möchten Sie sich nicht setzen, Ms MacDonald?“, fragte er und deutete auf einen der beiden Stühle vor seinem Schreibtisch.

„Ich stehe lieber, und es wird ja auch nicht lange dauern.“

Ihre schroffe Antwort, gepaart mit ihrer Wut, ließ ihm wenig Spielraum. Er hatte eigentlich vorgehabt, mit ein wenig Small Talk zu beginnen, damit sich ihr Zorn ein wenig legte. Offensichtlich aber war die Frau, die ihm da gegenüberstand, nicht in der Stimmung für Geplauder. Also gut, dann war es wohl besser, es hinter sich zu bringen. „Ich habe gehört, Sie hätten Einwände gegen die Verwarnung wegen eines Verstoßes gegen die Sicherheitsbestimmungen, die heute Nachmittag gegen Sie verhängt wurde“, sagte er und achtete darauf, dass sein Tonfall höflich und korrekt blieb.

Sie errötete, und ihm fielen jetzt die blassen Sommersprossen an ihrer Nasenwurzel und die feinen Linien in den Augenwinkeln auf. Craig wusste, dass solche kleinen Fältchen von Wind und Sonne kommen konnten, aber die dunklen Ringe unter ihren Augen waren ein Hinweis, dass die Augenfältchen nicht nur der Arbeit bei Wind und Wetter geschuldet waren.

Die Frau zerrte die völlig zerknitterte schriftliche Verwarnung aus der Tasche ihrer Wetterjacke und knallte sie vor ihm auf den Schreibtisch. Bei der heftigen Bewegung rutschten ein paar Locken ihres feuerroten Haares aus der Spange, die ihr Haar im Nacken zusammenhielt, und fielen ihr ins Gesicht. „Das ist doch lächerlich", fauchte sie.

Trotz seiner ernsthaften Bemühungen, versöhnlich zu bleiben, wurde Craigs Tonfall jetzt schroffer. „Das finde ich nicht. Das Verfallsdatum Ihrer Leuchtmunition war überschritten."

„Aber es weiß doch jeder, dass sie auch über das Verfallsdatum hinaus noch verwendbar ist, und außerdem hatte ich sowieso vor, die Leuchtmunition vor Saisonbeginn zu erneuern, und das habe ich Ihrem Kontrolleur auch gesagt."

„Tut mir leid, Ms MacDonald, aber dass es diese Sicherheitsbestimmungen gibt, hat ja einen Grund, und wenn es um die Sicherheit geht, mache ich keine Kompromisse."

„Ich auch nicht", sagte sie darauf, errötete noch tiefer und sah ihn dabei weiter mit finsterer Miene an. „Hören Sie", fuhr sie dann fort, „Sie sind noch neu hier, ganz frisch aus Washington, wie ich gehört habe, aber das hier ist nicht Washington, Leutnant, sondern das wirkliche Leben, wo Regeln nicht ganz so festgezurrt und in Stein gemeißelt sind. Ich habe die meisten meiner achtunddreißig Lebensjahre hier auf der Insel verbracht und einen Großteil davon auf dem Wasser. Seit vierzehn Jahren biete ich jetzt schon Chartertouren für Angler an, und Sie können mir glauben, dass ich, was das Meer angeht, wirklich kein Risiko eingehe. Und erst recht würde ich niemals jemanden in Gefahr bringen, der mein Boot betritt.“ Sie hatte jetzt die Hände in ihren Hüften zu Fäusten geballt und die Lippen zusammengekniffen. „Außerdem habe ich noch nie eine Verwarnung wegen eines Verstoßes gegen die Sicherheitsbestimmungen bekommen, und die *Lucy Sue* hat bisher noch immer einen TÜV-Stempel von der Küstenwache bekommen. Ich habe nur eine kleine Probetour gemacht, als dieser Grünschnabel von der Küstenwache längsseits gegangen ist und eine unangekündigte Kontrolle durchführen wollte. Und statt sich meine vernünftigen Argumente anzuhören, hat er mir das hier überreicht.“ Mit diesen Worten stieß sie ihren Zeigefinger mit Wucht auf das Schreiben auf Craigs Schreibtisch. „Sogar meine Rettungswesten hat er kontrolliert, und zwar jede einzeln! Wahrscheinlich auf Ihre Anordnung hin, oder?“

Craig merkte, wie ihm heiß wurde. Ihm gefiel weder die aggressive Körperhaltung dieser Frau noch ihr unverschämter Ton. Er hatte es nicht verdient, dermaßen rüde angegangen zu werden, nur weil er seine Arbeit korrekt gemacht hatte. Wenn seine Vorgängerin solche Verstöße gegen Sicherheitsbestimmungen geduldet hatte, dann war das wirklich nicht sein Problem. „Ich verstehe nicht ganz, warum Sie sich so aufregen, Ms MacDonald. Sie brauchen doch einfach nur neue Leuchtmunition zu kaufen und das

Problem ist erledigt. Das ist noch nicht einmal besonders teuer“, versuchte er es noch einmal gütlich.

„Um die Kosten geht es doch gar nicht, sondern ums Prinzip. Und nur zu Ihrer Information: Damit ist das Problem noch längst nicht erledigt, denn wenn ich wegen dieses Verstoßes einen Eintrag bekomme, dann schadet das meinem Geschäft. Ich verdiene meinen Lebensunterhalt mit Chartertouren für Angler, Leutnant, und das ist ein hart umkämpftes Geschäft. Potenzielle Kunden informieren sich sehr wohl über die Sicherheitsbewertungen der einzelnen Anbieter.“ Sie stützte sich mit ihren Fingerspitzen auf seiner Schreibtischplatte ab und beugte sich so weit vor, dass nur noch etwa dreißig Zentimeter Abstand zwischen ihren Gesichtern war. Ohne sich von seinem Größenvorteil einschüchtern zu lassen, blickte sie zu ihm hoch, sah ihm direkt in die Augen und sagte: „Und ich möchte, dass meine Sicherheitsbilanz wieder blütenweiß wird.“

Auch wenn Craig die Situation etwas anders beurteilte als sie, musste er doch ihren Mut bewundern. „Und was hatten Sie sich vorgestellt, um das zu erreichen, Ms MacDonald?“, fragte er deshalb interessiert.

Ihr bis dahin entschlossener Ausdruck wurde jetzt richtig hart. „Folgender Vorschlag: Ich besorge so schnell wie möglich die blöde Leuchtmunition, obwohl wir beide wissen, dass die, die ich an Bord habe, noch absolut funktionstüchtig ist. Dafür möchte ich, dass diese Verwarnung …“ – sie zerknüllte das Schriftstück, ohne den Blickkontakt abzubrechen –, „… aus meiner Akte gelöscht wird.“

Eine berechtigte Verwarnung zu löschen war absolut unüblich, und der herausfordernde Blick, den die Kapitänin mit den grünen Augen ihm zuwarf, bestätigte Craig, dass sie das auch ganz genau wusste.

Sein erster Impuls war, ihr die Bitte abzuschlagen. Damit wäre den Bestimmungen hundertprozentig Genüge getan gewesen. Doch bei genauerem Hinsehen ließ ihn das, was er da in ihrem Blick entdeckte, zögern. Ja, da war ganz sicher Entschlossenheit und ein starker Wille und außerdem noch ein gehöriges Maß an Zorn und Ungeduld, aber was ihn dann doch zurückhielt, waren Anzeichen von Sorge und einer großen Traurigkeit. Vor ihm stand eine Frau, die schon viel Kummer erlebt, am Boden gelegen hatte und absolut an ihre Grenzen gelangt war – eine Frau, die ums Überleben kämpfte.

Craig nahm an, dass viele Menschen – vielleicht sogar die meisten – das gar nicht gemerkt hätten. Doch für ihn war es ganz deutlich zu erkennen, denn er wusste, wie schwer es war, trotz schwerer Schläge im Leben weiterzumachen. Das hatte er selbst erlebt, und er erlebte es immer noch. Als sich das Schweigen zwischen ihnen immer länger hinzog, nahm er irgendwann ein ganz leichtes unsicheres Flackern in Katherine MacDonalds Blick wahr. Sie wich abrupt ein ganzes Stück zurück, steckte die Hände in die Taschen ihrer Wetterjacke und warf ihm einen misstrauischen Blick zu.

Interessant, dachte Craig. Diese resolute Frau scheute keine direkte Konfrontation, um ihre Firma zu schützen, aber wehe, jemand kam ihr auf der persönlichen Ebene zu nah, dann nahm sie sofort Reißaus.

Die Kapitänin unternahm zwar noch einmal den tapferen Versuch, wieder ihre draufgängerische Haltung einzunehmen, aber ihr nächster Anlauf wirkte schon eher verzweifelt als herausfordernd. „Also – ist das ein Deal?“

„Ich denke darüber nach“, antwortete er.

Sie blinzelte, schnappte kurz nach Luft und atmete dann hörbar wieder aus. „Okay, Ihre Leute wissen ja, wo ich zu finden bin. In der Zwischenzeit besorge ich dann schon mal die neue Leuchtmunition.“ Und mit diesen Worten machte sie auf dem Absatz kehrt und verließ grußlos den Raum.

Eine ganze Weile blieb Craig sprachlos hinter seinem Schreibtisch stehen und versuchte zu begreifen, was da gerade passiert war. Er fühlte sich genauso wie früher, wenn er eine gefährliche Rettungsaktion unversehrt überstanden hatte. Seine Nervenenden kribbelten, sein Puls raste und er fühlte sich außer Atem.

In seinen Zeiten als Rettungsschwimmer hatte es nie lange gedauert, bis der Adrenalinschub wieder abgeebbt war, doch das war heute anders. Er erlebte ein seltsames Gefühlschaos, das ihn unruhig machte und aus dem Gleichgewicht brachte – ihn verunsicherte. Dabei ließ er sich im Job sonst *nie* von Gefühlen leiten, denn das hätte bei seiner Aufgabe als Rettungsschwimmer fatale Folgen haben können.

Sich auch nur ein paar Sekunden lang von Angst beherrschen zu lassen, hätte für ihn selbst oder die Menschen, die er retten sollte, den Tod bedeuten können. Und auch während seiner Amtszeit als Leiter eines Such- und Rettungszentrums, wo Einsatzentscheidungen auf reinen

Fakten des Notfalls beruhten, hatten Gefühle nichts zu suchen gehabt.

Später in Washington war es dann ganz einfach gewesen, seine Gefühle in Schach zu halten, denn die Schreibtischarbeit hatte eigentlich kein anderes Gefühl hervorgerufen als nervtötende Langeweile.

Was Gefühle in seinem Privatleben anging, so hatte er auch die in den vergangenen drei Jahren sorgfältig verdrängt, sodass seine Tage zwar eintönig und öde, aber wenigstens erträglich waren.

Doch das alles hatte sich in den vergangenen zehn Minuten geändert, und Craig kam zu dem Schluss, dass Katherine MacDonald nur so vor Gefühlen überschäumte, denn sie hatte nicht nur stark gefühlsmäßig reagiert und argumentiert, sondern war geradezu explodiert vor Gefühlen. Selbst jetzt noch, nachdem sie den Raum längst verlassen hatte, vibrierte es dort geradezu von diesen Gefühlen. Craig bezweifelte, dass das Wort öde in ihrem Wortschatz – oder dem der Menschen, mit denen sie zu tun hatte – überhaupt vorkam.

Es klopfte an der Tür, und auf Craigs Aufforderung hin kam Barlow herein – immer noch grinsend. „Ich wollte nur nachschauen, ob es Überlebende gibt, Sir!“, sagte er.

Craig ignorierte diese Bemerkung seines Unteroffiziers, nahm die nagelneue Kopie der Verwarnung, die er schon vor dem Gespräch angefertigt hatte, gab sie Barlow und ließ das zerknüllte Exemplar unberührt auf dem Schreibtisch liegen. „Sorgen Sie dafür, dass die ein paar Tage liegen bleibt, bevor sie zu den Akten kommt.“

„Ja, alles klar.“

Craig entging nicht die Erheiterung in der Stimme des Mannes und er spürte, wie er vom Hals aufwärts errötete. Er fixierte den Unteroffizier mit stählernem Blick, verschränkte die Arme über der Brust und fragte streng: „Gibt es irgendein Problem, Barlow?“

Craig rechnete es dem Unteroffizier hoch an, dass er auf der Stelle ernsthafter wurde. Er duldete die leichte Unverfrorenheit des Mannes auch nur, weil er immer wusste, wo die Grenze war, und außerdem machte er die Unverfrorenheit durch seine sympathische Art und seine Tüchtigkeit wett.

„Nein, Sir“, antwortete Barlow auch jetzt rasch, während Craig zum Fenster ging und seinen Blick über den Hafen schweifen ließ. Zurzeit war es noch ziemlich leer dort – das würde in ein paar Monaten ganz anders sein –, aber es lagen doch einige Boote am Anleger, unter anderem auch das von Katherine MacDonald. Seltsam. Noch vor einer halben Stunde hatte er nicht einmal gewusst, dass es diese Frau überhaupt gab, und dann hatte sie es im Laufe ihres kurzen Gespräches schon geschafft, Gefühle in ihm zu wecken, die er lieber hätte ruhen lassen.

Und was seine Pläne für ein schönes entspanntes Wochenende anging, so waren auch die jetzt über den Haufen geworfen worden. Ebenfalls dank einer gewissen rothaarigen Charterbootkapitänin.

* * *

„Mami, Mami, Mrs Shaw und ich haben Kekse gebacken. Schokoladenkekse!“

Kate beugte sich hinunter, um ihre Tochter zu umarmen, und warf dabei einen Blick über die Schulter der Vierjährigen hinüber zu der stämmigen, grauhaarigen Frau hinter ihr. „Na, dann hast du ja bestimmt viel Spaß gehabt heute Nachmittag!“

Die Frau nickte. „Ja, Maddie und ich haben es uns richtig schön gemacht.“

Die Verspannung in Kates Schultern ließ etwas nach, aber es würde noch eine ganze Weile dauern, bis sie ganz weg sein würde. Und das alles wegen dieses höchst unangenehmen Zusammentreffens mit einem gewissen Leutnant von der Küstenwache vor nicht einmal einer Stunde.

„Du wirkst ein bisschen gestresst, meine Liebe“, sagte die ältere Frau und sah Kate prüfend an. „Wie wäre es mit einer Tasse Tee, bevor ihr nach Hause geht?“

Der Anflug eines Lächelns umspielte Kates Mundwinkel. „Ich sollte lieber nach nebenan ins ***Devon Rose*** gehen, wenn ich einen Tee möchte, statt ständig deine Gastfreundschaft zu strapazieren.“

„Also eleganter wäre es dort mit Sicherheit, denn etwas so Stilvolles wie Heathers High Tea[1] ist ja kaum zu übertreffen“, bestätigte Edith, fügte dann aber augenzwinkernd hinzu: „Selbst gebackene Schokokekse kriegst du dort aber nicht. Und was das Strapazieren meiner Gastfreundschaft angeht … das ist doch Unsinn. Wir sind

1 Der High Tea wird am späten Nachmittag bzw. frühen Abend eingenommen. Neben einer Tasse Tee gibt es kalte Gerichte und Kuchen. Es ist eine Mischung aus Nachmittagstee und Abendessen.

schließlich Nachbarn. Und außerdem hast du mir auch schon so oft dein Ohr geliehen. Ich bin froh, wenn ich mich dafür mal revanchieren kann."

„Ist es so offensichtlich, dass ich heute jemanden zum Reden brauche?", fragte Kate.

„Offen gestanden … ja. Gibt es Probleme mit der ***Lucy Sue***?"

„Ach, die ***Lucy Sue*** ist mein kleinstes Problem verglichen mit dem, das ich mit Leutnant Craig Cole habe."

„Du hast also den unsichtbaren Mann kennengelernt?", fragte Edith und Interesse blitzte in ihrem Blick auf.

„Wer ist denn der unsichtbare Mann?"

Die Frage ihrer Tochter erinnerte Kate daran, wie wenig der Kleinen entging – und wie wichtig es deshalb war aufzupassen, was die Erwachsenen in ihrem Beisein miteinander redeten. „Ach, das ist so eine Art Scherz, Schätzchen. Der neue Kommandeur der Küstenwache lässt sich nicht so oft blicken, und deshalb nennen ihn die Leute den unsichtbaren Mann."

„Vielleicht hat er ja so viel zu tun", versuchte es die Kleine mit einer Erklärung.

„Ja, das glaube ich auch. Bestimmt liegt es daran."

„Willst du nicht im Wintergarten noch mit den Bauklötzen dein Schloss zu Ende bauen, solange deine Mama und ich eine Tasse Tee trinken?", schlug Edith vor. „Wenn wir damit fertig sind, dann kannst du uns eine Geschichte über die Leute erzählen, die in deinem Schloss wohnen."

„Okay", sagte Maddie und hüpfte davon.

Kate schüttelte den Kopf und sagte: „Wie heißt es doch so schön? Kleine Töpfe haben auch Ohren."

„Ja, sie bekommt fast alles mit, das steht fest."

„Sonst gab es keine Probleme heute?"

„Nein, alles in Ordnung. Es geht ihr wirklich gut, Kate. Und jetzt komm, lass uns Tee trinken."

„Könnte es vielleicht auch ein Kaffee sein?"

Edith grinste. „Ich verstehe. Heather hat dich also immer noch nicht bekehrt."

„Nein, und das ist auch aussichtslos."

„Bei mir macht sie zwar Fortschritte, aber ich trinke auch immer noch gern meinen Kaffee. Jetzt bist du dran." Edith ging voraus in ihre Küche, die im Landhausstil gebaut war, und nahm zwei Becher von Haken an der Wand.

„Wo ist denn Chester?", fragte Kate, setzte sich an den vertrauten Holztisch, an dem sie schon viele Gespräche geführt und manchen Klatsch und Tratsch ausgetauscht hatten, und stützte ihr Kinn auf der Handfläche ab.

„Er ist im Garten und erledigt noch die letzten Arbeiten am Ferienhaus." Sie schüttelte den Kopf, während sie in dem gemütlichen Raum hin und her huschte. „Ich bin mir aber nicht sicher, ob es noch rechtzeitig zur Saison fertig wird, damit wir es vermieten können. Mein lieber Mann bastelt jetzt schon seit Monaten daran herum, und eh wir uns versehen, sind die Touristen da."

„Ja, und dann wird das Leben noch unruhiger", bestätigte Kate seufzend und nahm sich ein Plätzchen von dem Teller auf dem Tisch.

Nachdem sie einen Milchkrug aus dem Kühlschrank geholt hatte, sah Edith ihre Nachbarin, die ebenso wie sie in der Lighthouse Lane wohnte, mit durchdringendem Blick an und fragte: „Höre ich da etwa Mutlosigkeit in deiner Bemerkung?"

Kate zwang sich zu einem Lächeln und zuckte mit den Achseln. „Schon möglich."

„Das sieht dir aber gar nicht ähnlich. Du bleibst doch sonst immer optimistisch, selbst wenn du Probleme hast, unter denen die meisten anderen Leute schon längst zusammengebrochen wären."

„Das habe ich ja zu einem ziemlich großen Teil Chester und dir zu verdanken, Edith. Wenn du dich nicht bereit erklärt hättest, Maddie zu betreuen, während ich arbeite, und wenn Chester nicht als mein erster Maat auf dem Boot einspringen würde, dann hätte ich es wahrscheinlich nicht geschafft."

„Natürlich hättest du das! Du bist nämlich eine Überlebenskünstlerin, Kate MacDonald, aber selbst die sind an besonders schlimmen Tagen manchmal mutlos. Und dein Tag heute scheint sich ja gewaschen zu haben." Sie senkte die Stimme. „Angefangen bei Maddies Asthmaanfall heute Morgen um vier."

„Ja, das war wirklich kein toller Tagesbeginn", stimmte Kate zu und deutete mit dem Kopf zum Wintergarten, den Chester an die Küche angebaut hatte. Maddie war mit ihren Bauklötzen beschäftigt und so versunken in ihr Spiel, dass sie das Gespräch der Erwachsenen nicht mitbekam.

Sie dachte nicht mehr an den Anfall und die Panik am frühen Morgen, und das verhasste Inhalieren war nur noch eine ferne Erinnerung.

Kate wünschte, sie könnte genauso schnell vergessen wie ihre Tochter. Doch die Qual, zusehen zu müssen, wie Maddie nach Luft rang, und das Gefühl verzweifelter Hilflosigkeit, das ihr den Magen umdrehte, begleiteten sie meistens noch lange nach so einem Anfall. Manchmal kamen dann auch noch Schuldgefühle dazu, so wie jetzt gerade.

Kate legte den unberührten Keks beiseite und rieb sich mit den Fingerspitzen die Stirn. „Der Punkt ist, dass ich ja weiß, wodurch ihre Anfälle ausgelöst werden. Ich hätte ihr gestern ihre Skimaske anziehen müssen, als wir einkaufen gegangen sind. Sie hat einfach zu viel kalte Luft eingeatmet."

„Jetzt sei doch nicht auch noch so hart gegen dich selbst, Kate. Gestern war herrliches Wetter, bis völlig überraschend diese Schlechtwetterfront aufgezogen ist."

„Das Wetter auf Nantucket ist nun mal unberechenbar. Ich hätte darauf vorbereitet sein müssen."

Edith füllte beide Becher mit Kaffee aus der Kaffeemaschine, die auf dem Küchentresen stand, und setzte sich dann im rechten Winkel zu ihrem Gast. „Es hat nur einen Menschen auf dieser Welt gegeben, der vollkommen war, Kate, und der erwartet von niemandem Vollkommenheit, sondern nur, dass wir tun, was wir können. Und das tust du immer. Der Asthmaanfall von heute Morgen ist Vergangenheit. Lass uns jetzt einfach weitermachen und abwarten, was dieser Tag noch mit sich bringt."

An so anstrengenden Tagen wie diesem war Kate dankbar für Ediths praktische und sachliche Art, durch die sie auch etwas mehr inneren Abstand bekam. Nachdem sie sich noch mit ein paar Schluck Kaffee gestärkt hatte, erzählte sie der Nachbarin von der Verwarnung durch die Küstenwache.

„Ach, das ist nur eine Formsache“, sagte Edith mit wegwerfender Handbewegung. „Du erneuerst doch die Leuchtmunition sowieso jedes Jahr. Und außerdem weiß jeder, dass sie viel länger verwendbar ist als bis zum angegebenen Verfallsdatum.“

„Das habe ich dem überkorrekten Leutnant, der diese übertriebenen zusätzlichen Sicherheitskontrollen eingeführt hat, auch gesagt. Ich habe ihm einen Besuch abgestattet, um ihm mein … Missfallen auszudrücken.“

Edith zog skeptisch eine Augenbraue hoch und fragte: „Und wie ist es gelaufen?“

Als Kate sich jetzt die Szene noch einmal vor Augen malte, runzelte sie die Stirn und fuhr mit dem Finger am Rand ihres Kaffeebechers entlang. Sie merkte, wie die Fingerspitzen ganz warm wurden – und wie sie vom Hals aufwärts errötete. „Nicht so besonders. Wahrscheinlich habe ich meine Meinung ein bisschen … zu forsch und direkt … geäußert.“

Edith trank grinsend noch einen Schluck Kaffee und sagte dann: „Bei dem Gespräch hätte ich richtig gern Mäuschen gespielt.“

Die Röte hatte jetzt auch Kates Wangen erreicht. Der Fluch der Rothaarigen, wie sie immer klagte. „Am Ende habe ich mich jedenfalls bereit erklärt, die Leuchtmunition sofort zu erneuern, wenn die Verwarnung nicht in meine Akte kommt. Er hat gesagt, er würde sich‘s überlegen.“

„Hm, das ist ja interessant“, sagte Edith und rührte mit nachdenklicher Miene ihren Kaffee. „Was glaubst du denn, warum dein überkorrekter Kommandeur überhaupt in Erwägung gezogen hat, deinen Verstoß gegen die Sicherheitsbestimmungen zu löschen?“

Jedenfalls nicht wegen all dem, was sie zu ihm gesagt hatte, das stand für Kate fest. Wenn sie überhaupt über diplomatische Fähigkeiten verfügte, dann hatten die sie bei der Begegnung mit dem Chef der Küstenwache im Stich gelassen. Als sie ihm den Vorschlag unterbreitet und ihm währenddessen an seinem Schreibtisch direkt gegenübergestanden hatte, ihr Gesicht nur eine Handbreit von seinem entfernt, da hatte sie eigentlich damit gerechnet, dass er diesen Vorstoß allein schon wegen ihrer Haltung und ihres Tonfalls ablehnen würde.

Aber dann war wie aus heiterem Himmel der Ausdruck seiner kobaltblauen Augen ein ganz klein wenig weicher geworden – und in dem Moment war ihr klar gewesen, dass er sehr viel mehr über sie erfahren hatte, als sie preisgeben wollte. Dass er das Bollwerk um ihr Herz überwinden konnte und sie durchschaute, hatte sie so sehr aus der Fassung gebracht, dass sie möglichst schnell den Rückzug angetreten hatte.

Immerhin, wenn das, was auch immer er da entdeckt hatte, ihn dazu veranlasste, Gnade vor Recht ergehen zu lassen, dann war das die kleine Entblößung ja vielleicht wert gewesen. Es war eher unwahrscheinlich, dass sie sich noch häufig über den Weg laufen würden, wenn die Angelegenheit endgültig geregelt wäre. Sie würde sich jedenfalls die allergrößte Mühe geben, ihm aus dem Weg zu gehen. Auf keinen Fall wollte sie es riskieren, noch einmal dieses beunruhigende Gefühl von Verletzlichkeit zu erleben.

Als Kate jetzt merkte, dass Edith auf eine Antwort wartete, räusperte sie sich und antwortete auf die Frage der Nachbarin: „Keine Ahnung, wieso er nachgegeben hat. Wahrscheinlich hat er es sich einfach anders überlegt."

„Hm." Edith legte den Kopf ein wenig schräg, und Kate rutschte unter ihrem prüfenden Blick unruhig auf dem Stuhl hin und her, weil sie nicht wusste, wie sie den Blick der Frau deuten sollte.

„Und wie sieht der unsichtbare Mann so aus?", fragte Edith.

Obwohl sie zu wütend gewesen war, um besonders auf sein Äußeres zu achten, konnte Kate ihn sich jetzt wieder mühelos in Erinnerung rufen, und der Begriff, der ihr dabei in den Sinn kam, war ***gut aussehend***. Er war schlank, durchtrainiert, breitschultrig, mit breiter Brust und wirkte sehr souverän – wie ein Mann, der bereit war, Verantwortung zu übernehmen. Insgesamt strahlte er Stärke und Zuverlässigkeit aus. „Ich habe mich wirklich nicht auf sein Aussehen konzentriert, Edith", antwortete Kate.

„Ach, komm schon. Das Grundsätzliche – Größe, Alter und Haarfarbe müssen dir doch aufgefallen sein."

„Zwischen 1,80 und 1,90 Meter, schätze ich, dunkelblond, um die vierzig."

„Attraktiv?"

Sie zuckte mit den Achseln und versuchte, möglichst unbeteiligt zu wirken. „Für manche Frauen vielleicht schon."

„Und gehörst du auch zu diesen Frauen?“

Kate gefiel das Zwinkern in den Augen ihrer Nachbarin gar nicht. Sehr zu ihrem Unwillen kam Edith seit ein paar Monaten immer wieder auf das Thema Liebe zu sprechen, aber Kate bremste sie – wie immer – auch dieses Mal. „Er ist nicht mein Typ, Edith, und außerdem bin ich ja auch gar nicht auf der Suche.“ Sie schluckte und schaute in ihre Kaffeetasse. „Für mich hat es nur einen Mann gegeben.“

Die ältere Frau streckte ihre Hand aus, legte sie auf Kates und sagte dann in einem Tonfall, an dem nichts Scherzhaftes mehr war: „Mac war wirklich einmalig, Kate, gar keine Frage, aber glaubst du, er würde wollen, dass du den Rest deines Lebens allein verbringst, wenn es einen Mann gäbe, der deiner Liebe würdig wäre?“

„Es gibt niemanden auf der Welt, der jemals seinen Platz einnehmen könnte, Edith, und außerdem ist mein Leben auch so – ohne neue Liebe – schon turbulent genug.“ Und dann deutete sie zum Wintergarten, stand auf und sagte: „Komm, lass uns doch das Schloss anschauen, das Maddie gebaut hat, ja?“ Und ohne Ediths Reaktion abzuwarten, nahm sie ihren Becher und verließ den Tisch.

Als sie und Edith sich kurz darauf die Geschichte anhörten, die Maddie sich zu ihrem Schloss aus Bauklötzen ausgedacht hatte, passierte etwas, das sie sehr irritierte.

Jedes Mal, wenn Maddie in ihrer Geschichte den Prinzen erwähnte, hatte Kate das Bild von Leutnant Craig Cole im Kopf.

Kapitel 2

Am Sonntagnachmittag machte die Insel Nantucket ihrem Spitznamen – ***Die graue Lady*** – zwar alle Ehre, aber das trostlose Wetter konnte Kates optimistische Stimmung nicht trüben. Dank Chesters technischen Geschicks schnurrte die bisweilen launische Maschine der ***Lucy Sue*** wie ein Kätzchen, und ihr Bug glitt schnurgerade durch die kabbelige See vor Great Point. Außerdem war Maddie trotz eines weiteren Asthmaanfalls mitten in der Nacht ohne Nachwirkungen am Morgen aufgewacht.

Kate atmete tief die frische Seeluft ein und ihre Haut kribbelte von der salzigen Gischt. Das war wie eine Reinigung von innen, und es gab nichts, was sie mehr entspannte. Heute hatte sie noch einmal die Gelegenheit, diese Wohltat ganz für sich allein zu genießen. Wenn die Saison angefangen hatte, machte sie diese Tour zwar auch zwei Mal täglich, aber dann hatte sie immer mehrere Sportangler an Bord, um die sie sich die ganze Zeit kümmern musste. Es blieb dann kaum noch Gelegenheit, den Blick auf den majestätischen weißen Leuchtturm und den langen unberührten Strand unter der endlosen Weite des Himmels zu genießen.

In dem Mantel aus Grau, der an diesem Tag über der Insel lag, war die Silhouette des imposanten hohen Turmes allerdings nur verschwommen zu erkennen. Doch das helle weiße Licht, das alle siebeneinhalb Sekunden aufblitzte, sorgte dafür, dass der Turm leicht zu orten war. In einer Welt, in der man sich auf nicht viel verlassen konnte, fand Kate das regelmäßige Leuchtfeuer als ungemein beruhigend, und am dankbarsten war sie dafür an Tagen wie diesem, wenn die drei Leuchttürme von Nantucket nicht nur schön aussahen, sondern tatsächlich ihren ursprünglichen Zweck erfüllten – nämlich Menschen sicher in einen Hafen oder nach Hause zu geleiten.

Eigentlich machte das trübe Wetter Kate nichts aus. Der Blick mochte zwar bei sonnigem Wetter, tiefblauem Himmel und glitzerndem Wasser schöner sein, doch sie fühlte sich mit diesem wilden, windzerzausten Flecken Erde immer eng verbunden, egal wie er sich gerade präsentierte. Die Insel Nantucket lag etwa vierzig Kilometer vom Festland entfernt und war durch diese Lage ein Ort, an dem man Kraft brauchte, wo Eigenständigkeit und Selbstverantwortung zum Leben gehörten und wo nur die Abgehärteten leben konnten.

Im Unterschied zum Leben der Sommer- und Tagesgäste, die den einzigartigen Rhythmus der Insel mit ihrem Gezeitenwechsel erleben wollten, deren Leben sich sonst aber fernab von der Küste in einem völlig anderen Rhythmus abspielte, war das Leben der Menschen, die ständig auf Nantucket lebten, schon seit den Zeiten des Walfangs geprägt vom Meer und den Gezeiten.

Nur etwa zehntausend Menschen gab es, die sich als waschechte Nantucketer bezeichnen konnten, und Kate war stolz darauf, dazuzugehören.

Genauso stolz, wie auch Mac es gewesen war.

Kate musste schlucken, als sie merkte, dass sie plötzlich einen Kloß im Hals hatte, und schaute auf die Uhr. Es war Zeit, sich auf den Rückweg zu machen und Maddie bei Edith abzuholen. Sie wollte die Großzügigkeit ihrer Nachbarin auf gar keinen Fall ausnutzen – und sie wollte auch nicht dem Trübsinn Tür und Tor öffnen, indem sie an den Mann dachte, der ihr Sonnenschein gewesen war und dessen Verlust eine riesige, schmerzliche Lücke in ihrem Leben und ihrem Herzen hinterlassen hatte.

Auf dem Rückweg zum Hafen blickte Kate über das wogende Meer und genoss das Alleinsein. In zwei Monaten würden die wichtigsten Angelgebiete mit Booten in allen Größen übersät sein, aber heute hatte sie das gesamte Gebiet noch ganz für sich allein.

Aber stimmte das wirklich? In der Ferne entdeckte sie nämlich einen orangefarbenen Fleck, der sich im Wasser auf und ab bewegte. Sie drosselte daraufhin die Geschwindigkeit und schaute angestrengt in die diesige Ferne. Höchstwahrscheinlich war es Treibgut, aber sie hatte schon mehr als ein Mal Schwimmer aus dem Wasser gezogen, die ihre Kräfte oder ihr Können oder auch beides überschätzt hatten, und ihr war schon seit langem klar, dass man den gesunden Menschenverstand der Leute nie überschätzen durfte.

Während sie den orangefarbenen Fleck im Blick behielt, der zwischen den Wellen auf und ab tanzte, und immer wieder kurz zu sehen war und dann verschwand, tastete sie nach dem Fernglas, das stets in Reichweite des Steuerruders lag, und schaute damit in Richtung des Objektes.

Im Allgemeinen reichte die Stärke des Fernglases für ihre Zwecke aus, doch an diesem Tag war es wegen der Mischung aus trübem Wetter, der weiten Entfernung und der Bewegung durch den Wellengang nicht so. Sie konnte lediglich mit Sicherheit sagen, dass sich das Objekt etwa vierzig Meter vom Strand entfernt befand und sich parallel zum Ufer fortbewegte.

Es musste demnach also ein Lebewesen sein.

Ein Seehund oder ein Fisch war es nicht, denn leuchtendes Orange kam in der Farbpalette des Meeres und seiner Bewohner vor Nantucket nicht vor, und deshalb blieb nur eine Möglichkeit übrig: Es musste sich um einen Menschen handeln.

Kate schüttelte den Kopf und atmete mit einem schnaubenden Geräusch aus. Welcher Idiot ging denn vor dem Great Point schwimmen? Das war unglaublich gefährlich, und zwar egal zu welcher Jahreszeit, aber Anfang April auf jeden Fall, weil das Wasser da noch eiskalt war.

Es war ganz offensichtlich, dass der Schwimmer, der durch die Dünung pflügte, entweder nicht wusste, wie gefährlich es war, was er da tat, oder aber glaubte, das Risiko zu beherrschen. Welche der beiden Möglichkeiten schlimmer war, konnte sie nicht sagen. Die erste war einfach ein Zeichen von Dummheit, die zweite von Arroganz, und in beiden Fällen musste dieser Typ zur Vernunft gebracht werden. Dass es sich um einen Mann handeln musste, stand für Kate außer Frage.

Sie presste ihre Lippen so fest aufeinander, dass sie nur noch wie ein dünner Strich aussahen, lenkte die ***Lucy***

Sue hart steuerbord und nahm direkten Kurs auf den orangefarbenen Fleck. Empörung und Ärger konkurrierten auf ihrer Gefühlsskala um den ersten Platz, dicht gefolgt von Ungeduld und Frustration. Wer auch immer sich da in der Dünung austobte, würde etwas von ihr zu hören bekommen.

Eins, zwei, drei, vier, fünf, atmen. Eins, zwei, drei, vier, fünf, atmen. Eins, zwei, drei, vier, fünf, atmen.

Craig pflügte im Neoprenanzug mit gleichmäßigen Armzügen und kraftvollen Schwüngen der Schwimmflossen an seinen Füßen durch die Dünung, ohne die Kälte des nur sechs Grad kalten Wassers zu spüren. Nach all den Einsätzen, die er in der Arktis geschwommen war, kam ihm das hier vor wie in der Badewanne. Der Wellengang lenkte ihn zwar ab, und die Brandungsrückströmung störte seinen Atemrhythmus, wenn er nach beiden Seiten atmete, aber er schwamm jetzt seit einer Viertelstunde in konstantem Tempo, ohne auch nur eine Spur von Ermüdung.

Während er sich so durchs Wasser kämpfte, erschien Craig jeder Armzug als Sieg über die bedrohlichen Meeresbedingungen – und über seine Gefühle. Zwei Jahre hatte es gedauert, bis er nach dem Unglück auch nur wieder einen Zeh ins Wasser getaucht hatte. Er hatte das Meer genauso heftig gehasst, wie er es früher geliebt hatte, und sein Zorn war fast mit Händen greifbar. Wenn die See ein Feind gewesen wäre, hätte er ihn mit bloßen Händen erwürgt. Es war ihm zwar bewusst, dass das nicht sehr christlich war, aber genauso empfand er.

Diese starken Gefühle waren auch der Anlass für seinen Versetzungsantrag vom Feld- in den Innendienst nach Washington gewesen. In der Hoffnung, dass sein Zorn und seine Trauer sich in der neuen Umgebung etwas legen würden, hatte er eigentlich vorgehabt, seine zwanzig Jahre Militärdienst hinter einem Schreibtisch zu beenden, so weit von seinem früheren Leben entfernt wie nur möglich. Er hatte sich direkt nach dem Studium freiwillig zu zwanzig Jahren Militärdienst verpflichtet, und weil er seine Laufbahn bei der Küstenwache schon so früh begonnen hatte, waren jetzt nur noch drei Jahre Dienstzeit übrig.

Er war erleichtert, dass er durch die Jahre im Innendienst etwas Abstand bekommen hatte, und diese Zeit hatte seinen Kummer und auch seinen Zorn tatsächlich etwas gemildert. Aber es überraschte ihn doch sehr, dass in dem Maße, wie der Hass abgenommen hatte, seine Liebe zum Meer zurückgekehrt war. Er hatte dagegen heftig angekämpft, überwältigt von Schuldgefühlen und nicht in der Lage zu begreifen, wie er Sehnsucht nach etwas haben konnte, das ihm alle Freude aus seinem Leben geraubt hatte. Bis ihm schließlich Paul Gleason geholfen hatte, einen vorübergehenden Frieden mit seinen widerstreitenden Gefühlen zu schließen.

Der Admiral hatte ihn im vergangenen Herbst eines Abends in seinem fensterlosen Büro in Washington aufgesucht, wo er hinter Bergen von Berichten gesessen hatte, die er lesen und bearbeiten musste. Die ganze Woche hatte Craig versucht, mit dieser Aufgabe voranzukommen, aber am Freitag hatte er noch nicht mehr geschafft, als ein paar Berichte flüchtig durchzublättern.

Verärgert über seine Unfähigkeit, sich zu konzentrieren, war er an dem besagten Freitag fest entschlossen, wenn nötig die ganze Nacht zu bleiben, um mit dem Stapel amtlicher Dokumente fertig zu werden. So müsste er nicht die nächste Woche wieder mit dieser Aufgabe beginnen. Doch diese selbst auferlegte Frist machte die Arbeit nicht leichter, und deshalb war es ihm eine willkommene Ablenkung, als am Abend Paul überraschend bei ihm im Büro auftauchte.

„Das sieht ja ganz so aus, als würdest du eine Nachtschicht einlegen."

Diese Begrüßung entlockte Craig sogar ein Lächeln. „Wenn die nötig ist, um den Eingangskorb leer zu bekommen …"

„Und was ist mit Vicki?"

Eine Welle von Schuldgefühlen überrollte Craig bei dieser Frage, und er griff nach einem Stoß Papieren und ordnete sie zu einem ordentlichen, schnurgeraden Stapel. Sein Privatleben mochte ja vielleicht ein einziges Chaos sein, aber zumindest seinen Schreibtisch konnte er in Ordnung halten. „Die wird von dem Kindermädchen ins Bett gebracht", antwortete er.

Eigentlich hatte er damit gerechnet, dass Paul dazu noch eine Bemerkung machen und der ohnehin schon schweren Last seiner Schuldgefühle wegen seiner Versäumnisse als Vater noch einen Stapel hinzufügen würde. Das wäre auch völlig zu Recht gewesen, wie er fand. In seinem Beruf mochte er vielleicht heldenhaft sein, aber bei der Erziehung seiner Tochter konnte man das kaum behaupten, und das setzte ihm ebenfalls schrecklich zu.

Er war deshalb sehr erleichtert, als Paul auf dieses Thema nicht weiter einging. Stattdessen warf der Admiral einen Blick auf den Stapel mit Berichten, stieß einen leisen Pfiff aus, zog seine buschigen weißen Augenbrauen hoch und sagte: „Dann sitzt du wahrscheinlich noch morgen hier.“

„Sag mal, wie hast du es nur geschafft, dich in all den Jahren Tag für Tag mit diesem bürokratischen Zeug zu befassen? Ich bin ja noch nicht einmal sicher, dass die Sachen auf Englisch geschrieben sind“, sagte Craig mit verzweifeltem Unterton.

In der Öffentlichkeit achteten er und der Admiral – sein Mentor seit ihrer Zeit auf dem Stützpunkt auf der Insel Kodiak vor über mehr als zehn Jahren – auf das militärische Protokoll, aber wenn sie unter sich waren oder nicht im Dienst, hatte sich ihre Beziehung zu einer richtig angenehmen Freundschaft entwickelt.

Der Ältere lachte auf Craigs Frage hin nur leise, ließ sich auf den Stuhl vor Craigs Schreibtisch fallen und fuhr sich mit der Hand über sein kurz geschorenes Haar. „Ich fürchte, es liegt am Alter, aber ich muss gestehen, dass es Tage gibt, an denen wünschte ich, ich wäre wieder auf Kodiak. Wenn das Meer einen erst einmal in seinen Bann gezogen hat, dann lässt es einen nicht wieder los.“ Daraufhin musterte er den jungen Offizier intensiv, lehnte sich auf dem Stuhl zurück und sagte: „Übrigens … ich habe Neuigkeiten für dich. Ich gehe am ersten Januar nächsten Jahres in den Ruhestand. Maggie und ich wollen ganz in unser Ferienhaus in Maine ziehen, damit wir so oft und wann wir wollen segeln können.“

Diese Ankündigung hätte Craig eigentlich nicht weiter zu überraschen brauchen, denn nach fünfunddreißig Dienstjahren beim Militär hatte sich Paul den Ruhestand redlich verdient.

Dennoch nahm Craig diese Neuigkeit mit gemischten Gefühlen auf. „Das freut mich für dich, Paul. Und ich muss gestehen, dass ich dich darum ein bisschen beneide."

„Ach, du bist doch noch viel zu jung für den Ruhestand", sagte Paul darauf und faltete die Hände auf seinem Bauch, dessen Umfang seit der Zeit auf Kodiak beträchtlich zugenommen hatte. „Oder beneidest du mich nur darum, dass ich wieder am Meer leben werde?"

Craig musste zugeben, dass dem Admiral wirklich fast nichts entging. Er nahm einen Stift in die Hand und tippte sich damit immer wieder in seine Handfläche, während er überlegte, was er auf die Frage des Admirals antworten sollte. Schließlich sagte er: „In letzter Zeit gibt es Tage, an denen mir das alles hier …" – dabei schloss er mit einer Geste das gesamte Büro ein – „… ziemlich auf die Nerven geht, und dann denke ich ans Meer. Aber ich habe ja um die Versetzung hierher gebeten und darf mich deshalb nicht beklagen."

„Damals musstest du dort unbedingt weg, aber vielleicht hat sich ja inzwischen etwas geändert." Paul legte seine Finger aneinander und schaute Craig unverwandt an. „Na ja, du weißt ja jetzt, dass ich noch den Dezember hier bin, und für den Fall, dass bis dahin ein Versetzungsgesuch bei mir einginge, wäre ich nicht abgeneigt, es zu befürworten."

Craig schüttelte den Kopf und fuhr sich mit den Fingern durchs Haar. „An so etwas sollte ich nicht einmal denken.“

„Aber wieso denn nicht?“

„Nach allem, was passiert ist ... wieso sollte ich da noch einmal ans Meer wollen?“

Ein ganz feines Lächeln umspielte die Lippen des Admirals, und dann sagte er: „Mit der Liebe ist das schon eine seltsame Sache, und zwar egal, ob es die Liebe zu einer Frau ist oder die Liebe zur See. Man mag nicht immer alles an ihr, und manchmal macht sie einen sogar richtig wütend. Es gibt Tage, da möchte man sie am liebsten verlassen, einfach gehen, aber man hört nie auf, sie zu lieben.“

Eine ganze Weile schwiegen sie beide, und Craig dachte über die Bemerkung des Admirals nach. „Ich weiß nicht, Paul“, sagte er schließlich.

Der Admiral war inzwischen aufgestanden, hatte seine Hand auf den Stapel mit Berichten gelegt und sagte nun: „Aber ich weiß es. Du gehörst nicht an diesen Schreibtisch, Craig, hast hier noch nie wirklich hingehört. Du hast auf dieser Position zwar auf jeden Fall gute Arbeit geleistet, aber du solltest hier nicht deine Laufbahn beenden. Denk drüber nach. Vielleicht würde eine Veränderung dir ja guttun – und Vicki auch. Sie ist erst vier, Craig. Sie braucht dich.“

Nachdem er ein paar Wochen über den Vorschlag nachgedacht hatte, war Craig dann zu demselben Ergebnis gekommen wie der Admiral. Obwohl er seine völlig unsortierten und widersprüchlichen Gefühle in Bezug aufs Meer nicht verstand, hatte er die Versetzung zurück in den Felddienst beantragt, und zwar an einen Einsatzort so weit wie möglich von Hawaii entfernt, in der Hoffnung, dass durch eine ganz neue Umgebung auch ein Neuanfang in seinem Privatleben gelingen würde – und ein Neuanfang mit seiner kleinen Tochter. Die freie Stelle bei der Station der Küstenwache auf Nantucket hatte gut gepasst.

Eine eisige Welle klatschte Craig ins Gesicht, riss ihn aus seinen Gedanken und katapultierte ihn abrupt wieder zurück in die Gegenwart. Weil die Welle ihn überrascht hatte, schluckte er jede Menge Wasser, musste husten und kam dadurch völlig aus seinem Atemrhythmus.

Zorn stieg in ihm auf. Er schwamm mit neuer Energie und pflügte mit kraftvollen Armzügen durchs Wasser, als wollte er die Wellen bekämpfen. Er hatte sich vom Meer übertölpeln lassen, hatte einen Punkt an es verloren, hatte einen Fehler gemacht, einen schlimmen Fehler, von dem er sich geschworen hatte, ihn nie wieder zu begehen, weil er ihn so unglaublich teuer zu stehen gekommen war …

„Hey, hallo Sie da!"

Wieder unterbrach Craig seinen Rhythmus, diesmal allerdings absichtlich, um den Kopf über die Dünung zu bekommen und nachzuschauen, woher das laute Rufen kam.

Was er als Erstes sah, war der Name des Bootes, das ein paar Meter von ihm entfernt auf den Wellen schaukelte: ***Lucy Sue***. Das bedeutete, dass der Wirbelsturm in Menschengestalt nicht weit sein konnte.

Craig holte ein Mal tief Luft, richtete seinen Blick ein Stück weiter nach oben, und tatsächlich, die Stimme gehörte niemand anderem als Katherine MacDonald. Und ihrem geröteten Gesicht und ihrer angespannten Haltung nach zu urteilen, in der sie jetzt zu ihm herunterschaute, war sie wieder richtig in Fahrt.

Er ahnte, dass er gleich die volle Wucht ihres Zorns zu spüren bekommen würde. Eine kleine Kostprobe ihres Temperamentes hatte sie ihm ja bereits geboten, und alle Anzeichen sprachen dafür, dass er gleich etwas ganz Ähnliches erleben würde. Aber statt die Ruhe vor dem Sturm zu nutzen und sich für den Angriff zu wappnen, musste er plötzlich an Grace O'Malley denken, die legendäre irische Seeräuberkönigin. Irgendwie wurde er das Gefühl nicht los, dass Katherine MacDonald ihr ziemlich ähnlich sah.

„... Badestrand!"

Der Schluss dessen, was sie ihm gerade zurief, unterbrach ihn in seinen Gedanken. „Wie bitte?"

„Ich habe gefragt, ob Sie den Verstand verloren haben. Das hier ist kein Badestrand!" Sie musste laut schreien, um das Motorengeräusch und die Wellen, die gegen die Bootswand klatschten, zu übertönen.

„Es geht mir bestens", rief er zurück.

„Es kann Ihnen gar nicht bestens gehen! Das Wasser ist doch eiskalt! Und außerdem herrscht an dieser Stelle eine gefährliche Brandungsrückströmung. Sie müssen sofort zurück ans Ufer!" Sie schnippte mit den Fingern Richtung Ufer, als ob sie einen ungehorsamen Welpen von einer belebten Straße zurückrief.

Es war jedenfalls offensichtlich, dass sie ihn nicht erkannt hatte, was allerdings auch kein Wunder war. Durch seinen nassen Neoprenanzug, die Schwimmbrille und die Badekappe war nur wenig von ihm zu sehen, woran sie ihn hätte erkennen können.

Während er also von der Dünung auf und ab getragen wurde, überlegte er, was er tun sollte. Der Weg des geringsten Widerstandes und auch das Klügste wären gewesen, sich einfach nicht zu erkennen zu geben und zurück ans Ufer zu schwimmen, denn er hatte sowieso vorgehabt, sein Training zu beenden.

Doch einem inneren Impuls folgend, den er gar nicht richtig einordnen konnte, schob er die Schwimmbrille hoch auf die orangefarbene Schwimmkappe und sagte: „Ich werde mit dem Meer eigentlich ganz gut fertig, Ms MacDonald."

Ihre Reaktion, als er sich zu erkennen gab, war Belohnung genug für seine spontane Entscheidung, denn es kam vermutlich nicht besonders oft vor, dass Katherine MacDonald sprachlos war.

Dieser triumphale Moment war jedoch nur von kurzer Dauer, denn als Nächstes sagte sie: „Ich glaub's ja nicht! Gerade Sie sollten es doch wohl besser wissen und nicht an dieser Stelle im Meer schwimmen! Und dann auch noch allein! Und Sie verwarnen mich wegen eines Verstoßes gegen die Sicherheitsbestimmungen?"

Irgendwie war ihm klar gewesen, dass sie mit einem Hammer reagieren würde, und sie enttäuschte ihn in dieser Hinsicht tatsächlich nicht. „Ich bin für schlimmere Bedingungen als diese ausgebildet, und außerdem habe ich eine gute Ausrüstung“, antwortete er, aber sie tat seine Rechtfertigung nur mit einer Geste ab.

„Das mag ja sein, aber kein Mensch, der einigermaßen bei Verstand ist, würde sich grundlos dermaßen in Gefahr begeben. Haben Sie Todessehnsucht oder so?“

Aus irgendeinem Grund traf ihn diese Frage wie ein Hieb. Ihm war klar, dass sie diese Übertreibung nur einsetzte, um ihre Argumentation zu untermauern, aber dennoch empfand er darüber so großes Unbehagen, dass ihm jegliches Interesse an der Fortsetzung ihres Wortgefechts verging. Er schob deshalb seine Schwimmbrille wieder herunter und machte sich bereit, weiterzuschwimmen.

Doch der rothaarige Hitzkopf musste seine Absicht intuitiv erfasst haben und legte noch einmal nach. „Ich kann niemanden mit gutem Gewissen allein hier im Wasser zurücklassen, schon gar nicht bei diesem Wetter.“

Er trat in der Dünung ins Wasser, drehte sich dann noch einmal über die Schulter zu ihr um und sah, dass sie immer noch an der Reling stand und zu ihm hinunterschaute.

Doch er ignorierte ihre Bemerkung einfach und schwamm parallel zum Ufer weiter.

Eine halbe Minute später hörte Craig das Motorengeräusch ihres Bootes unmittelbar hinter sich.

Noch etwa zwei Minuten schwamm er so von dem Boot eskortiert weiter. Sie gab also nicht nach, was ihn allerdings auch nicht weiter überraschte. Doch es gefiel ihm überhaupt nicht, denn er hatte bei seinen einsamen Schwimmtouren gar nicht gerne Gesellschaft, und außerdem war er jetzt auch schon so lange im Wasser, dass ihm die Kälte langsam durch seinen Neoprenanzug kroch, was richtig unangenehm war.

Er änderte also seinen Kurs und hielt aufs Ufer zu. Sollte Katherine MacDonald doch ruhig glauben, sie hätte den Kampf gewonnen. Er wusste es besser. Wenn sie ihn gleich am Anfang seines Schwimmausflugs erwischt hätte statt erst gegen Ende, dann hätte er sie sich als Zuschauerin ja noch gefallen lassen. Dann hätte sie ihn wahrscheinlich mit der ***Lucy Sue*** länger begleiten müssen, als sie gedacht hätte, und ihr wäre klar geworden, dass er genauso dickköpfig sein konnte wie sie.

Zu dieser Erkenntnis würde sie zwar jetzt nicht gelangen, aber er hatte die starke Vermutung, dass sich die Gelegenheit dazu sicher noch ergeben würde.

Als Craig abdrehte und in Richtung Ufer schwamm, stieß Kate einen langen erleichterten Seufzer aus. Gut. Sie war sich nämlich gar nicht so sicher gewesen, wer diesen Kampf gewonnen hätte, wenn er sich weiter gesträubt hätte, denn der überkorrekte Kommandeur kam ihr nicht vor wie ein Mann, der leicht nachgab oder sogar kapitulierte. Warum also tat er es jetzt?

Etwas widerwillig musste sie sich eingestehen, dass die Antwort auf der Hand lag: Er hatte sowieso aufhören wollen zu schwimmen, und dadurch bekam ihr Triumph etwas Schales.

Kate stemmte die Fäuste in die Hüften und schaute ihm nach, wie er mit kraftvollen Armzügen die Wellen durchschwamm, und es kostete sie einige Mühe, den Funken von Bewunderung zu unterdrücken, den sie für seine meisterliche Körperbeherrschung empfand und für die Art, wie er mit den Bedingungen im Wasser zurechtkam. Dass er ein guter Schwimmer war, bedeutete allerdings noch lange nicht, dass er das lebensbedrohliche Risiko eingehen durfte, an einer so gefährlichen Stelle allein im Meer zu schwimmen. Es war einfach dumm, sich im Meer für unbesiegbar zu halten, egal wie stark man war und wie gut die Ausrüstung, und ein Leutnant der Küstenwache hätte das eigentlich wissen müssen. Ihm für sein verantwortungsloses Verhalten die Leviten zu lesen, war also mehr als gerechtfertigt gewesen.

In dem Augenblick, als Craig am Ufer aus dem Wasser stieg, drehte Kate mit der ***Lucy Sue*** ab und fuhr zurück Richtung Hafen. Auf dem Weg zwang sie sich dazu, umzuschalten und sich auf den schönen Abend zu freuen, der vor ihr lag. Sie und Maddie hatten nämlich vor, Pizza zu essen und danach einen Film anzuschauen, den ihre Tochter aussuchen durfte. Bestimmt würde es wieder ihr derzeitiger Lieblingsfilm ***König der Löwen*** sein, den sie jetzt bereits vier Mal nacheinander angeschaut hatten, doch das machte Kate nichts aus. Für sie war es die beruhigendste und gemütlichste Art, sich an einem kühlen Abend mit ihrer Tochter beim Kaminfeuer unter einer Wolldecke zusammenzukuscheln.

Nur eines würde in diesem Bild absoluter Zufriedenheit fehlen, dachte sie, und das Salz der Gischt erinnerte sie an den Geschmack von Tränen. Mac würde nicht dabei sein. Wie sehr auch ihm so ein Abend gefallen hätte! Bei ihm wäre es allerdings viel spontaner gewesen und nicht so geplant wie bei ihr. Er hatte das unglaubliche

Talent gehabt, aus einem ganz normalen Tag etwas Besonderes zu machen, und seine ansteckende Lebensfreude und die lockere, entspannte Lebenseinstellung hatten jeden mitgerissen.

Kate konnte sich genau vorstellen, wie dieser Abend mit ihm verlaufen wäre. Statt Pizza hätte es vielleicht Schokoladenwaffeln gegeben und sie hätten nicht auf dem Sofa gesessen, sondern er hätte ihre Klappstühle herausgekramt, Popcorn zubereitet und sie hätten so getan, als säßen sie in dem großen alten Saal in Sconset, wo im Sommer Filme für die ganze Familie gezeigt wurden. Und vielleicht hätte er das uralte Video von ***The Sound of Music*** wieder ausgegraben und sie aufgefordert mitzusingen, und sein schiefer Bariton und sein ansteckendes Lachen hätten das ganze Haus erfüllt.

Das Leben mit Mac war ein einziges großes Abenteuer gewesen, erinnerte sich Kate jetzt, und ein melancholisches Lächeln umspielte ihre Lippen. Er war ein umgänglicher Mensch gewesen, ein Mann, der mit einer atemberaubenden Selbstvergessenheit lebte – und liebte. Ohne ihn fühlte sie sich so, wie sie sich als Kind immer gefühlt hatte, wenn sie am Tag nach Weihnachten aufgewacht war und die Spannung und Vorfreude des Vortages dem Gefühl wichen, dass die kommenden 364 Tage wieder nur langweilig und öde sein würden.

Auch wenn Kates gemeinsames Leben mit Dennis „Mac" MacDonald viel zu kurz gewesen war, würde sie ihm für die gemeinsame Zeit ewig dankbar sein. Und auch dafür, dass er ihr durch sein Vorbild beigebracht hatte, sich ganz aufs Leben einzulassen – und sich nicht über Kleinigkeiten aufzuregen. Das war ihr in den vergangenen Jahren manchmal nicht leichtgefallen, aber sie versuchte es immer wieder.

Der hölzerne, überkorrekte Leutnant, den sie am Great Point zurückgelassen hatte, täte wahrscheinlich ebenso gut daran, diese Lektion zu lernen, dachte Kate, und ihr Lächeln verflog, während sie gleichzeitig mit den Händen das Steuerruder fester umklammerte. Doch er schien sich ***ausschließlich*** auf die Kleinigkeiten zu konzentrieren, und eine solche Überkorrektheit war ja an sich schon nicht unbedingt ein liebenswerter Zug, und erst recht nicht, wenn er ihr dadurch auch noch das Leben schwer machte. Sie fand es unerträglich, wie der Kommandeur auf der buchstabengetreuen Einhaltung des Gesetzes bestand – egal, ob es Sinn ergab oder nicht.

Beruhige dich, Kate, sagte sie zu sich selbst und lockerte den Griff ums Steuerruder ein wenig. ***Wieder wütend zu werden, löst das Problem ja nicht, sondern verschlimmert es wahrscheinlich nur noch.***

Und ***„schlimmer“*** war im Grunde eine ziemlich zutreffende Beschreibung ihrer Lage in Anbetracht der Schimpftirade, die sie vor ein paar Minuten gegen ihn losgelassen hatte – das musste sie sich eingestehen, als sie sich der Hafeneinfahrt näherte und an dem kleinen Leuchtturm von Brant Point direkt neben der Station der Küstenwache vorbeifuhr. Statt dem Leutnant die Leviten zu lesen und ihn mit dem Boot zu verfolgen wie eine hartnäckige Möwe ein Fischerboot, hätte sie sich ja auch mit seiner Erklärung zufriedengeben und nach Hause fahren können.

Aber andererseits hatte sie doch auch recht gehabt. Man konnte mit gutem Gewissen niemanden allein vor Great Point schwimmen lassen, nicht einmal den unsympathischen Leutnant von der Küstenwache, da konnte er noch so fit und gut ausgerüstet sein. Dass sie auf stur geschaltet hatte, war nur zu seinem Besten gewesen, ob es ihm passte und er ihr dafür dankbar war oder nicht.

Und es war ja wohl offensichtlich, dass Letzteres der Fall war, und das wiederum ließ nichts Gutes vermuten in Bezug auf ihre Bitte – oder eher Forderung, wie sie zugeben musste –, die Verwarnung aus ihrer Akte zu löschen.

Als der Anleger in Sicht kam und Kate den Motor drosselte, versuchte sie, an ihre heiterere Stimmung von vorhin anzuknüpfen, aber es gelang ihr nicht. Sie bezweifelte, dass sich daran etwas ändern würde, es sei denn, das Problem mit der Verwarnung ließ sich zu ihren Gunsten aus der Welt schaffen. Doch das war angesichts der jüngsten Begegnung mit dem Leiter der Küstenwache wohl eher nicht zu erwarten.

Und mit dieser Erkenntnis verschwand auch der letzte Rest ihrer guten Laune so schnell wie die Sonne bei einem plötzlichen Wetterumschwung auf Nantucket.

Haben Sie Todessehnsucht oder so?

Katherine MacDonalds Frage klang noch einmal in Craigs Gedanken nach, während er die Mikrowelle einschaltete. Die Frage ging ihm einfach nicht wieder aus dem Kopf, seit sie sie ihm vor sechs Stunden gestellt hatte, und langsam ging ihm das auf die Nerven.

Er nahm sich eine Dose Limo aus dem Kühlschrank und öffnete sie mit einem Zischen. Schade, dass man nicht auch bei sich selbst so leicht Druck ablassen kann, dachte er betrübt. Er konnte aber auch nicht Ms MacDonald allein die Schuld für seine innere Anspannung geben, selbst wenn ihre unverblümte Frage sie noch verschlimmert hatte, denn genau diese Frage beschäftigte ihn im Grunde auch selbst – und das ziemlich ununterbrochen schon seit drei Jahren.

Er hatte irgendwann festgestellt, dass seine innere Anspannung vorübergehend ein wenig nachließ, wenn er sich bewegte – am allerbesten, wenn er bei schwierigen Wetterbedingungen im Meer schwamm. Natürlich fragte er sich auch selbst, warum er sich so gern riskante Stellen zum Schwimmen aussuchte. Wenn sich ein Psychologe mit dieser Frage beschäftigt hätte, wäre er wahrscheinlich zu dem Ergebnis gekommen, dass er damit unbewusst das Meer herausforderte, nach dem Motto: ***Du hast mir meine Frau und meinen Sohn genommen. Versuch doch, auch mich zu bekommen.***

Und daran war bestimmt etwas Wahres. Mit jedem Meter, den er zurücklegte, mit jeder Welle, die er überwand, mit jeder Unterströmung oder Brandungsrückströmung, die er besiegte, löste sich der Druck in seinem Herzen etwas. Jedes Mal, wenn er erfolgreich und unversehrt aus dem Kampf gegen die Wellen hervorging, hatte er ein befriedigendes Triumphgefühl.

Doch diese Befriedigung hielt nie lange an, und wenn er weiter solche Risiken einging, dann würde er den Kampf eines Tages verlieren. Das schien unausweichlich, denn letztlich war das Meer immer stärker, und das wusste er genauso gut wie die vorlaute Charterbootkapitänin.

Aber vielleicht war das ja ganz tief in seinem Herzen genau das, was er wollte, musste sich Craig jetzt eingestehen. Vielleicht wollte er, dass das Meer auch ihn holte, damit der Schmerz und die Trauer um den Verlust und die Schuldgefühle ein für alle Mal ein Ende hatten. Damit er endlich wieder den Frieden hatte, der ihm seit dem Unfall fehlte.

Vielleicht hatte Katherine MacDonald recht.

Vielleicht hatte er wirklich Todessehnsucht.

Der Signalton der Mikrowelle ertönte und er nahm das Fertiggericht heraus – Hähnchenbrust mit Reis und Brokkoli. Nachdem er jetzt schon seit drei Jahren so aß, wusste er, wie es ging: Die Plastikabdeckung abziehen und das Essen ruhen lassen, bis der Dampf entwichen war.

Ruhen.

Das Wort blieb in seinen Gedanken haften, als er den Plastikbehälter mit dem Essen auf die Arbeitsfläche in der Küche seiner Dienstunterkunft stellte. Er wohnte seit seinem Dienstantritt auf Nantucket in einem Haus mit vier Zimmern, etwa anderthalb Kilometer von seiner Dienststelle entfernt, weit genug also, um als diensthabender Offizier in der dienstfreien Zeit zur Ruhe kommen zu können.

Leider hatte die gemütliche Unterkunft bei Craig die entgegengesetzte Wirkung. Auch wenn das Haus gar nicht so groß war, empfand er die Stille dort als deprimierend und es war deshalb kein Ort der Ruhe, sondern erinnerte ihn nur an all das, was er verloren hatte.

Als Craig sich einen Stuhl an den Küchentresen zog und in seinem Essen herumstocherte, kam ihm plötzlich eine Stelle aus dem Matthäusevangelium in den Sinn: „Kommt alle her zu mir, die ihr müde seid und schwere Lasten tragt, ich will euch Ruhe schenken."

Diesen Vers hatte der Reverend bei der Beerdigung seiner Frau Nicole und seines Sohnes Aaron zitiert, doch die Aussage hatte damals die dicke Schicht seiner Trauer, durch die er von allem abgeschottet war, nicht durchdringen können und war ihm weder damals noch in den darauffolgenden Jahren Trost gewesen. Sein Leben lang war er sonntags in den Gottesdienst gegangen, aber als er im Feuer geprüft wurde, hatte er eher das Gefühl gehabt zu verbrennen, als Kraft zu bekommen von dem Gott, an den er glaubte.

Der Gottesdienstbesuch am Sonntag war immer mehr zu einer sinnentleerten Gewohnheit geworden, durch die er sich noch leerer und einsamer fühlte, und deshalb hatte er irgendwann diese schmerzliche Sonntagsgewohnheit ganz aufgegeben.

Vielleicht war ja das der Schlüssel, überlegte Craig, während er mit der Gabel ein Brokkoliröschen zerteilte. In vielerlei Hinsicht war sein Glaube zu nicht mehr als einem wöchentlichen Gottesdienstbesuch verkommen, und das auch eher aus Gewohnheit als aus Überzeugung. Wenn er mit offenerem Herzen an die Gottesdienste und ans Gebet heranging, wenn er mehr nach dem Willen Gottes suchte, statt Antworten und sofortigen Trost zu erwarten, vielleicht würde ihm Gott ja dann Frieden geben und die Ruhe, nach der er sich so sehnte.

Wahrscheinlich musste er es einfach ausprobieren, wenn er nicht weiterhin mit diesem Gefühl der Hoffnungslosigkeit leben wollte, das ihm so zusetzte. Es ging nicht, dass er weiterhin sein Leben aufs Spiel setzte, indem er jedes Mal, wenn er im Meer schwamm, mehr riskierte und vielleicht irgendwann den Kampf gegen die Elemente verlor, denn das war auch Vicki gegenüber nicht fair. Paul hatte ja ganz richtig festgestellt und ihn daran erinnert, dass sie ihn brauchte. ***Ihn.*** Nicht kostspielige Kindermädchen, die er im Laufe der vergangenen drei Jahre engagiert hatte. Sie hatten sich zwar um Vickis leibliches Wohl gekümmert, ihr aber natürlich nicht das geben können, was sie am dringendsten gebraucht hätte – nämlich die Liebe ihres Vaters.

Craig schob das Essen beiseite, von dem er nur ein paar Happen gegessen hatte, legte die Ellenbogen auf den Tresen und verbarg sein Gesicht in den Händen, als ihn Schuldgefühle überkamen und ihn bis ins Mark trafen.

Vicki konnte ja nichts dafür, dass sie ihrer Mutter so ähnlich sah, dass sie genau die gleichen blaugrauen Augen hatte und das weizenblonde Haar. Sie konnte nichts dafür, dass er jedes Mal, wenn er ihre kleine Hand nahm, an den Sohn erinnert wurde, den er verloren hatte. Und sie konnte auch nichts dafür, dass er sich emotional verschloss und alle Gefühle abblockte, um nicht den Schmerz zu spüren, dadurch aber auch unfähig wurde, ihr die Liebe zu geben, die ihr zustand und die sie so dringend brauchte.

Mit der Zeit war ihm immer klarer geworden, dass sich etwas ändern musste. Die Schuldgefühle wegen der

Vernachlässigung seiner Tochter nagten mittlerweile Tag und Nacht an ihm und verschlimmerten noch die Last der Schuld, die er ohnehin schon mit sich herumschleppte. Obwohl Vicki kein Kind war, das spezielle Förderung brauchte, stand ihr doch die Sicherheit zu, die ein liebender Elternteil bietet. Er hoffte, dass der Umzug nach Nantucket eine neue Chance bedeutete, ihr das zu geben.

Dass seine Entscheidung richtig gewesen war, hatte sich an dem Tag bestätigt, als er Vicki vor seiner Abreise nach Nantucket in der Obhut seiner Mutter zurückgelassen hatte – mit dem Versprechen, sie in sechs Wochen abzuholen, wenn er selbst umgezogen war und sich eingerichtet hatte.

Als er sich hinkniete, um mit ihr auf Augenhöhe zu sein und sie zum Abschied noch einmal kurz zu umarmen, hatte sie ihn mit einer leisen, unsicheren Frage gebremst. „Kommst du auch wirklich wieder und holst mich ab?“ Die Frage rüttelte ihn auf, und er sah sie an – zum ersten Mal seit langer Zeit sah er sie richtig an – und hätte am liebsten losgeweint.

Dort auf dem Grund der blaugrauen Augen entdeckte er eine Trauer und eine Einsamkeit, die genauso tief war wie seine eigene und viel zu tief für ein Kind in Vickis Alter.

Seine Trauer und Einsamkeit beruhten auf dem sinnlosen Tod, der Licht und Lachen aus seinem Leben geraubt hatte, aber ihre Trauer und Einsamkeit waren ihm zuzuschreiben, dem Mann, der dieses Kind eigentlich hätte lieb haben und beschützen und ihm Sicherheit geben sollen.

Seine Kehle war wie zugeschnürt, als er sich vorbeugte, sie an sich drückte und sagte: „Ja, Vicki, ich komme ganz bestimmt wieder. Und auf Nantucket wird es anders. Da muss ich nicht mehr so viel arbeiten, und wir haben mehr Zeit füreinander.“

Als er sich von ihr gelöst hatte, war sie einen Schritt zurückgewichen, hatte nach der Hand seiner Mutter gegriffen und ihn zweifelnd angeschaut.

Und ehrlich gesagt, teilte er ihre Zweifel. Es gab keine Gebrauchsanweisung dafür, wie man die Welt seiner Tochter wiederherstellt und ihre Liebe zurückgewinnt. Er musste sich auf seine Intuition verlassen und im Verlauf improvisieren, so wie er es auch in heiklen Rettungssituationen oft hatte tun müssen.

Auf jeden Fall hatte er schon beschlossen, dass er kein Kindermädchen mehr engagieren würde, sondern sie nur noch betreuen lassen würde, wenn er arbeiten musste. Fürs Erste hatte er an einen Platz in einer Kindertagesstätte gedacht, hoffte aber, eine gute Tagesmutter zu finden.

Auch seine Arbeitsweise wollte er ändern. In den ersten Wochen im neuen Job hatte er viele Überstunden gemacht, um sich einzuarbeiten, aber sobald Vicki da war, wollte er nachmittags pünktlich Feierabend machen, sie aus der Kindertagesstätte abholen, ihr Abendessen machen und dann den Abend mit ihr verbringen. Und er hoffte, dass er all die Jahre wiedergutmachen konnte, in denen er seiner Verantwortung als Vater nicht gerecht geworden war.

Craig stand auf, entsorgte sein halb gegessenes Abendessen in den Mülleimer und dachte daran, dass er sich noch mit kinderfreundlichem Essen eindecken musste, bevor er Vicki in zwei Wochen abholte. Auch das Zimmer musste er noch für sie herrichten, damit sie einen Platz hatte, wo sie sich willkommen und wohlfühlen konnte.

Und außerdem musste er seine Todessehnsucht überwinden, mit der ihm eine gewisse Charterbootkapitänin konfrontiert hatte.

Craig wischte ein paar verirrte Krümel vom Küchentresen und dachte dabei noch einmal an seine Begegnungen mit dem rothaarigen Dynamit. Obwohl es ihm vielleicht nicht gefiel, Opfer von Katherine MacDonalds feurigem Temperament zu sein, musste er ihr doch Anerkennung zollen. Sie war wirklich nicht so leicht einzuschüchtern, und außerdem sagte sie, was sie dachte, ob es ihm gefiel oder nicht.

Craig war selbst überrascht, dass er unwillkürlich lächeln musste, als er sie sich an Deck der *Lucy Sue* vorstellte, wie sie ihn mit wütendem Blick und windzerzaustem Haar angeschaut hatte. Und während er die Küche fertig aufräumte und Feierabend machen wollte, merkte er, dass er schon gespannt war auf die nächste Begegnung mit ihr und sich richtig darauf freute.

Und das ergab doch eigentlich gar keinen Sinn.

Kapitel 3

„Ich muss noch ein paar Besorgungen machen, Barlow. In einer Stunde bin ich wieder zurück."

Ben Barlow blickte von seinem Schreibtisch auf und grinste den Kommandeur an, der in der Tür stand. „Alles klar, ich komme schon zurecht."

„Es ist ja ein ziemlich ruhiger Montag – nicht viel zu tun."

„Genießen Sie die Ruhe, solange Sie sie noch haben. Wenn erst einmal die Tages- und Sommergäste einfallen, dann ist es mit der Ruhe vorbei und Sie haben keine Minute Zeit mehr für sich. Es ist unglaublich, weshalb wir manchmal gerufen werden. Letztes Jahr hatte ein Typ vergessen, das Lenzloch in seinem Boot wieder zu verschließen, und am Ende ist ihm sein Kahn tatsächlich abgesoffen."

Craigs Mund verzog sich zum Anflug eines Lächelns und er sagte: „Ich kann es kaum erwarten."

„Doch, das können Sie, glauben Sie mir", entgegnete Barlow im Brustton der Überzeugung.

Immer noch lächelnd nutzte Craig das frühlingshafte Wetter und machte sich zu Fuß auf den Weg in die Stadt, immer die Easton Street entlang. Nach allem, was er bisher über seine Vorgängerin hatte in Erfahrung bringen können, genoss Sandra Medart auf der Insel einen hervorragenden Ruf. Die meisten Einwohner von Nantucket kannten sie vom Sehen, und sowohl bei den Einheimischen als auch beim Team der Küstenwache war sie beliebt und angesehen gewesen. Sie hatte ein anerkanntes Programm für die Sicherheit bei Bootsfahrten entwickelt und umgesetzt, hatte an allen kommunalen Veranstaltungen teilgenommen und eine Politik der offenen Tür praktiziert, sodass jeder direkt zu ihr kommen konnte, der ein Anliegen hatte. Nach Aussage von Barlow hatte sie eine hervorragende Öffentlichkeitsarbeit betrieben.

Er hatte bisher noch nicht viel unternommen, um es auf diesem Gebiet mit ihr aufnehmen zu können, aber jetzt, da er offiziell im Amt war, wurde es langsam Zeit, sich auch einmal im Ort blicken zu lassen. Ein Spaziergang durchs Zentrum war da vielleicht ein ganz guter Anfang.

Craig bog in die South Beach Street ein und hatte schon nach wenigen Minuten den historischen Ortskern mit seinen Kopfsteinpflasterstraßen und dem Labyrinth kleiner Gassen erreicht. Er wusste, dass seine dunkelblaue Hose und das passende Hemd mit den zwei Balken in Silber am Kragen, die seinen Dienstgrad kennzeichneten, ihn auf den ersten Blick als neuen Kommandeur der Küstenwache auswiesen, und als er so die Straße entlangschlenderte, zog er mehr als einen neugierigen Blick auf sich. An diesem Montag Anfang April bevölkerten nur Menschen das ruhige Stadtzentrum, die das ganze Jahr auf Nantucket lebten, und als er auf ihre diskrete Musterung lächelnd reagierte, kamen sogar mehrere Leute spontan auf ihn zu, um ihn zu begrüßen.

Nachdem er sich eine Zeitung gekauft und an noch ein paar anderen Stellen haltgemacht hatte, die ihm Barlow als Treffpunkte Einheimischer genannt hatte, setzte er eine Dreiviertelstunde später seinen Weg auf der Hauptstraße Richtung Hafen fort. Drei Querstraßen weiter ging die kopfsteingepflasterte Ortsdurchfahrt in den Anleger über, an dem viele der Charterboote vertäut lagen, unter anderem auch die *Lucy Sue.*

Als er jetzt dort stand, überlegte Craig, wie er weiter vorgehen sollte. Beim Verlassen der Dienststelle hatte er das Original der schriftlichen Verwarnung gegen Katherine MacDonald in die Tasche gesteckt, auch wenn er die Angelegenheit eigentlich gar nicht persönlich hätte regeln müssen. Bei der Geringfügigkeit des Verstoßes hätte er auch genauso gut jemandem aus dem Team damit beauftragen können.

Es sah jedoch ganz so aus, als sei die Angelegenheit für Ms MacDonald alles andere als geringfügig, das hatte sie ja mehr als deutlich zum Ausdruck gebracht. Und wo er sowieso gerade in der Gegend war, konnte er auch kurz persönlich vorbeischauen und feststellen, ob sich die Sache nicht doch noch irgendwie gütlich regeln ließ – alles natürlich im Interesse einer guten Öffentlichkeitsarbeit für die Küstenwache. Wieso hätte er sich auch sonst einem menschlichen Wirbelsturm in den Weg stellen sollen?

Ihm kamen zwar ein paar Gründe in den Sinn, aber die verwarf er rasch wieder. Trotz der anziehenden grünen Augen, die vor Lebendigkeit und Leidenschaft blitzten, trotz des faszinierenden Kontrastes ihrer zierlichen Gestalt und des starken Charakters, trotz des leuchtend roten Haares, das bei jeder Bewegung Funken zu sprühen schien, hätte nur ein Masochist den Wunsch gehabt, es mit ihrem Zorn aufzunehmen.

Er war rein dienstlich hier und damit basta.

Nachdem er zu diesem Schluss gelangt war, schlenderte Craig an den noch geschlossenen Souvenirläden vorbei und hatte schon kurz darauf die *Lucy Sue* erreicht, die am Liegeplatz vertäut sanft vor sich hin dümpelte. Von der rothaarigen Kapitänin keine Spur – und auch sonst war niemand zu sehen. Das war wahrscheinlich nicht weiter verwunderlich, denn die meisten Schiffseigner überwinterten ihre Boote auf dem Festland, und diejenigen, die es nicht so handhabten, waren außerhalb der Saison nicht viel an Bord.

Was ihn allerdings überraschte, war der Anflug von Enttäuschung, den er verspürte. Woher um Himmels willen kam der? Gestern Abend hatte er gemerkt, dass er sich auf die nächste Begegnung mit Kate MacDonald freute, und heute versuchte er sogar schon, sie aufzuspüren. Dabei sagte ihm sein gesunder Menschenverstand, dass er lieber alles tun sollte, um eine weitere Auseinandersetzung mit der streitbaren Kapitänin zu vermeiden.

Doch aus einem unerfindlichen Grund hörte er nicht auf seinen Verstand.

Statt seiner seltsamen Reaktion auf den Grund zu gehen, stemmte er die Fäuste in die Hüften und nahm das Boot noch einmal aus nächster Nähe gründlich in Augenschein. Aus der schriftlichen Verwarnung ging hervor, dass die *Lucy Sue* ein älteres Baujahr war, aber ihm war nicht klar gewesen, wie alt. Sie musste mindestens fünfundzwanzig Jahre auf dem Buckel haben, schätzte er. Doch sie war gut in Schuss, denn er konnte weder Seepokken unterhalb der Wasserlinie entdecken noch Roststellen oberhalb davon, was darauf hindeutete, dass der Fiberglasrumpf regelmäßig poliert und gewachst wurde. Auch das Deck war blitzblank, und die Teakholzvertäfelung war nicht wie bei vielen anderen Booten grau verwittert, sondern leuchtete satt rötlich, weil sie offenbar regelmäßig geölt wurde. Der Lack sah ebenfalls frisch aus und war frei von sichtbaren Absplitterungen oder Schrammen. Es war jedenfalls deutlich zu erkennen, dass sich hier jemand große Mühe machte, das Boot sehr gut in Schuss zu halten.

Zwar war all das, was Craig sah, rein äußerlich, aber er wusste, dass jeder, der so viel Wert auf ein makelloses Äußeres seines Schiffes legte, bei der technischen Wartung und bei Fragen der Sicherheit ebenso penibel war.

Als der Leutnant bemerkte, wie viele Charterboote schon jetzt am Anleger lagen, kam er zu dem Schluss, dass Ms MacDonald nicht übertrieben hatte in Bezug auf den Konkurrenzkampf in ihrer Branche. Es gab also tatsächlich mindestens zwei gute Gründe, sich über die Verwarnung wegen der abgelaufenen Leuchtmunition aufzuregen.

Und in Anbetracht der Anzeichen von Kummer und Sorgen, die er in ihren Augen entdeckt hatte, als sie am Freitag vor seinem Schreibtisch in Angriffsposition gegangen war, wurde ihm klar, dass noch mehr Stress wahrscheinlich das Allerletzte war, was sie im Moment gebrauchen konnte. Craig konnte zwar an dem Auslöser, der zu dieser heftigen emotionalen Auseinandersetzung geführt hatte, nichts mehr ändern, aber wenn sie sich wirklich an ihre Zusage hielt und die abgelaufene Leuchtmunition durch neue ersetzt hatte, dann war eine seiner Top-Prioritäten für diesen Nachmittag, die schriftliche Verwarnung gegen sie wieder zu löschen.

Was machte denn der neue Kommandeur der Küstenwache bei der ***Lucy Sue***?

Kate blieb abrupt stehen, als sie um die Ecke zum Anleger bog, und sah, dass der hochgewachsene Offizier direkt vor ihrem Boot stand. Das Allerletzte, was sie jetzt gebrauchen konnte, war ein weiteres Scharmützel mit diesem Paragrafenreiter.

Einen kurzen Moment überlegte sie, sich lieber wieder zu verziehen. Das wäre auch noch möglich gewesen, denn er stand mit dem Rücken zu ihr, sodass sie seine breiten Schultern gut im Blick hatte, während er die ***Lucy Sue*** begutachtete. Aber einfach davonzulaufen, löste ja ihre Probleme nicht. Wenn er zu dem Schluss gekommen war, es bei der Verwarnung zu belassen und sie nicht zurückzunehmen, dann konnte sie die schlechte Nachricht auch genauso gut gleich entgegennehmen. Und dass er persönlich erschienen war, deutete ja eher auf schlechte als auf gute Nachrichten hin. Wieso hätte er persönlich vorbeikommen sollen, wenn er nicht den Spieß umdrehen und seine Autorität demonstrieren wollte, indem er ihr ihre Bitte abschlug? Und wenn sie daran dachte, wie sie ihn bei ihren bisherigen Begegnungen behandelt hatte, konnte sie es ihm noch nicht einmal verübeln, sollte er die nächstbeste Gelegenheit nutzen, um sie in ihre Schranken zu weisen.

Ihre Schultern schoben sich ein ganz klein wenig nach vorn und sie wechselte die Tasche, die sie dabeihatte, von der einen Schulter auf die andere. Dann zwang sie sich, weiterzugehen. Weil sie Sportschuhe trug, konnte sie sich dem Leutnant nahezu geräuschlos nähern. Ein paar Schritte vom Überbringer der schlechten Nachricht entfernt blieb sie stehen und holte einmal tief Luft.

„Und, wollen Sie noch eine weitere Kontrolle durchführen, Leutnant?“ Eigentlich hatte sie ganz sachlich klingen wollen, aber jetzt hatte sich doch wieder ein leicht trotziger Unterton eingeschlichen.

Mit einem Ruck drehte er sich zu ihr um und sah richtig überrascht aus, aber da war noch eine andere Emotion, die sie nicht recht deuten konnte. „Nein, das hatte ich eigentlich nicht vor.“

„Dann sind Sie also gekommen, um sich persönlich zu überzeugen, ob alles erledigt ist?“

„Ja, ich hatte sowieso in der Stadt zu tun, und da dachte ich, ich könnte ja auch gleich hier vorbeischauen.“

„Die neue Leuchtmunition habe ich schon besorgt“, sagte sie, schob sich an ihm vorbei und jonglierte mit ihrer Tasche, während sie sich bereit machte, an Bord zu gehen.

„Kommen Sie, ich halte das so lange für Sie“, bot er an und nahm ihr die Tasche ab, bevor sie protestieren konnte. Dabei erhaschte er einen Blick auf eine Packung Zündkerzen, die ganz zuoberst lagen. „Haben Sie Probleme mit dem Motor?“

Statt direkt auf seine Frage zu antworten, stieg sie aufs Boot, griff nach der Tasche und sagte dann: „Ich bin immer gern vorbereitet."

„Sie warten Ihr Boot selbst?"

„Ja, das meiste mache ich selbst. Bei den kniffligeren Sachen hilft mir mein Nachbar. Apropos vorbereitet, ich würde Ihnen jetzt gerne die neue Leuchtmunition zeigen." Sie duckte sich, stieg in die Kajüte hinunter, holte die Leuchtmunition herauf und stand eine halbe Minute später wieder neben ihm auf dem Anleger. „Wie Sie sehen, bin ich für die neue Saison eingedeckt", sagte sie, als sie ihm die Leuchtraketen zeigte, und ärgerte sich erneut über den leicht trotzigen Unterton, der sich wieder eingeschlichen hatte.

Irgendwie wollte es ihr nicht gelingen, mit diesem Mann in normalem Ton zu reden.

Craig nahm schweigend die Leuchtmunition entgegen, warf einen kurzen Blick aufs Verfallsdatum und gab sie ihr wieder zurück. „In Ordnung", sagte er nur, senkte den Kopf und verschränkte die Arme vor der Brust, sodass Kate gar nicht anders konnte, als seinen muskulösen Oberkörper zu bemerken.

„Und wie geht es jetzt weiter?", fragte sie und zwang sich, wieder aufzublicken und ihm in die Augen zu schauen, die so blau waren wie das Meer an einem sonnigen Sommertag auf Nantucket. Sie merkte, wie ihre innere Anspannung zunahm, als sie sich für eine schlechte Nachricht wappnete.

Er griff in seine Brusttasche, holte das Original der schriftlichen Verwarnung heraus, das er ordentlich zusammengefaltet eingesteckt hatte, sah sie an, zerriss dabei das Schriftstück in viele kleine Fetzen und entsorgte sie in einen Müllbehälter, der ein paar Schritte entfernt stand.

Sie machte große Augen und fragte: „Heißt das … dass die Verwarnung damit gelöscht ist?"

„Ja."

„Und wieso?"

„Ihre Bitte war vernünftig und begründet, auch wenn man das von Ihrem Verhalten nicht unbedingt behaupten kann." Er warf ihr einen abwägenden Blick zu, und dabei blitzte ein Hauch von Erheiterung um seine Iris herum auf. „Reagieren Sie eigentlich immer so über, wenn Sie wütend sind?"

Es war eine berechtigte, aber auch provozierende Frage, und sie merkte, wie sie sich verspannte. „Man sagt, dass ich mich nicht gern mit Dummköpfen abgebe", antwortete sie schließlich.

Er zog daraufhin eine Augenbraue hoch, sagte aber nichts.

Du Idiotin, schalt sich Kate und spürte, wie ihr das Blut in den Kopf schoss. ***Der Mann hat dir gerade einen riesigen Gefallen getan, und du beleidigst ihn, statt dich bei ihm zu bedanken? Wie undankbar bist du eigentlich?***

Doch sie verdrängte dieses peinliche Gefühl und schob ihre Hände in die Jeanstaschen. „Hören Sie, könnten wir nicht vielleicht noch mal ganz von vorn anfangen?"

„Das wäre vielleicht keine schlechte Idee."

„Okay. Gut. Also, was ich eigentlich sagen wollte: Ich bin sehr dankbar für Ihre Nachsicht. Sie haben ja sicher bemerkt, dass die ***Lucy Sue*** schon ein älteres Modell ist. Sie ist nicht so aufgemotzt wie die anderen Charterboote und verfügt auch nicht über so viel technischen Schnickschnack. Eine saubere Bilanz bei den Sicherheitskontrollen ist deshalb ein Aspekt, mit dem ich werben kann und der mir zu einem Vorteil im Konkurrenzkampf mit den anderen Charterbootbetreibern verhilft. Ohne diesen Vorteil …“ Sie schüttelte den Kopf und zuckte mit den Achseln.

„Von meinem Unteroffizier habe ich erfahren, dass Sie schon eine ganze Weile im Geschäft sind, Ms MacDonald.“

Der Wind wehte ihr eine Locke ihres roten Haares ins Gesicht, die sie energisch wieder zurück hinters Ohr schob. „Ja, mein Schwiegervater hat die Firma gegründet, und als er in den Ruhestand ging, hat er die Firma an meinen Mann und mich übergeben. Aber ich angle eigentlich schon mein ganzes Leben.“

Sie fuhr sich mit der Zunge kurz über die Lippen und überlegte, ob sie ihm ein Friedensangebot machen sollte. Schließlich entschied sie, dass es sicher nicht schaden konnte, und sagte deshalb: „Meine Freunde nennen mich übrigens Kate.“

Ganz kurz registrierte sie Überraschung in seinem Blick und ein leichtes Zucken um seinen einen Mundwinkel. „Wie in ***Kiss me, Kate***?“

Bei der Erwähnung des Musicals von Cole Porter, das auf Shakespeares Komödie ***Der Widerspenstigen Zäh-***

mung basiert, zog Kate eine Grimasse. „Wahrscheinlich eine berechtigte Frage, wenn man bedenkt, wie unsere Bekanntschaft bis jetzt gelaufen ist. Ich entschuldige mich in aller Form für meine unterirdisch schlechte Laune. Sie haben mich gerade in einer ziemlich schwierigen Phase erwischt. Ob Sie es glauben oder nicht, ich bin trotz meiner roten Haare eigentlich ein ziemlich ausgeglichener Mensch."

Er warf ihr einen skeptischen Blick zu, was ihr ein kleinlautes Lächeln entlockte.

„Ich kann es Ihnen wirklich nicht verübeln, wenn Sie das bezweifeln, aber es stimmt wirklich."

Er erwiderte ihr Lächeln und sagte: „Ich heiße Craig. Und wahrscheinlich werde ich mich davon ja persönlich überzeugen können, wenn wir uns wieder über den Weg laufen."

„Was ganz sicher der Fall sein wird, denn die Insel ist ja nicht besonders groß. Es sei denn, Sie bleiben weiter der unsichtbare Mann."

Er runzelte verwundert die Stirn. „Der was?"

Grinsend schob sie die Hände noch tiefer in die Hosentaschen. „Der unsichtbare Mann. So werden Sie von den Einheimischen genannt, denn bisher haben Sie sich ja kaum in der Öffentlichkeit blicken lassen."

„Ich habe viel damit zu tun gehabt, mich auf der Station einzuarbeiten, aber ich werde mich künftig öfter im Ort blicken lassen."

„Ich bin sicher, dass sich darauf schon alle freuen."

Er warf ihr einen fragenden Blick zu, so als hätte er gern gewusst, ob sie auch zu denen gehörte, die sich freuten, aber stattdessen lächelte er nur und wandte sich zum Gehen. „Bis dahin habe ich noch jede Menge Büroarbeit zu erledigen."

„Vielen Dank noch mal für Ihre Nachsicht bei der Verwarnung."

„Gern geschehen, Kate. Machen Sie es gut." Dann winkte er noch kurz und ging in Richtung Main Street davon.

Es gefiel ihr, wie ihr Name aus seinem Mund klang. Sie sah ihm nach und wartete, bis sie ihn nicht mehr sehen konnte, bevor sie wieder an Bord der ***Lucy Sue*** ging, um zu erledigen, was es dort zu tun gab.

Als er schon längst weg war, spielte sie ihr Gespräch immer wieder in Gedanken durch, und sie stellte fest, dass es nicht nur höflich gewesen war, sondern richtig nett. Und er hatte sich auch als flexibler erwiesen, als sie gedacht hatte. Immerhin hatte er die Vorschriften zu ihren Gunsten umgangen, obwohl sie ihn nicht gerade gut behandelt hatte. Sie bezweifelte, dass sie an seiner Stelle so großzügig gewesen wäre und so schnell bereit zu verzeihen.

Während Kate ihre Vorräte einräumte, musste sie sich eingestehen, dass ihre ursprüngliche Einschätzung des Kommandeurs als überkorrekter Paragrafenreiter vielleicht doch ein bisschen zu voreilig gewesen war. Andererseits reichte aber ein freundlicher Wortwechsel noch nicht aus, um sie davon zu überzeugen, dass sie sich in Bezug auf seinen Charakter ganz und gar getäuscht hatte. Bevor sie ihre Meinung änderte, musste sie noch viel mehr über ihn erfahren und ihn noch öfter sehen.

Und sehr zu ihrer eigenen Überraschung fand sie diese Aussicht trotz ihrer anfänglichen Vorbehalte, trotz des etwas holprigen Starts und trotz des festen Entschlusses, ihm so gut wie möglich aus dem Weg zu gehen, ziemlich reizvoll.

„Ich rieche Zimt! Mmhhh, lecker!“ Maddie ließ Kates Hand los und ging strahlend auf den Teller mit Zimttoasts zu, der auf dem Holztisch in Ediths gemütlicher Küche für sie bereitstand.

„Sie hat doch schon zu Hause gefrühstückt, Edith. Das ist wirklich nicht nötig.“ Kate betrat das Haus der Nachbarin etwas langsamer durch die Hintertür als ihre Tochter und blieb stehen, nachdem sie zwei Schritte in den Raum gemacht hatte.

„Aber ich wollte es gern. Ich tue gern etwas für die Menschen, die mir am Herzen liegen. Komm, trink doch noch rasch einen Kaffee.“

„Das geht nicht. Ich bin jetzt schon zu spät dran.“

„Du kannst in fünf Minuten in der Schule sein. Komm, ich schenk dir rasch eine Tasse ein.“

Edith nahm einen Thermobecher mit Deckel aus dem Hängeschrank und zog die Glaskanne aus der Kaffeemaschine. „Außerdem wollte ich dir etwas sehr Interessantes erzählen.“

Die gespielte Lockerheit der Nachbarin versetzte Kate in Alarmbereitschaft. „Was ist denn passiert?“

„Ich habe deinen Leutnant auf dem Markt getroffen“, sagte sie, während sie aus dem kleinen Krug etwas Milch in Kates Kaffee goss. „Und ich muss sagen, dass er gar nicht so war, wie ich es nach deiner Beschreibung vermutet hätte. Ich fand ihn jedenfalls ganz reizend."

Kate merkte, wie sie rot wurde. „Ich habe meine Meinung auch schon ein bisschen revidiert", erklärte sie.

„Seit wann denn das?"

„Seit er gestern die Verwarnung gegen mich wieder gelöscht hat."

„Ach, hat er das? Wie interessant." Edith schraubte den Deckel auf den Thermobecher und grinste Kate an. „Das hat sicher an deinem Charme gelegen."

Kate zog eine Grimasse. „Sehr witzig." Dann schaute sie auf ihre Uhr, schob ihre Tasche auf die Schulter und wechselte das Thema. „Ich muss mich jetzt aber wirklich beeilen, Edith. Es ist kein gutes Vorbild, wenn die Lehrerin zu spät kommt. Bitte ruf mich an, wenn etwas mit Maddie ist, ja?"

„Falls wir den Inhalator brauchen sollten, habe ich mir ja aufgeschrieben, wie man ihn bedient. Mach dir also keine Sorgen."

Ganz kurz huschte ein kummervoller Zug über Kates Gesicht und sie sagte: „Es ist gar nicht so einfach, mir keine Sorgen zu machen, Edith."

„Aber du weißt ja, was Mac dazu gesagt hätte, oder?"

„Ja", antwortete sie, und der Anflug eines Lächelns umspielte ihre Mundwinkel. „Wenn kein Problem da ist, dann such auch nicht nach einem."

Sie beugte sich vor und umarmte die grauhaarige Frau, die für sie eher wie eine Verwandte war als wie eine Nachbarin oder Freundin. „Es tut mir leid, dass ich dich dieses Schuljahr so oft in Anspruch nehmen musste,

Edith. Ich kann mich nicht erinnern, wann ich das letzte Mal so viele Vertretungsstunden gegeben habe, aber das zusätzliche Geld ist wirklich ein Geschenk des Himmels."

Doch Edith winkte nur ab und sagte: „Jetzt mach dir mal keinen Kopf, Kate. Maddie ist so reizend. Und apropos reizend – auch den Leutnant würde ich so beschreiben."

Wenn Edith sich erst einmal an einem Thema festgebissen hatte, war sie genauso schwer wieder abzuschütteln wie die berüchtigten Wildflöhe, die es auf der Insel gab, dachte Kate. „Wie gesagt, ich finde ihn auch gar nicht so übel, wie ich zuerst gedacht habe", sagte sie abschließend und griff nach der Türklinke.

„Er findet dich übrigens auch gar nicht so übel – trotz deines Wutanfalls."

Kate drehte sich abrupt wieder um. „Er hat über mich gesprochen?"

„Erst nachdem ich ganz nebenbei erwähnt habe, dass wir Nachbarn sind."

Aber Kate ließ sich von Ediths unschuldiger Miene nicht täuschen. Das ***nebenbei*** war frei erfunden. Wenn die Kupplerin aus der Lighthouse Lane eine Mission hatte, dann konnte sie zielstrebig sein wie ein alter Walfänger von Nantucket, der seine Beute verfolgte. Kate krallte sich am Trageriemen ihrer Handtasche fest, und ihr Puls ging schneller. „Du hast ihm aber nicht weitererzählt, was ich über ihn gesagt habe, oder?"

„Natürlich nicht", antwortete Edith mit einem entrüsteten Schnauben und entsprechendem Blick. „Das bleibt unter uns. Ich habe nur kurz erwähnt, dass wir uns schon seit Jahren kennen und dass du ein ganz wundervoller Mensch bist – und dazu noch ein schwer arbeitender. Er hat gesagt, dass deine Entschlossenheit ihn beeindruckt habe, und er hat sich auch sehr lobend über die ***Lucy Sue*** geäußert. Sie sei ein schönes Boot, meinte er, und du würdest sie hervorragend pflegen."

„Und worüber habt ihr zwei sonst noch so geplaudert?"

„Nichts weiter", antwortete Edith. „In dem Moment, als es gerade interessant wurde, hat nämlich sein Handy geklingelt. Irgendein Notfall auf der Station."

Kate atmete erleichtert auf und schob noch einmal ihre Tasche auf die Schulter. „Ich bin dann gegen halb vier zurück."

„Tschüss, Mama." Maddie winkte und biss erneut von ihrem Zimttoast ab.

Lächelnd trat Kate noch einmal schnell neben ihre Tochter und gab ihr ein Küsschen auf die Wange. „Sei brav, ja?"

„Okay."

„Bis später dann, Edith." Kate winkte der Nachbarin zum Abschied kurz zu und machte sich dann auf den Weg zur Arbeit. Während sie durch das Labyrinth schmaler Straßen in Richtung Schule fuhr, dachte sie an die zufällige Begegnung zwischen Edith und dem Leutnant.

Gott sei Dank war ihr Gespräch vom Handy unterbrochen worden, sonst hätte Edith dem neuen Leiter der Küstenwache noch die gesamte Lebensgeschichte ihrer Nachbarin erzählt und wahrscheinlich eine geschönte Version.

Zum Glück hatte Edith nicht mehr als eine kurze schmeichelhafte Bemerkung einwerfen können, auf die der Leutnant mit der Bemerkung reagiert hatte, dass er Kates Entschlossenheit bewundere. Das war eine sehr freundliche Umschreibung ihres Auftretens bei der ersten ihrer beiden Auseinandersetzungen. Ihrer Meinung nach hätten Feindseligkeit und Unhöflichkeit es eher getroffen, und sie konnte froh sein über sein diplomatisches Geschick.

Dennoch merkte sie, dass sie sich wünschte, er hätte noch eine weitere bewundernswerte Eigenschaft an ihr genannt. Intelligenz, Stärke, Lebhaftigkeit oder Tüchtigkeit … wäre nicht schlecht gewesen. Kate schüttelte den Kopf und schalt sich selbst dafür, dass sie an so etwas überhaupt einen Gedanken verschwendete. Der Leutnant hatte die Verwarnung gelöscht, das war die Hauptsache. Da konnte es ihr doch eigentlich völlig egal sein, was er über sie dachte.

Aber auch wenn es sie ärgerte – es war ihr keineswegs egal.

Kapitel 4

„Ach, schau mal an, wen haben wir denn da!", sagte Edith, als Kate am Sonntag hinter ihr her den Mittelgang der Kirche entlangging. Als Kate Ediths Blick folgte, sah sie tatsächlich in einer Bank etwa in der Mitte der Kirche Leutnant Craig Cole sitzen.

Kate packte ihre Nachbarin am Arm und zeigte auf die Bank direkt neben sich. „Komm, wir setzen uns hierher. Der Platz ist doch gut."

Doch Edith ging einfach weiter, zog Kate mit und sagte: „Wir sitzen doch sonst nie so weit hinten."

„Edith", zischte Kate, und jetzt blieb die Ältere endlich stehen. „Maddie und ich setzen uns heute hierhin."

Edith zögerte kurz, zuckte dann aber die Achseln und sagte: „Wie du willst, wir sehen uns dann später." Dann hakte sie sich bei Chester unter und ging schnurstracks zu der Bank, auf der der neue Chef der Küstenwache saß.

„Warum sitzen wir denn heute nicht bei Mr und Mrs Shaw, Mama?", fragte Maddie so laut, dass es in der ganzen Kirche zu hören war.

Kate forderte sie mit einer Geste auf, leise zu sein, und machte sich ganz klein, während sie ihre Tochter in die Bankreihe lotste. Sie konnte ihr Gesicht zwar abwenden, aber ihr rotes Haar ließ sich unmöglich verbergen, und wenn der Leutnant sich umdrehte, würde er sie sofort entdecken. „Ich dachte, dass es ganz schön wäre, heute mal woanders zu sitzen“, sagte sie mit gedämpfter Stimme und hoffte, ihre Tochter würde das als Aufforderung verstehen, ebenfalls leise zu sprechen, doch das klappte leider nicht.

Maddies Vorstellung von Flüstern sah so aus, dass sie genauso laut sprach wie immer, sich dabei aber ganz nah zu Kate beugte. „Aber dann kann ich gar nicht sehen, was vorne ist. Wir sind viel zu weit hinten.“

Im Allgemeinen hielt Kate nichts von Bestechung als Erziehungsmethode, doch da machte sie in diesem Moment eine Ausnahme. „Das machen wir nur heute, Schätzchen. Und wenn du brav bist und ganz leise, dann gehen wir hinterher noch zu Downyflake und essen Donuts.“

Das funktionierte glücklicherweise wie gewünscht, und den Rest des Gottesdienstes gab Maddie keinen Mucks mehr von sich. Sie faltete die Hände in ihrem Schoß, sang die Lieder mit, die sie kannte, und schaute die ganze Zeit nach vorn zum Altar – ein Musterbeispiel an Frömmigkeit.

Im Gegensatz dazu zappelte Kate während des gesamten Gottesdienstes nervös herum. Sie schlug die Beine übereinander und dann anders herum übereinander und versuchte vergeblich, eine bequeme Sitzposition zu finden. Sie sang ein bekanntes Lied mit einem falschen Text, sodass die Gottesdienstbesucher in ihrer Nähe fragend die Augenbrauen hochzogen, und sie konnte sich einfach nicht auf die Predigt von Reverend Kaizer konzentrieren.

Und das alles wegen eines gewissen Kommandeurs der Küstenwache, der mindestens zehn Reihen von ihr entfernt saß.

Es war einfach lächerlich. Aber sie konnte nichts dagegen tun.

Am Ende gab sie den Versuch auf, ihn zu ignorieren, und gestattete sich ein paar diskrete Blicke in seine Richtung. Sie stellte fest, dass er keine Uniform trug und dass er in Zivil eine ganz andere Ausstrahlung hatte. Weniger streng und nicht so autoritär, menschlicher und nicht so unnahbar. Und darüber hinaus hatte der Mann auch noch Geschmack. Seine dunkelgraue Hose, das weiße Hemd und das anthrazitfarbene Jackett strahlten eine unaufgeregte, lässige Eleganz aus, die zu seiner schlanken, muskulösen Figur passte.

Als die Orgel den letzten Choral anstimmte, half Kate Maddie schon in den Mantel. Gott sei Dank waren sie mit dem eigenen Wagen zur Kirche gekommen und nicht bei Edith und Chester mitgefahren wie sonst, sodass sie nach dem Gottesdienst schnell aufbrechen konnten.

In dem Augenblick, als der letzte Ton des Abschlusschorals verklang, schob Kate Maddie zur Türe hinaus zum Wagen, begrüßte im Vorbeigehen noch ein paar Gemeindeglieder, aber ohne dabei ihr Tempo zu verlangsamen. Erst nachdem sie vom Parkplatz gefahren war und unterwegs Richtung Süden, wurde ihre Atmung wieder normal. Jetzt waren sie sicher.

Sicher.

Was für eine seltsame Wortwahl, dachte Kate, als sie auf den letzten freien Parkplatz vor dem Downyflake Café bog, das für seine besonders guten Donuts über die Grenzen der Insel hinaus bekannt war. Entsprechend voll war es dort auch, und Maddie und sie stellten sich in die lange Schlange, die bis hinaus vor die Tür reichte. Wieso fühlte sie sich in der Nähe des neuen Kommandeurs der Küstenwache nicht sicher? Und wieso hatte sie das Gefühl, vor ihm flüchten zu müssen?

Das hatte nichts mit seiner verantwortlichen Stellung zu tun, so viel war ihr klar. Sie hatte sich über die Verwarnung zwar geärgert, aber sich nicht einen Moment lang in irgendeiner Form bedroht oder eingeschüchtert gefühlt, als sie in sein Büro marschiert war und ihn zur Rede gestellt oder als sie ihn wegen seines riskanten Badevergnügens vor Great Point kritisiert hatte. Dieses Gefühl, flüchten zu müssen, hatte einen … persönlichen Grund.

Und nach genauerem Überlegen hatte sie auch schnell herausgefunden, wann es zum ersten Mal da gewesen war: nämlich in dem Augenblick, als er ihr in seinem Büro in die Augen gesehen und dort ihren ganz persönlichen Kummer und die tiefe Unsicherheit entdeckt hatte. Er wusste zwar nichts Konkretes, aber dass es da war, das wusste er.

Das fand Kate zwar beunruhigend, aber eigentlich machte sie sich keine Sorgen, dass er dieses Wissen gegen sie verwenden könnte, denn sie spürte, dass er dazu viel zu anständig war. Die Tatsache, dass er ihre Abwehr überwunden hatte, war zwar irgendwie beunruhigend, aber das war es nicht, wodurch sie sich so verletzlich fühlte.

Doch was war es dann?

Während sie über diese Frage nachdachte, rückte die Schlange vor dem Tresen mit Donuts immer weiter vor, und als sie auf die Antwort kam, stockte ihr förmlich der Atem.

Sie fühlte sich nicht sicher – und hatte den Drang zu flüchten –, weil sie sich zum ersten Mal seit Macs Tod zu einem Mann hingezogen fühlte.

„Aua, du tust meiner Hand weh, Mama!“, protestierte Maddie in diesem Moment.

Kate ließ sofort los und beugte sich hinunter, um Maddie kurz zu drücken. „Tut mir leid, mein Schatz. Gleich sind wir an der Reihe.“ Die Worte kamen irgendwie abgehackt heraus, und sie hatte Mühe, ihren rasenden Puls zu beruhigen. „Was für einen Donut möchtest du denn?“

„Mit Zucker.“

„Woher habe ich das bloß gewusst?“ Es kostete sie ihre gesamte verfügbare Willenskraft, einen lustigen Tonfall anzuschlagen und so etwas wie ein normales Lächeln zustande zu bringen, besonders weil der Gedanke an die dunkelblauen Augen des Kommandeurs, seine athletische Figur und die Beständigkeit und Zuverlässigkeit, die er ausstrahlte, bewirkte, dass sie sich alles andere als normal fühlte.

Es bestand kein Zweifel. Dieses flatterige Gefühl im Magen war Anziehung, und das machte sie fast wahnsinnig vor Angst.

Denn egal, was Edith glaubte, Kate war noch nicht wieder so weit, sich neu zu verlieben, und außerdem war Craig Cole auch gar nicht ihr Typ. Er war das genaue Gegenteil von Mac, der durch seine umgängliche, entspannte Art und seinen unbekümmerten Charme der Sonnenschein ihres Lebens gewesen war. Mac hatte das Leben durch eine Brille gesehen, die alle möglichen Farbschattierungen und Strukturen erfasste und nicht nur schwarz und weiß.

Kate konnte zwar die seltsame, fast magnetische Anziehungskraft nicht leugnen, die der neue Kommandeur der Küstenwache auf sie hatte, aber das musste an der Wirkung von Ediths Äußerungen liegen, überlegte sie. Doch vielleicht war der Grund ja auch diese tiefe Einsamkeit, die zu ihrer eigenen Überraschung seit Macs Tod nicht nachgelassen hatte, sondern stetig schlimmer geworden war. Und außerdem war ihr Leutnant Cole gerade zu einem Zeitpunkt begegnet, an dem sie wegen ihrer finanziellen Situation und der Sorgen um Maddies Gesundheit besonders verletzlich war. Da wäre doch jeder in ihrer Situation anfällig gewesen für die Kompetenz und Zuverlässigkeit, die er ausstrahlte, und hätte sich angezogen gefühlt von den breiten Schultern, die aussahen, als könnten sie auch schwerste Lasten tragen.

Seine blauen Augen hatten auf keinen Fall etwas damit zu tun.

So musste es sein, beschloss sie, als sie endlich vor dem Tresen stand, um zu bestellen.

Und dabei blieb sie.

Als Craig nach dem Gottesdienst wieder ins Auto stieg, warf er noch einmal rasch einen Blick auf die schlichte kleine Kirche. Ein paar Leute standen noch in der Nähe des Eingangs, aber die meisten waren inzwischen gegangen. Es war ein guter Vormittag gewesen, und zwar sowohl für seinen Glauben als auch in Bezug auf die Öffentlichkeitsarbeit der Küstenwache. Er hatte einen ersten Schritt unternommen, wieder mit Gott in Kontakt zu kommen und dabei nach dem Gottesdienst auch noch eine ganze Reihe Einheimischer kennengelernt.

Auch Kates Nachbarin Edith Shaw hatte er dort getroffen. Nach Aussage der älteren Dame, die es geschafft hatte, ihm nach dem Gottesdienst auf dem kurzen Weg von ihrer Bank zum Ausgang so einige Informationen zu entlocken, war auch Kate in der Kirche gewesen. Doch als er dann endlich draußen stand, war sie schon weg gewesen, und er fragte sich, ob die Charterbootkapitänin wohl seinetwegen so schnell verschwunden war.

Jetzt war Craig durch die engen Straßen der Stadt unterwegs zu einer kleinen Bäckerei mit Café am Markt. Von Barlow hatte er erfahren, dass das Essen dort gut sei und die Preise in Ordnung – eine Ausnahme auf der Insel, wie er festgestellt hatte, denn in den meisten Lokalen war das Essen völlig überteuert. Die hohen Lebenshaltungskosten auf Nantucket waren ein echter Schock für ihn gewesen.

Als er sich seinem Ziel näherte, brachten ihn der volle Parkplatz und das Gedränge vor der Tür beinah von seinem Plan ab, dort eine Kleinigkeit zu essen, aber als dann ein Auto wegfuhr und er die Lücke ergatterte, blieb er doch bei seinem Vorhaben.

Der Mann hinter dem Lenkrad des wegfahrenden Wagens grinste und machte im Vorbeifahren das Daumenhoch-Zeichen, und Craig winkte zurück. Als Craig eingeparkt hatte, freute er sich richtig auf ein üppiges spätes Frühstück. Doch als er ausstieg und gerade zum Eingang des Lokals gehen wollte, stand er plötzlich unvermittelt der rothaarigen Kapitänin gegenüber, deren Auto auf dem Parkplatz neben seinem stand.

Sie machte große Augen, wurde rot und beantwortete damit die Frage, die er sich schon gestellt hatte. Nach dem Gottesdienst hatte sie tatsächlich sofort Reißaus genommen, um nicht mit ihm zusammenzutreffen.

Und er hatte den Verdacht, dass sie es jetzt am liebsten wieder getan hätte, aber es war unmöglich, auf höfliche Weise einem Gespräch aus dem Weg zu gehen, wenn man nur durch ein Autodach voneinander getrennt war.

„Guten Morgen, Kate."

„Ach, Leutnant Cole."

Er musste ziemlich tief graben, um ein richtig charmantes Lächeln zustande zu bringen, weil er sich nach all den Jahren nicht mehr erinnerte, wie das ging. Es fühlte sich auch entsprechend steif und eingerostet an, so wie die Angeln einer Tür, die seit Jahren nicht mehr geöffnet worden ist. „Ich dachte, über diese förmliche Ebene wären wir schon hinaus."

„Entschuldigen Sie."

Er wartete, aber als sie nichts weiter sagte, steckte er den Autoschlüssel in die Tasche und deutete mit dem Kopf in Richtung des Lokals. „Und, haben Sie etwas Lekkeres genossen?"

„Ja", antwortete sie nur einsilbig.

Für eine Frau, die bei ihren vorigen Begegnungen keinerlei Probleme gehabt hatte, sich wortreich zu äußern, war ihre Zurückhaltung geradezu alarmierend. „Ist alles in Ordnung?“

Sie wurde rot. „Ja, alles bestens.“

Er versuchte es mit einem Themenwechsel. „Ich fand die Predigt hervorragend, und Sie?“

Sie blickte völlig ausdruckslos drein, wurde noch ein bisschen röter und antwortete wieder nur: „Ja.“

„Wer ist denn der Mann, Mama?“

Craig wurde von der Kinderstimme überrascht und verlagerte ein wenig sein Gewicht, um besser durchs Fenster in Kates Wagen hineinschauen zu können. Ein kleines Mädchen mit rabenschwarzem Haar schaute ihn mit großen dunklen Augen neugierig durchs Fenster an. Die Kleine sah etwas blass aus, und er schätzte sie auf vier oder fünf Jahre.

So alt wie Vicki.

Die Frage des Kindes lockerte offenbar Kates Stimmbänder ein wenig. „Das ist der neue Chef der Küstenwache, mein Schatz.“

„Du meinst, der unsichtbare Mann?“

Verlegen schaute sie Craig an und antwortete dann ihrer Tochter. „Ja, aber jetzt ist er ja nicht mehr unsichtbar, oder?“

„Er hatte bestimmt so viel zu tun, dass er nicht herauskommen konnte. Stimmt doch, oder?“ Der letzte Teil der Frage war an ihn gerichtet.

„Ja, das stimmt genau.“ Er trat zwischen den beiden Autos hervor und ging hinten um Kates Wagen herum. Das kleine Mädchen trug einen karierten Trägerrock mit einem roten Rollkragenpulli darunter, eine weiße

Strumpfhose und schwarze Lackschuhe. Ihr Haar war mit einem roten Band zurückgebunden, aber ein paar Strähnen hatten sich daraus gelöst und umrahmten weich ihr Gesicht. Ein wirklich bezauberndes Kind.

Aber nicht bezaubernder als ihre Mutter, fand Craig. Kate trug statt abgewetzten Jeans, Wetterjacke und T-Shirt heute einen schmalen schwarzen Rock, schwarze Pumps und einen langärmeligen grünen Angorapulli in der Farbe ihrer Augen. Das Haar hatte sie mit Haarspangen gezähmt, sodass es ihr locker auf die Schultern fiel. Ein Hauch Lippenstift betonte ihren Mund, und sein Herz machte einen Satz.

Weil er sich irgendwie ablenken musste, beugte er sich vor und lächelte das kleine Mädchen an. „Ich heiße Craig, und du?"

„Mein richtiger Name ist Madison, aber alle nennen mich Maddie."

„Was für ein hübscher Name."

Sie lächelte ihn etwas schüchtern an und schaute dann zu Boden.

„Es sieht ja ganz so aus, als ob ihr was Leckeres mit nach Hause nehmt", sagte er und tippte dabei mit dem Finger gegen die weiße Tüte, die sie in der Hand hielt.

„Einen Donut habe ich schon hier gegessen", berichtete sie. „Wir haben da hinten auf der Bank gesessen, damit wir nicht im Auto mit Milch kleckern oder der Zukker auf die Sitze krümelt." Die Kleine zeigte quer über den Parkplatz zur Eingangstür des Lokals. „Mama hat gesagt, dass ich den anderen zu Hause essen kann. Willst du auch einen Donut essen?"

„Vielleicht."

Mit ernster Miene beugte sie sich ein wenig vor und vertraute ihm an: „Die mit Zucker schmecken am besten."

„Das merke ich mir auf jeden Fall."

Während Craig sich mit Maddie unterhielt, merkte er, wie Kate in ihrer Handtasche herumkramte.

„Ich muss meinen Schlüssel drinnen liegen gelassen haben", sagte sie, „oder da hinten auf der Bank, wo wir gesessen haben." Sie hörte auf zu suchen, schüttelte den Kopf und sah bestürzt zu der Menschentraube am Eingang hinüber. „Ich fürchte, wir müssen noch einmal hineingehen."

„Wenn es Ihnen recht ist, können Maddie und ich gerne hier warten. Vielleicht schafft man es durch das Gedränge besser allein."

Es überraschte ihn nicht, dass sie zögerte. Er hatte zwar eine prominente Stellung auf der Insel, aber sie kannte ihn ja kaum, und die Nachrichten waren ständig voll mit Horrorgeschichten über Verbrechen an Kindern. An die Rückseite ihres Wagens gelehnt, sagte er: „Sie könnten uns die ganze Zeit sehen, Kate, und wir bleiben genau hier stehen."

Er hatte selbst nicht gedacht, dass er so freundlich und verständnisvoll bleiben würde. Daran, wie sie kaum merklich die Augenbrauen hochzog, merkte er, dass auch sie überrascht war, aber es funktionierte.

„Vielen Dank", sagte sie schließlich. „Ich bin sofort wieder da." Sie berührte Maddie noch einmal kurz an der Schulter, und dabei blitzte der schlichte Goldring an ihrer linken Hand ganz kurz im Sonnenlicht auf. „Du bleibst bitte hier bei Mr Cole, Maddie, ja?“

„Ja, mach ich, Mama.“

Kate schaute ihn noch einmal kurz an und ging dann in Richtung des Cafés davon. Während sie im Gedränge verschwand, dachte Craig an den Ring, der ihm auch schon bei ihrer ersten Begegnung in seinem Büro aufgefallen war. Warum wohl ihr Mann nicht bei ihr war, fragte er sich. Eine mögliche Antwort war, dass er sich für den Glauben nicht sonderlich interessierte und deshalb nicht in den Gottesdienst ging, eine andere, dass sie geschieden waren.

Craigs Neugier war jetzt geweckt, und er wollte eine Antwort auf seine Fragen. Kate selbst konnte er wohl schlecht nach ihrem Familienstand fragen, das hätte sie – zu Recht – merkwürdig und indiskret gefunden.

Dann schaute er auf Maddie hinunter, die mit der weißen Tüte in der Hand ganz ruhig neben ihm stand. Er fühlte sich zwar wie ein Schuft bei dem Gedanken, der ihm gerade kam, aber dann ging er trotzdem noch einmal in die Knie, um mit der Kleinen auf Augenhöhe zu sein, und fragte: „Kommt ihr jeden Sonntag hierher und esst Donuts, Maddie?“

„Nein, nur manchmal. Aber am liebsten würde ich jeden Tag herkommen. Hier komme ich nämlich am alleralllerliebsten her.“

Craig lachte leise in sich hinein, legte seine Unterarme auf seine Oberschenkel und sah die Kleine an. Wieder fiel ihm auf, wie blass sie war. Ob ihr etwas fehlte? War das vielleicht auch einer der Gründe für die Sorge in

Kates Blick? Doch das war eine Frage für einen anderen Tag. Er hatte nur noch ein paar Minuten Zeit, um zu erfahren, was er wissen wollte. „Als ich klein war, da gab es ganz in der Nähe von dem Haus, in dem ich wohnte, eine Eisdiele", sagte er. „Das war mein Lieblingsort. Im Sommer ist mein Papa nach dem Abendessen oft mit mir und meiner Mama noch dorthin gegangen. So wie ihr hierher kommt."

Mit wehmütiger Miene sagte Maddie darauf: „Ich habe aber keinen Papa. Der ist gestorben, bevor ich auf die Welt gekommen bin."

Craig war fassungslos und musste diese Information erst einmal verdauen. Kate war also Witwe. Sie hatte ihren Mann verloren, als sie mit seinem Kind schwanger gewesen war.

Als das Schweigen andauerte, stellte Maddie ihm eine Frage. „Hast du Kinder?"

Während er noch überlegte, was er auf die unerwartete – und beunruhigende – Frage antworten sollte, tauchte Kate wieder auf.

„Ich habe sie gefunden", sagte sie, klimperte mit dem Schlüsselbund und öffnete die Hintertür ihres Wagens. „So, und jetzt einsteigen, mein Schätzchen", sagte sie, schob das kleine Mädchen in seinen Kindersitz, schnallte es an und schlug die Tür zu.

Craig sah ihren entschuldigenden Blick, als sie sich ihm noch einmal zuwandte, woraus er schloss, dass sie die letzte Frage ihrer Tochter mitbekommen hatte. „Maddie fragt leider gern Leute aus", sagte sie. „Und darüber hinaus hat sie offenbar auch die Direktheit ihrer Mutter geerbt. Ich hoffe, dass sie – im Unterschied zu ihrer Mutter – mit der Zeit ein bisschen taktvoller und diskreter wird."

Craig zwang sich zu einem flüchtigen Lächeln über ihre Selbstironie und sagte: „Wahrscheinlich habe ich ihre Mutter einfach zu einem ziemlich ungünstigen Zeitpunkt kennengelernt."

„Vielen Dank, dass Sie so verständnisvoll sind."

„Das können Sie ja dann wahrscheinlich gut gebrauchen."

Craig hatte keine Ahnung, wieso er das gesagt hatte, und Kate ganz offensichtlich auch nicht, denn sie schob sich am Auto entlang von ihm weg und umklammerte dabei den Trageriemen ihrer Tasche so fest, dass ihre Fingerknöchel ganz weiß waren.

„Danke, dass Sie kurz auf Maddie aufgepasst haben", sagte sie zum Abschluss mit leicht zittriger Stimme.

„Gern geschehen", antwortete er, und die Worte kamen etwas heiser heraus, sodass er sich räuspern musste. „Ich bin froh, dass Sie Ihre Schlüssel wiedergefunden haben."

Das war ja eigentlich eine unverfängliche Aussage, doch dieses Elektrisierende zwischen ihnen war alles andere als unverfänglich.

Kate öffnete hastig die Fahrertür, stieg ein und schlug die Tür zu. Craig trat beiseite, als sie rückwärts aus der Parklücke fuhr, und ging dann zum Eingang des Lokals.

Das war's.

Wäre da nicht etwas wirklich Seltsames gewesen.

Sein Herzklopfen wollte nämlich gar nicht wieder aufhören.

Völlig überrascht von dieser unerwarteten Reaktion drehte er sich noch einmal zum Parkplatz um, als er den Eingang des Lokals erreicht hatte, und ertappte Kate dabei, wie sie ebenfalls zu ihm herübersah, statt auf den Verkehr zu achten. Obwohl sie sofort wieder wegschaute, hatte er genug gesehen, um zu wissen, dass Kate MacDonald genauso überrascht war über diesen elektrisierenden Moment wie er.

Und ebenso sicher war er sich, dass sie genauso entschlossen war wie er, es zu ignorieren.

„Und … wie läuft es, Chester?“

Als Kate und Maddie durch das kleine Gartentor in der hohen Ligusterhecke kamen, durch das ihr kleiner Hintergarten vom weitläufigeren Gartengrundstück der Nachbarn getrennt war, legte Chester den Farbpinsel beiseite.

„Hallo Kate. Schönen guten Tag Fräulein Maddie.“ Dabei tippte er sich an das kleine Mädchen gewandt an seinen imaginären Hut, sodass Maddie kicherte. „Langsam wird es. Noch ein paar so schöne Tage wie heute, dann habe ich es bald geschafft.“

„Ich würde an deiner Stelle lieber nicht damit rechnen, dass das Wetter gut bleibt“, warnte Kate den Nachbarn.

„Aber hoffen wird man ja wohl noch dürfen, oder?“

Kate hatte irgendwo gelesen, dass viele Einwohner von Nantucket den Winter damit verbrächten, auf den Sommer zu warten. Sie selbst zählte sich allerdings nicht zu diesen Personen. Sie liebte Nantucket mit all seinen

Facetten, genau wie es auch Mac getan hatte. Aber Edith und Chester waren erst vor zehn Jahren nach Chesters Pensionierung vom Festland auf die Insel gezogen, und an die langen Winter hier hatten sie sich immer noch nicht gewöhnt.

„Doch, hoffen darf man immer, Chester. Gut sieht das aus.“ Kate ließ ihren Blick über das Nebengebäude schweifen, das Chester renoviert hatte, um daraus ein kleines Ferienhäuschen zu machen, das im Sommer an Feriengäste vermietet werden sollte. Als er vor zwei Jahren die Idee gehabt hatte, war Edith gleich begeistert gewesen, denn ein kleines Zusatzeinkommen konnten sie gut gebrauchen. Doch ihre Begeisterung hatte mit der Zeit immer mehr nachgelassen, weil Chester ständig durch andere Projekte abgelenkt wurde und sich die Renovierungsarbeiten weiter in die Länge zogen.

Wie diese beiden grundverschiedenen Menschen überhaupt zueinandergefunden hatten, war Kate ohnehin ein Rätsel. Chester war geduldig und gemächlich, während Edith ständig in Bewegung war und vor Energie nur so sprühte. Doch die beiden Persönlichkeiten schienen sich wunderbar zu ergänzen, und Chester und Edith akzeptierten ihre Unterschiedlichkeit mit liebevoller Langmut. Eine Gemeinsamkeit hatten sie auf jeden Fall, und das war ihre Liebe zur Insel Nantucket. Deshalb waren sie dort auch in mehreren Vereinen und Organisationen aktiv, die sich für unterschiedliche Anliegen einsetzten. Edith gehörte zu den am besten vernetzten Menschen, die Kate kannte, und sie war auch eine der wichtigsten Adressen für den örtlichen „Buschfunk“. Eine bessere Quelle für die neuesten Inselnachrichten als Edith Shaw gab es nicht, und Kate hatte den Verdacht, dass dieser Umstand auch einer der Gründe für die Nachricht auf dem Anrufbeantworter war, die sie vorgefunden hatte, als Maddie und sie vom Lebensmitteleinkauf im Supermarkt wieder nach Hause gekommen waren. Sie solle bitte noch kurz herüberkommen, wenn sie wieder da sei, hatte Edith aufs Band gesprochen.

Chester wischte sich die farbverschmierten Hände an einem Lappen ab und begutachtete sein Werk, wobei ihm eine Tolle dichten grauen Haares in die Stirn fiel. „Das wird ein schönes kleines Refugium. Gut für Paare in den Flitterwochen, die gerne ganz für sich sein möchten", sagte er grinsend und zwinkerte Kate zu. „Ich weiß, Edith glaubt nicht daran, dass es bis zur Saison fertig wird, aber ich will es auf jeden Fall bis dahin schaffen. Und wie läuft die ***Lucy Sue***?"

„So weit ganz gut", antwortete Kate.

„Du sagst Bescheid, wenn noch etwas eingestellt werden muss, ja?"

„Was würde ich bloß ohne dich machen?", sagte sie, beugte sich vor und drückte ihren Nachbarn einmal ganz fest.

Er wurde rot und fuhr sich verlegen mit den Fingern durchs Haar, was eine Verwüstung bei der widerspenstigen Tolle hinterließ, mit der keine noch so große Menge an Haargel fertig wurde. „Du kannst einem Mann wirklich den Kopf verdrehen, wenn du so redest", sagte er und deutete dann mit dem Kopf in Richtung Haus: „Hat Edith dich rübergerufen?"

„Hmmm. Sie hat gesagt, hier würde ein frisches selbst gebackenes Kürbisbrot auf mich warten."

Er schmunzelte. Sie wussten beide, dass Edith immer mit Leckereien lockte, wenn es Neuigkeiten zu erzählen gab oder sie einfach ein bisschen plaudern wollte.

„Das habe ich mir schon gedacht. Geh ruhig rein. Wahrscheinlich scharrt sie schon mit den Hufen. Und was dich angeht, Miss Maddie, du weißt ja sicher, dass ein alter Mann hin und wieder gut eine kleine Helferin gebrauchen kann, oder?"

Etwas verdutzt schaute sich das kleine Mädchen im Garten um und fragte dann verschmitzt: „Und wo ist der alte Mann?"

Chester grinste. „Was die Schmeicheleien angeht, kommt sie anscheinend ganz nach ihrer Mutter. Du musst gut auf sie aufpassen, wenn sie älter wird, Kate." Er zwinkerte der Nachbarin noch einmal zu und nahm dann Maddie bei der Hand. „Du findest also nicht, dass ich alt bin, hm?"

Während Chester mit ihrer Tochter zum Werkzeugkasten hinüberging, der auf der anderen Seite der kleinen Hütte stand, durchquerte Kate den Garten und klopfte an Ediths Hintertür, und schon im nächsten Moment wurde ihr geöffnet.

„Ich habe da etwas von einem Kürbisbrot gehört", sagte Kate, trat ein und schnupperte. Der Duft von Zimt und Nelken lag in der Luft. „Mmhhh … hier riecht es aber gut."

„Da stimme ich dir absolut zu", hörte Kate eine Stimme, und als sie um die Tür herum schaute, um festzustellen, woher die Bemerkung kam, wurde sie von Heather Anderson, der Nachbarin von der anderen Seite, angelächelt. Mit ihrem hellbraunen Haar, das einen leichten Goldschimmer hatte, ihrer Größe und der anmutigen Haltung hatte sie das perfekte Äußere für den Beruf, den sie sich ausgesucht hatte. Sie führte nämlich die ***Devon Rose*** Teestube im Erdgeschoss eines geräumigen alten Hauses. Obwohl die unterschiedlichen Arbeitszeiten der beiden Frauen ihnen nicht viel Gelegenheit ließen, etwas miteinander zu unternehmen, mochten und achteten sie sich gegenseitig sehr.

„Hast du dir heute freigenommen?“, fragte Kate Heather.

„Ich wünschte, es wäre so, aber ich habe heute Nachmittag volles Haus mit einer geschlossenen Teegesellschaft. Ich bin nur hier, um mir Ediths Nudelholz auszuleihen. Meines hat mitten beim Backen der Scones den Geist aufgegeben. Wir sehen uns.“ Und mit einem kurzen Winken war sie auch schon wieder verschwunden.

Als die Tür ins Schloss gefallen war, wandte sich Edith Kate zu. „Ich habe Neuigkeiten für dich“, sagte sie.

Dann hatte Chester also recht gehabt, dachte Kate amüsiert. Edith platzte beinah vor Spannung, endlich die aufregende Information weiterzugeben, die sie irgendwo erfahren hatte, aber Kate unterdrückte ihr Lächeln und nahm die Nachbarin auf den Arm, indem sie sagte: „Ich weiß. Ich habe die Sache mit dem Kürbisbrot auch schon gehört.“

„Kürbisbrot?“, fragte Edith mit verblüffter Miene. „Ach ja, das Kürbisbrot. Es liegt schon fertig verpackt für dich bereit“, sagte sie und machte eine vage Geste in Richtung des Küchentresens. „Aber viel wichtiger als das Kürbisbrot ist das hier: Rate mal, wen ich vor kurzem bei Bartletts Farm getroffen habe?“

In Anbetracht der Tatsache, dass sehr viele der Inselbewohner den etwas besser sortierten Markt und das Gartencenter regelmäßig aufsuchten, hatte Kate keine Ahnung. „Ich weiß es nicht“, sagte sie also.

„Den neuen Chef der Küstenwache Leutnant Cole“, sagte Edith und strahlte sie dabei an.

Kate kam zu dem Schluss, dass ihre Nachbarin, was Kate und Craig Cole anging, irgendwie in einer Einbahnstraße steckte, und war fest entschlossen, das Gespräch kurz zu halten, während sie sich zum Tresen vorarbeitete, um sich das Kürbisbrot zu holen. „Wie schön“, sagte sie, nahm das Brot an sich und bereitete ihren Rückzug durch die Hintertür vor.

„Warte doch, ich habe noch mehr Neuigkeiten. Er ist nämlich noch zu haben.“

Kate griff nach der Türklinke. „Wozu zu haben?“

„Du weißt ganz genau, was ich meine, Katherine MacDonald“, sagte Edith und warf ihr einen verärgerten Blick zu. „Er ist nicht gebunden. Der Ärmste hat vor ein paar Jahren seine Frau verloren.“

Kate ließ die Hand sinken und fragte erstaunt: „Er ist Witwer?“

„Ja, und er hat eine vierjährige Tochter namens Vikki.“

Kate musste gestehen, dass Edith sie jetzt am Haken hatte. Sie kam noch einmal einen Schritt zurück in die

Küche und sagte: „Aber die Tochter war heute nicht mit ihm in der Kirche."

„Das liegt daran, dass sie noch bei seiner Mutter in Wisconsin ist, solange er sich hier einrichtet. Und jetzt kommt's, Kate: Als ich erwähnt habe, dass ich manchmal Maddie betreue, da hat er mich gefragt, ob ich mich nicht auch um Vicki kümmern könnte. Er hat sie zwar für die Kindertagesstätte angemeldet, aber er würde seine Tochter lieber von einer Tagesmutter betreuen lassen. Ich habe ihm gesagt, dass ich gerne bereit wäre, die Betreuung zu übernehmen, dass aber die Entscheidung letztlich bei dir liege, weil du und Maddie ja zuerst da wart. Aber vielleicht wäre es ja auch für Maddie gar nicht so schlecht, Gesellschaft von jemandem zu haben, der jünger als sechzig ist. Sie verbringt viel zu viel Zeit mit Chester und mir." Und damit griff Edith in ihre Rocktasche, holte einen Zettel heraus und reichte ihn Kate. „Das ist die Telefonnummer des Leutnants. Ich habe ihm gesagt, ich würde dich bitten, ihn heute Abend anzurufen, um die Sache zu besprechen."

Kate nahm den Zettel an sich und runzelte die Stirn. „Ich weiß nicht, Edith. Bist du sicher, dass du dir zwei Vierjährige zumuten willst?"

Die Frau tat den Kommentar mit einer Handbewegung ab. „Ich habe gerne Kinder um mich, und außerdem ist es für mich vielleicht sogar weniger Arbeit, wenn zwei Kinder da sind, weil sie sich miteinander beschäftigen können."

Dieses Argument der Nachbarin leuchtete Kate ein, und für Maddie wäre es sicher schön, eine Spielgefährtin in ihrem Alter zu haben. In der Lighthouse Lane wohnten nämlich sonst keine Kinder, und durch das Asthma war Maddie eingeschränkter als andere Kinder in ihrem Alter.

„Okay, Edith“, sagte Kate deshalb. „Ich rufe ihn an.“

„Gut. Das Schlimmste, was passieren kann, ist ja, dass wir es ausprobieren und es nicht klappt mit den beiden. Aber ich habe das Gefühl, dass so eine Regelung für alle ein Gewinn sein könnte.“

Es gefiel Kate gar nicht, wie ihre Nachbarin ihr dabei zuzwinkerte. „Inwiefern denn das?“, fragte sie deshalb.

„Vielleicht sind ja Maddie und Vicki nicht die Einzigen, die auf diese Weise zusammenkommen.“

„Edith!“, sagte Kate gereizt und strich sich das Haar zurück. Langsam hatte sie das Gefühl, dass ihre Nachbarin durch absolut gar nichts von der Suche nach einem passenden Partner für sie abzubringen war. „Lass mich bitte bei dieser Sache aus dem Spiel, ja? Wenn du unbedingt Paare zusammenbringen willst, warum kümmerst du dich dann nicht mal um Heather? Sie ist schließlich auch Single.“ Und mit diesen Worten öffnete Kate die Tür.

„Er ist nicht der Richtige für sie. Und außerdem hat sie kein Interesse daran, sich zu verlieben“, antwortete Edith auf Kates Frage.

„Ich auch nicht.“

„So ein Quatsch.“

Kate verstand nicht gleich und fragte deshalb: „Was soll denn das heißen?“

„Das soll heißen Quatsch – Quatsch wie Unsinn. Du bist eine junge und lebensfrohe Person, mein liebes Mädchen. Du trauerst jetzt schon seit vier langen Jahren, und du kannst mir nicht erzählen, dass du nicht genauso einsam bist, wie es dieser Craig Cole anscheinend ist.“

Ihre Nachbarin kannte sie einfach zu gut, dachte Kate. Jeder Versuch, Edith etwas vormachen, war völlig sinnlos. „Ich vermisse Mac, Edith. Und es stimmt, manchmal bin ich einsam. Aber eine große Liebe reicht mir. Mac war und bleibt für mich der einzige Mann in meinem Leben.“ Sie wog das Kürbisbrot in ihrer Hand und brachte etwas zustande, das zumindest Ähnlichkeit mit einem Lächeln hatte, und mit ein paar Schritten war sie dann bei der Tür. „Danke noch mal hierfür, Edith. Maddie und ich werden es uns schmecken lassen.“ Und ohne noch eine Reaktion darauf abzuwarten, war Kate auch schon zur Tür hinaus.

Nachdem sie ihre Tochter eingesammelt hatte und sie auf dem Heimweg waren, dachte Kate noch einmal daran, was Edith gesagt hatte. Es war gut möglich, dass Craig Cole einsam war, aber wenn er auch einen solchen Verlust erlitten hatte wie sie, dann war er vielleicht auch ebenso zögerlich in Bezug auf eine neue Liebe. Man konnte zwar frei und zu haben sein, doch ob man auch offen für eine neue Beziehung war, das stand auf einem ganz anderen Blatt.

Und Kate hatte den starken Verdacht, dass sie und der Leutnant zwar beide in die Gruppe der ungebundenen Menschen gehörten, die „zu haben“ waren, dass aber keiner von ihnen auch nur annähernd offen war für eine neue Beziehung.

Kapitel 5

Jetzt war sie schon fünf Minuten zu spät. Craig wartete unruhig in dem Café an der Main Street, trank seinen Kaffee und behielt dabei die ganze Zeit den Eingang im Auge. Als Kate ihn am Abend zuvor angerufen hatte, um mit ihm über eine eventuelle gemeinsame Betreuung ihrer Kinder zu sprechen, hatte er nicht den Eindruck gehabt, dass sie besonders erpicht auf ein Treffen war. Sie hätte die Angelegenheit allem Anschein nach lieber telefonisch geregelt, aber nachdem er ihr dann erklärt hatte, dass die Sache vielleicht doch komplizierter war, als es schien, hatte sie nachgegeben und sich bereit erklärt, sich mit ihm zum Mittagessen zu treffen.

Inzwischen waren weitere fünf Minuten vergangen, und er fragte sich, ob sie vielleicht doch noch ihre Meinung geändert hatte. Edith war zwar mit seinem Vorschlag einverstanden gewesen, die beiden kleinen Mädchen gemeinsam zu betreuen, aber vielleicht wollte Kate ja lieber alles so belassen, wie es war, damit ihre Tochter die ungeteilte Aufmerksamkeit ihrer Tagesmutter bekam. Daraus konnte er ihr wirklich keinen Vorwurf machen, aber um Vickis willen hatte er gehofft …

Als die Klingel über der Eingangstür ertönte und Kate das Café betrat, war er deshalb unendlich erleichtert. Aber es war nicht die Kate, mit der er gerechnet hatte, denn statt ihrer normalen Alltagskleidung, die aus Jeans und einer Wetterjacke bestand, trug sie eine schwarze Stoffhose, einen grünen Rollkragenpulli und einen schwarzen Wollmantel, und außerdem wirkte sie ziemlich gehetzt.

Craig stand auf und winkte ihr zu, und sie kam auch in seine Richtung, aber auf dem Weg zu ihm wurde sie noch von einem Bekannten begrüßt, bei dem sie kurz stehen blieb und ein paar Worte mit ihm wechselte. Als sie schließlich bei ihm am Tisch ankam, war sie etwas außer Atem und entschuldigte sich: „Tut mir leid, ich bin zu spät aus der Schule weggekommen." Sie rutschte auf einen Stuhl und zog im Sitzen den Mantel aus.

„Aus der Schule?", fragte er und nahm wieder Platz.

„Ich unterrichte als Vertretungslehrerin – überwiegend Englisch."

„Ich dachte, Sie wären in der Charterbootbranche."

„Das bin ich auch – aber nur während der Saison. Außerhalb der Saison bin ich Vertretungslehrerin. Falls Sie es noch nicht bemerkt haben sollten, die Lebenshaltungskosten hier auf der Insel sind ziemlich hoch, und nur mit dem Saisongeschäft kommt man kaum über die Runden."

Während Craig diese Information erst noch verdauen musste, kam schon die Kellnerin. Kate hatte also zwei Jobs. Kein Wunder, dass sie oft so müde und gestresst aussah.

Nachdem sie eine Muschelcremesuppe bestellt hatte und er ein Truthahnsandwich, sah sie ihn erwartungsvoll an und sagte: „Dann erzählen Sie doch mal, worüber wir reden müssen, was wir nicht am Telefon besprechen können. Ich muss nämlich in einer Dreiviertelstunde wieder in der Schule sein."

Obwohl er so angespannt war, musste er lächeln. „Es geht doch nichts über eine direkte Ansage."

Sie zuckte mit den Schultern und entgegnete: „Ich halte nichts davon, um den heißen Brei herumzureden."

„Ja, das könnte man wohl so sagen", bestätigte er, und als sie daraufhin leicht errötete, versuchte er, eine möglicherweise mitschwingende Kritik in seiner Aussage abzuschwächen, indem er noch hinzufügte: „Und nur fürs Protokoll: Mir ist Offenheit auch lieber."

Sie nahm seine Bemerkung mit einem Nicken zur Kenntnis und wartete dann einfach ab.

Craig zögerte noch ein wenig hinaus, was er zu sagen hatte, und trank erst einmal einen Schluck Wasser. Es war unmöglich, die Sache so zu drehen, dass er dabei noch einigermaßen gut aussah, und es gefiel seinem Ego gar nicht, sein Versagen als Vater ausgerechnet vor ihr eingestehen zu müssen. Doch Stolz war hier fehl am Platze, ermahnte er sich selbst, denn es ging hier einzig und allein um Vickis Wohl.

Als er das Wasserglas vorsichtig wieder auf den Ring stellte, den es auf dem lackierten Holztisch hinterlassen hatte, faltete er die Hände vor sich auf dem Tisch und sagte: „Ich nehme an, dass Edith Ihnen das Grundsätzliche schon gesagt hat. Ich bin alleinerziehender Vater einer vierjährigen Tochter."

„Ja."

„In der heutigen Zeit ist meine Situation ja nichts Besonderes mehr, aber der Grund dafür schon." Er ballte die Hände zu Fäusten und schaute zu, wie seine Fingerknöchel ganz weiß wurden. „Meine Frau und mein Sohn sind bei einem Bootsunfall ums Leben gekommen, als ich auf Hawaii stationiert war. Das ist jetzt drei Jahre her. Vicki war damals vierzehn Monate alt."

Kate spürte, dass man ihr den Schock über das Gehörte ansehen konnte. „Oh Craig … das tut mir so leid."

„Ist schon gut." Er räusperte sich und trank noch einen Schluck Wasser. „Seit damals ist Vicki von Kindermädchen betreut worden in der Wohnung, in der ich in Washington gelebt habe. Wenn ein Kindermädchen gegangen war und ich noch kein neues gefunden hatte, hat meine Mutter sich in der Zwischenzeit um Vicki gekümmert." Er zögerte, wappnete sich innerlich, und dann sagte er es: „In meiner Trauer habe ich mich meiner Tochter gegenüber völlig verschlossen, weil sie meiner Frau so unglaublich ähnlich sieht, und jedes Mal, wenn ich sie angeschaut habe, hat sich mich daran erinnert, was ich verloren hatte. Auch deshalb habe ich mich nicht selbst um sie gekümmert, sondern ihre Betreuung anderen überlassen. Dadurch haben wir aber fast ganz den Kontakt zueinander verloren. Das möchte ich jetzt ändern, und das ist einer der Gründe, weshalb ich nach Nantucket gekommen bin. Ich möchte hier einen Neuanfang mit ihr versuchen." Angespannt beugte er sich vor und fuhr fort: „Mir ist klar, dass es nicht leicht wird, Kate, aber ich bin bereit, alles zu geben. Ich habe vor, nicht mehr so viel zu arbeiten wie in Washington, aber ich brauche jemanden, der sich um Vicki kümmert, wenn ich bei der Arbeit bin. Wenn es nicht anders geht, dann wird sie eben in der

Kindertagesstätte betreut. Die Zusage für einen Platz habe ich schon, aber ich glaube, dass eine persönlichere Betreuung durch jemanden wie Edith viel besser für sie wäre. Und das Tüpfelchen auf dem i wäre Maddie. Vicki hat noch nie eine Spielkameradin gehabt, und ich glaube, es würde ihr unglaublich guttun, eine Freundin in ihrem Alter zu haben. Ich hoffe also, dass Sie wenigstens über meine Bitte nachdenken – um meiner Tochter willen."

Einen Moment lang schwiegen sie beide, und Kate beobachtete ihn. Schließlich holte sie tief Luft und sagte: „Das ist ja eine ziemlich heftige Geschichte."

„Ja, ich weiß", antwortete er, und dabei kannte sie noch nicht einmal die Hälfte davon. Aber den Rest konnte er ihr später immer noch erzählen – vielleicht.

Die Kellnerin brachte ihr Essen, sodass sie beide erst einmal Gelegenheit hatten, sich zu sammeln.

Kate nahm ihren Löffel in die Hand und tauchte ihn in die Suppe, legte ihn aber dann wieder hin. Eine Weile sah sie ihn mit diesem einfühlsamen Blick aus ihren intelligenten grünen Augen an und sagte dann: „Wissen Sie was? Lassen Sie es uns doch einfach ausprobieren. Wenn die Mädels nicht miteinander auskommen oder es andere Probleme gibt, dann können wir es ja immer noch überdenken. Könnten Sie damit leben?"

Er merkte, wie eine Welle der Erleichterung ihn erfasste. „Ja, das kann ich. Vielen Dank."

Ihr Ausdruck wurde weicher, als sie sagte: „Ich weiß ja selbst, wie schwer es ist, alleinerziehend zu sein."

„Edith hat mir erzählt, dass Sie Ihren Mann verloren haben", sagte er. Die Information, die er von Maddie bekommen hatte, erwähnte er lieber nicht. „Sie sind damit offenbar besser fertig geworden als ich. Maddie scheint glücklich und ausgeglichen."

Der Hauch eines Lächelns umspielte Kates Mundwinkel. „Sie weiß, dass sie geliebt ist, und das macht viel aus."

Er merkte, wie sich sein Magen zusammenzog. „Genau an dem Punkt habe ich bei Vicki ziemlich versagt."

„Trauer kann sehr zerstörerisch sein", gab sie zu.

Und Schuldgefühle auch, dachte er, sprach es aber nicht aus, sondern sagte: „Sie sind viel zu nachsichtig mit mir. Ich war egoistisch und völlig von meinem eigenen Kummer eingenommen. Vicki hätte viel mehr Aufmerksamkeit gebraucht, und diese Aufmerksamkeit hätte ihr auch zugestanden. Aber ich bin fest entschlossen, alles zu tun, was in meiner Macht steht, die Sache mit ihr wieder ins Lot zu bringen. Vorausgesetzt natürlich, sie gibt mir die Chance dazu."

„Kinder vergeben ja eigentlich immer gern und schnell", beruhigte ihn Kate.

„Ich hoffe, Sie haben recht. Darauf setze ich." Dann deutete er auf ihre Suppenschale und sagte: „So, und jetzt essen Sie, bevor es kalt wird oder Sie wieder aufbrechen müssen."

Sie nahm den Löffel erneut zur Hand und fragte: „Und wann kommt Vicki?"

„Ich fliege dieses Wochenende zu meiner Mutter nach Wisconsin, um sie abzuholen."

„Dann brauchen Sie Edith also heute in einer Woche?"

„Ja. Ich rufe sie an, um noch letzte Einzelheiten zu klären."

Schweigend aßen sie beide, und Craig suchte die ganze Zeit nach einem unverfänglichen Thema, um die plötzliche Stille zu überbrücken, doch ihm wollte einfach nichts einfallen. Small Talk passte irgendwie so gar nicht zu ihrer Beziehung.

Am Ende rettete Kate ihn, indem sie den Rest ihrer Suppe auslöffelte und dann nach ihrer Handtasche griff. „Es tut mir leid, aber ich muss mich jetzt beeilen. Es macht keinen guten Eindruck, wenn die Lehrerin zu spät kommt."

Ein bisschen von der cremigen Suppe klebte noch in ihrem Mundwinkel, und ohne nachzudenken, griff Craig nach seiner Serviette und wischte den Fleck behutsam weg.

Als sie daraufhin fassungslos nach Luft schnappte, zog er abrupt seine Hand zurück, legte die Serviette wieder auf seinen Schoß und versuchte mit reiner Willenskraft zu verhindern, dass sich die Röte, die er an seinem Hals spürte, den Kopf erreichte.

„Entschuldigen Sie bitte", sagte er und versuchte zu lächeln. „Da hatte sich ein Stückchen Muschel verirrt."

Sie hielt ihre Handtasche fest an die Brust gepresst und versuchte, die Situation mit Ironie zu retten. „Für die Schüler wäre das sicher ein Fest gewesen. Die Lehrerin mit Eigelb – in diesem Fall Muschelsuppe – im Gesicht." Sie stand auf. „Wir sehen uns ja wahrscheinlich." Sie warf ihm noch ein kleines unsicheres Lächeln zu und ging dann eilig zum Ausgang.

Er stand ebenfalls auf, und als er sich nach einer Weile wieder setzte, aß er immer noch nicht weiter, sondern konzentrierte sich auf die blasse Lippenstiftspur an einer Ecke seiner Serviette, die er wieder auf seinem Schoß ausgebreitet hatte. Dann strich er über das Leinenquadrat und dachte dabei an Kates Bemerkung, dass Maddie wisse, dass sie geliebt sei, und dass das viel ausmache.

Das galt ja nicht nur für Kinder, überlegte Craig. Auch in seinem Leben hatte die Liebe viel ausgemacht – dank Nicole. Und er sehnte sich danach, wieder so eine Liebe zu erleben. Eine Liebe, die seine innere Leere füllte.

Doch dazu würde es nicht kommen, und zwar wegen des Teils der Geschichte, den er Kate nicht erzählt hatte. Wegen des Teils der Geschichte, der bewies, dass er es nicht verdient hatte, wieder zu lieben oder geliebt zu werden.

Ihm war der Appetit inzwischen vergangen. Also zerknüllte er die Serviette, legte sie auf den Tisch, stand auf und ließ den Rest seines Mittagessens – und seine vergeblichen Träume – einfach zurück.

* * *

Kate warf diskret einen Blick auf die Uhr, während Larry Atkins versuchte, die Tagesordnung der Lehrerkonferenz möglichst zügig abzuarbeiten. Sie hatten sich aber festgefahren in einer Diskussion über den Termin, an dem die Zeugnisnoten feststehen mussten, und jetzt kam sie zu spät, um Maddie abzuholen. Edith machte das zwar nichts aus, aber Maddie sehr wohl. Normalerweise hielt ihre Tochter schon am Fenster nach ihr Ausschau, wenn sie kam.

Mit Beginn der nächsten Woche würde sie vielleicht nicht mehr so gespannt auf die Rückkehr ihrer Mutter warten – vorausgesetzt, sie verstand sich mit Craigs Tochter. Aber eigentlich gab es keinen Grund anzunehmen, dass es nicht so sein würde. Nicht wenn seine Tochter auch nur halb so charmant war wie ihr Vater.

Es war schwer zu glauben, dass sie den Mann noch vor zehn Tagen für überkorrekt und arrogant gehalten hatte, dachte Kate. Nach dem gemeinsamen Mittagessen heute empfand sie ihn eher als einen trauernden, von Schuldgefühlen geplagten Menschen. Sie konnte seinen Verlust nachempfinden und verstand auch seine Schuldgefühle.

Er hatte von sich aus zugegeben, dass er seine Tochter vernachlässigt hatte, und sie bewunderte sowohl seine Bereitschaft, sein Versagen einzugestehen, als auch seine Entschlossenheit, etwas zu ändern und es wiedergutzumachen. Das alles sprach für seinen guten Charakter, und …

„Kate? Wäre das eine Möglichkeit?“

So direkt von Larry angesprochen, raffte sie sich auf, wirklich zuzuhören und bei der Konferenz nicht nur körperlich anwesend zu sein. Alle Blicke waren auf sie gerichtet, und sie merkte, wie sie rot wurde. „Entschuldigung, ich habe die Frage nicht mitbekommen.“

„Ich habe die Konferenz gerade darüber informiert, dass der Referent für die Informationsveranstaltung zur Berufswahl für morgen abgesagt hat und gefragt, ob vielleicht jemand einen guten Ersatz für ihn weiß. Clarie hat daraufhin erwähnt, dass sie Sie heute beim Mittagessen mit dem neuen Chef der Küstenwache gesehen hat und gefragt, ob Sie ihn nicht vielleicht bitten könnten, für den Referenten einzuspringen."

Vielen Dank auch, Clarie, übermittelte Kate ihrer Kollegin nonverbal.

„Ich kenne ihn eigentlich gar nicht gut, Larry. Wir sind uns nur ein paar Mal zufällig über den Weg gelaufen."

Der Schulleiter seufzte und fuhr sich mit den Fingern durchs schütter werdende Haar. „Wir stecken da wirklich in der Klemme, Kate. Ich könnte ihn natürlich unbekannterweise einfach anrufen, aber es wäre doch für beide Seiten viel einfacher und angenehmer, wenn Sie nachfragen könnten, oder? Wenn er sich bereit erklärt, kann ich ihn anrufen und alles weitere mit ihm besprechen."

„Aber ist das nicht viel zu kurzfristig?", mauerte Kate weiter und überlegte, wie sie dem Schulleiter seine Bitte möglichst diplomatisch abschlagen konnte. Wenn sie daran dachte, wie beim Mittagessen nur durch die einfache Berührung seiner Serviette mit ihren Lippen ihr Puls in die Höhe gegangen war, dann war es auf jeden Fall sicherer, den Kontakt zu Craig Cole auf ein Minimum zu beschränken.

„Aber Fragen kostet doch nichts. Viele dieser Leute haben fertige Vorträge für solche Veranstaltungen wie unsere in der Schublade. Es ist doch nur ein Anruf, Kate. Wenn Sie es machen, spendiere ich morgen Donuts aus dem Downyflake für alle."

Daraufhin folgte ein Durcheinander von Stimmen, die ihr gut zuredeten, und schließlich kapitulierte sie.

„Also gut“, sagte sie. „Ich rufe ihn an, aber ich kann nichts versprechen.“

„Das genügt uns. Gibt es sonst noch etwas?“ Als sich daraufhin niemand mehr meldete, schloss Larry die Konferenz. „Ich höre ja dann von Ihnen, Kate, und falls es später wird, haben Sie ja auch meine Privatnummer.“

Während sich die Versammlung auflöste, kam Clarie zu Kate herübergeschlendert. „Tut mir leid, dass ich dich in Verlegenheit gebracht habe, aber ich habe nicht damit gerechnet, dass es dir etwas ausmachen würde. Von außen sah es jedenfalls so aus, als ob ihr schon ziemlich vertraut miteinander seid.“ Sie beugte sich vor, senkte die Stimme und fragte: „Hat denn die Verabredung etwas gebracht?“

Kate steckte ihren Terminkalender und ihr Notizbuch in die Tasche und stand auf. „Es war keine richtige Verabredung, Clarie. Er wollte nur mit mir darüber reden, ob Edith meine und seine Tochter zusammen betreuen kann.“

Clarie machte ein langes Gesicht. „Ach, er ist verheiratet?“

Ganz kurz war Kate versucht zu lügen, aber sie widerstand der Versuchung, und außerdem hätte ihre Kollegin ja sowieso irgendwann die Wahrheit erfahren. „Nein, er war verheiratet. Seine Frau ist gestorben.“

„Ach ja? Wie ist das denn passiert?“

„Einzelheiten weiß ich nicht“, antwortete Kate darauf nur kurz angebunden und ging zur Tür.

„Dann bist du also nicht interessiert – oder?“, rief Clarie hinter ihr her.

„Nein, bin ich nicht“, antwortete sie leicht entnervt. Das war die Wahrheit, versuchte Kate sich einzureden, als sie die Tür aufdrückte. Eine neue Beziehung kam zurzeit für sie nicht infrage.

Doch als die Tür hinter ihr zufiel und sie den Anruf erledigen wollte, fragte sie sich trotzdem, wie es wohl sein mochte, in den großen, breitschultrigen Leutnant mit den fantastischen blauen Augen verliebt zu sein.

Als sie am nächsten Tag am Fenster des Lehrerzimmers stand und zuschaute, wie der Dauerregen auf die trostlose Landschaft fiel, seufzte Kate und richtete eine stumme Frage an den grauen Himmel: ***Wie kommt es eigentlich, dass es nie leicht ist, Herr?***

Doch es kam keine Antwort.

Aber damit hatte sie eigentlich auch gar nicht gerechnet.

Solche Fragen beantwortete Gott nicht mit einer Schrift am Himmel oder mit Blitz und Donner. Letztlich ging es immer um Vertrauen. Es ging darum zu glauben, dass einem alle Dinge zum Besten dienten. Das wusste sie, und sie akzeptierte es auch, aber daran, dass der Zahnriemen ihres zwölf Jahre alten Honda Civic plötzlich hinüber war und für mehrere Hundert Dollar ersetzt werden musste, konnte sie wirklich nichts Gutes finden.

Warum hätte er damit denn nicht noch sechs Wochen warten können?, klagte sie und schob die Hände in die Taschen ihrer grauen Stoffhose. Wenn die

Chartersaison schon angefangen hätte, wären die Kosten eigentlich kein großes Thema gewesen, aber von April an war ihr Konto meistens ziemlich blank, und dieses Jahr war es noch schlimmer als sonst wegen des Besuchs beim Lungenfacharzt für Kinder und ein paar teurer Untersuchungen und Medikamenten für Maddie. Ihre Krankenversicherung deckte zwar einen großen Teil der Kosten ab – aber nicht alles, und jetzt war sie so gut wie pleite.

Der gute Chester hatte zwar angeboten, zu tun, was er könne, als er sie heute bei der Schule abgesetzt hatte, aber er bezweifelte, dass seine Möglichkeiten in diesem Fall ausreichen würden.

Er war ein großartiger Handwerker und Tüftler, aber er hatte nicht das Werkzeug, um eine so große Reparatur durchführen zu können.

Sie würde schon einen Weg finden, das Geld für die Reparatur aufzutreiben. Wegen der explodierenden Lebenshaltungskosten auf der Insel wegzuziehen, wie es ihre Eltern getan hatten, weil ihnen nichts anderes übrig geblieben war, kam für Kate jedenfalls nicht infrage.

„Hey Kate, gehst du nicht zu der Informationsveranstaltung zur Berufswahl? Du hast doch schließlich den Referenten eingeladen“, rief Clarie ihr zu.

Kate wandte sich von dem trostlosen Blick ins regnerische Grau draußen ab und antwortete: „Das Einzige, was ich dazu beigetragen habe, war ein kurzer Anruf. Alles andere hat Larry geregelt.“

„Also ich persönlich kann mir nicht vorstellen, dass irgendeine Frau, die noch zu haben ist, nicht hingeht“, meinte Clarie.

Die schwangere Geschichtskollegin Steph kommentierte das, indem sie eine Hand auf ihren kugelrunden Babybauch legte und sagte: „Wenn ich nicht schon vergeben wäre und demnächst Mutter würde, säße ich auf jeden Fall direkt vor ihm in der ersten Reihe.“

„Ja“, pflichtete Clarie Steph bei. „Was für ein Mann!”

„Ihr redet über mich?“, meinte Karl Kraus, der Sozialkunde unterrichtete, als er grinsend zur Tür hereinkam, sich über das schütter werdende graue Haar strich und seinen Bauchansatz tätschelte.

„Echt süß, Karl“, sagte Clarie und grinste ihn an. „Wir haben aber eher den heutigen Referenten für die Infoveranstaltung zur Berufswahl gemeint.“

„Ach so, den hab ich gerade in der Eingangshalle gesehen. Beeindruckende Uniform.“

„Du bleibst doch auch, oder?“, fragte Clarie Kate, während die in ihrer Handtasche nach dem Lippenstift kramte.

„Ja, aber ich werde ganz hinten sitzen und früher gehen. Ich muss heute noch ein paar Probleme lösen.“

„Ich werde jedenfalls ganz vorne in der ersten Reihe sitzen, denn ich bin frei, interessiert und attraktiv“, verkündete Clarie und zog sich die Lippen nach.

„Zwei von drei ist doch gar nicht so schlecht“, sagte Karl und duckte sich, als Clarie eine drohende Geste in seine Richtung machte.

Nachdem sie noch kurz auf der Toilette gewesen war, um sich die Haare zu kämmen und die Lippen nachzuziehen, war Kate zehn Minuten später unterwegs in die Aula und suchte sich einen Platz in der hintersten Reihe direkt an der Tür. Während sie Platz nahm, trat schon der Schulleiter auf die Bühne.

„Ruhe bitte, wir wollen jetzt anfangen." Er wartete, bis das Stimmengewirr der Teenager sich gelegt hatte, und begann dann seine Begrüßung. „Meine Damen und Herren, wir wollten unsere Vortragsreihe über mögliche Berufe heute eigentlich mit dem Beitrag eines Piloten bei der Marine abschließen, und ich weiß, dass viele von Ihnen den Vortrag mit Spannung erwartet haben, aber aufgrund terminlicher Schwierigkeiten musste der Referent leider kurzfristig absagen."

Ein enttäuschtes Aufstöhnen ging durch den Saal, doch der Schulleiter hob eine Hand und fuhr fort: „Freundlicherweise hat sich aber der neue Leiter unserer Station der Küstenwache bereit erklärt einzuspringen. Manche von Ihnen wissen vielleicht, dass er bisher im Hauptquartier in Washington tätig war, aber den wenigsten ist bekannt, was für ein aufregendes Leben er führte, bevor er die Aufgabe in Washington übernommen hat. Er wird uns heute von ein paar seiner Erlebnisse als Rettungsschwimmer der Küstenwache berichten. Bitte begrüßen Sie mit mir Leutnant Craig Cole."

Als Craig sich von seinem Platz in der ersten Reihe erhob und nach vorne ging, sah er in seiner Ausgehuniform noch attraktiver und stärker aus als sonst. Kate wäre in diesem Moment jedoch am liebsten im Fußboden versunken. Der Mann war also Rettungsschwimmer gewesen, Mitglied einer Eliteeinheit gut geschulter Männer und Frauen in hervorragender Verfassung, die aus Hubschraubern ins tosende Meer sprangen, um Menschenleben zu retten. Und da hatte sie ihm erzählen wollen, dass er vor dem Great Point nicht schwimmen dürfe.

Beschämt überlegte sie, lieber sofort das Weite zu suchen, aber bevor sie dazu kam, trat Craig schon ans Mikrofon, und jetzt sah sie, dass auf seiner linken Brusttasche eine beeindruckende Sammlung von Orden und Auszeichnungen prangte.

Und als er dann anfing zu sprechen, zog er jede Person im Publikum – einschließlich Kate – mit seinen Geschichten von dramatischen Rettungsaktionen sowohl in den eisigen Fluten der Arktis vor Alaska, wo seine Laufbahn begonnen hatte, als auch in den tropischen Gewässern vor Hawaii, die ihre ganz eigenen Gefahren bargen, in den Bann.

Während des fünfundvierzigminütigen Vortrags erfuhr Kate, dass es unter den achtunddreißigtausend Männern und Frauen im aktiven Dienst bei der Küstenwache nur dreihundert Rettungsschwimmer gab, dass die Durchfallquote bei dem harten Schwimmtraining bei über 50 Prozent lag und dass der Begriff Bingo im Zusammenhang mit einem rechteckigen Pappquadrat mit Zahlen und Buchstaben darauf zwar etwas Gutes bedeutete, für ein Such- und Rettungsteam in einem Rettungshubschrauber aber etwas sehr Schlimmes.

Und noch etwas erfuhr sie.

Craig Cole war ein echter Held.

Obwohl er seine Rolle bei den Rettungseinsätzen, von denen er erzählte, herunterspielte und stets die Leistung des Teams des Rettungshubschraubers zuschrieb, wusste Kate, dass letztlich er es gewesen war, der auf das Signal des Bordmechanikers hin in die Fluten gesprungen war. Er war ein Mann, der unzählige Male sein Leben riskiert hatte, um andere zu retten. Craig mochte zwar von einem Schreibtischposten in Washington aus nach Nantucket gekommen sein, aber er hatte sich die Streifen an der Uniform zuvor schwer verdient.

Dass sie beeindruckt war, beschrieb nicht einmal annähernd, was Kate bei seinem Bericht empfand.

Und dennoch fiel ihr eine Ungereimtheit auf.

Bei vielen der von Craig beschriebenen Rettungsszenarien hatte er immer wieder betont, wie wichtig Flexibilität, schnelles Umdenken und Improvisation seien. Er hatte beschrieben, wie entscheidend es sei, Abläufe so anzupassen, dass sie auch in Situationen durchführbar waren, die nicht im Lehrbuch stünden. Doch seit seiner Ankunft auf Nantucket war er absolut kompromisslos gewesen, wenn es um die Durchsetzung auch kleinster Sicherheitsbestimmungen ging. Alles musste genauestens nach Vorschrift erfolgen, und zwar egal, wie die Umstände waren.

Und wie sie mittlerweile wusste, war sie nicht die Einzige gewesen, die seine Konsequenz zu spüren bekommen hatte.

Irgendwie ergab das für sie keinen Sinn.

Doch dies war ganz sicher nicht der richtige Moment, der Sache auf den Grund zu gehen, denn sie hatte ja vor, nach der Veranstaltung so schnell wie möglich zu verschwinden.

Als der Beifall abebbte und Gruppen von Schülern nach vorn gingen, um noch persönlich mit dem Leiter der

Küstenwache zu reden, nutzte Kate die Gelegenheit, sich hinauszuschleichen.

Sie entfernte sich auf dem Korridor ein Stück von der Aula und rief dann mit dem Handy Edith an. Chester hatte nämlich angeboten, sie von der Schule abzuholen, wenn sie dort fertig sei. Er könne dann in zehn Minuten da sein, hatte er gesagt, würde an diesem Tag wegen des strömenden Regens aber vielleicht etwas länger brauchen. Sie würde also schon lange weg sein, wenn Craig all die Fragen der interessierten Schüler beantwortet hatte.

Der Anschluss der Shaws war besetzt, also wartete sie eine Minute ab und versuchte es dann noch einmal. Immer noch besetzt. Das musste Edith sein, schloss Kate, denn Chester telefonierte nicht gern. Er sprach lieber persönlich mit den Leuten, und deshalb dauerten Telefonate bei ihm selten länger als eine Minute.

Kate runzelte die Stirn und wippte ungeduldig mit dem Fuß. Wenn sich Ediths Telefonat zu sehr in die Länge zog, konnte sie ja immer noch auf der Damentoilette Zuflucht suchen, denn dort würde sie auf keinen Fall mit dem Leutnant zusammentreffen.

Von seinem Platz auf der Bühne aus, umgeben von einer großen Schar von Schülern, die sich um seine Aufmerksamkeit rissen, erhaschte Craig noch einen ganz kurzen Blick auf das feuerrote Haar ganz hinten im Saal. Kate war also da. Er reckte den Hals und schaute noch einmal hin, aber da war sie verschwunden.

„Wollten Sie noch mit Ms MacDonald sprechen?“, fragte eine schlaksige Oberstufenschülerin mit Rucksack, die genau in Craigs Blickrichtung stand. Durch ihre Frage sorgte sie dafür, dass er sich wieder ganz auf die Schüler konzentrierte.

„Nein“, antwortete er. „Sie hatte es anscheinend eilig.“

„Ja, die hat echt viel um die Ohren, aber nie zu viel, um mit uns Schülern zu reden oder uns bei schweren Aufgaben zu helfen. Sie ist echt toll.“

In Anbetracht der Tatsache, dass sie alleinerziehend war, ein Charterboot für Angler betrieb – ebenfalls allein – und an einer Schule unterrichtete, hatte die Schülerin Kates Situation gut beschrieben, fand Craig.

„Gibt es eigentlich auch weibliche Rettungsschwimmer, Mr Cole?“

Diese Frage von einem sehr sportlich wirkenden Mädchen zwang ihn, gedanklich umzuschalten. „Ja, ein paar schon“, antwortete er.

Die nächste Viertelstunde beantwortete er Fragen, bis der Schulleiter einschritt und die Schüler daran erinnerte, dass ihre Schulbusse warteten und Craig wieder zurück zur Arbeit müsse.

„Ich sag euch was“, schloss Craig die Fragerunde. „Wenn ihr noch weitere Fragen habt, dann ruft mich doch einfach auf der Dienststelle an.“ Und dann holte er ein paar Visitenkarten aus der Tasche und verteilte sie an die wartenden Schüler.

Während die Schüler aufbrachen, verabschiedete sich der Schulleiter von Craig und bedankte sich noch einmal dafür, dass er so kurzfristig eingesprungen sei. Danach ging Craig schnurstracks zu der Tür, durch die er

Kate hatte verschwinden sehen, wunderte sich aber auch nicht weiter, dass er nirgends eine Frau mit rotem Haar entdecken konnte, als er seinen Blick über den langen Korridor und die Halle schweifen ließ.

Seine Enttäuschung unterdrückend schlenderte er zum Haupteingang.

„Hallo Leutnant!“, sprach ihn jemand an.

Als er sich umdrehte, kam eine Blondine um die dreißig lächelnd auf ihn zu.

„Ich bin Clarie Peterson“, sagte sie und gab ihm die Hand. „Ich unterrichte Mathe hier an der Schule und wollte Ihnen nur sagen, dass ich Ihren Vortrag sehr informativ und lebendig fand.“

„Vielen Dank“, antwortete er und musste mit leichtem Nachdruck seine Hand zurückziehen, weil die Frau sie nur widerstrebend losließ.

„Sie konnten in der Kürze der Zeit ja wahrscheinlich nur eben an der Oberfläche kratzen, aber ich würde gern noch mehr über Ihre Aufgaben erfahren und habe mich gefragt, ob ich Sie nicht vielleicht irgendwann mal auf einen Kaffee einladen darf.“

Craig bemühte sich, sein professionelles Lächeln beizubehalten, während er fieberhaft überlegte, wie er die Einladung auf möglichst diplomatische Art ablehnen konnte. „Es freut mich, dass Ihnen mein Vortrag gefallen hat, Ms Peterson, und es ist wirklich nett, dass Sie mich einladen, aber ich bin hier auf der Station noch in der Einarbeitungsphase, und …“

In dem Moment ging die Tür der Damentoilette auf und Craig sah sich plötzlich einem Paar erschrocken dreinblickender grüner Augen gegenüber unter einem Schopf flammend roten Haares. Er schickte schnell ein inbrünstiges Danke gen Himmel, und sein Lächeln wurde echt. „Kate! Ich hatte gehofft, Sie noch zu erwischen. Haben Sie einen Moment Zeit?“ Er signalisierte ihr schweigend SOS und betete, dass sie es verstehen möge.

Ihr Blick schweifte einmal kurz zu Clarie, und dann antwortete sie mit einem Lächeln: „Ja, klar.“

Sie hatte seine Botschaft also verstanden. ***Danke, Gott!***

Die Blondine kniff die Augen ein wenig zusammen, während sie die beiden taxierte. Dann löste sich die Situation aber von selbst, als vom anderen Ende des Ganges jemand rief: „Clarie, wir müssen uns beeilen, sonst kommen wir zu spät zu dem Treffen in der Gemeinde.“

„Ich bin sofort da“, rief Clarie dem Mann über die Schulter zu, legte den Kopf ein wenig schräg und sagte mit einem leicht gezwungenen Lächeln zu Craig: „Das Angebot auf einen Kaffee steht. Sie können mich immer über die Schule erreichen. Wir sehen uns, Kate.“

Erst als sie um die Ecke verschwunden war, sagte Craig: „Danke.“

Kate lächelte mitfühlend. „Clarie ist manchmal ein bisschen aufdringlich. Sie ist seit drei Jahren geschieden und seit einiger Zeit wieder auf der Suche. Die Auswahl hier auf der Insel ist allerdings ziemlich begrenzt, und wenn dann jemand wie Sie hier auftaucht …“ Sie schüttelte den Kopf und lächelte. „Und dann noch ein Rettungsschwimmer. Mein Fauxpas vor Great Point ist mir wirklich schrecklich peinlich.“

„Ach, darüber machen Sie sich mal keine Gedanken. Sie hatten ja recht“, entgegnete er und schob eine Hand in die Hosentasche. „Es war dumm von mir, ein solches Risiko einzugehen, und Ihre Standpauke war wirklich ein Weckruf für mich. Es wird Sie sicher freuen, dass ich die Stellen, an denen ich schwimme, jetzt sorgfältiger aussuchen werde.“

„Danke für Ihre Nachsicht. Was Clarie angeht, sie ist wirklich eine ganz reizende Person, und Sie würden sie sicher mögen.“

„Ich bin aber nicht zu haben“, sagte er daraufhin nur, und ohne Kate die Gelegenheit zu geben, auf diese Bemerkung noch einzugehen oder auch nur darüber nachzudenken, wechselte er das Thema. „Der Mann, von dem Ihre Freundin gerade gerufen wurde, hat irgendein Treffen erwähnt. Ich hoffe, ich halte Sie nicht von irgendetwas ab.“

„Nein, Small Talk ist nicht so mein Ding. Außerdem ist meine Zeit …“ Das Klingeln ihres Handys unterbrach sie, und sie holte es aus ihrer Handtasche. „Würden Sie mich kurz entschuldigen?“

„Natürlich.“

Nach dem, was Craig von dem einseitigen Gespräch mitbekam, hatte Kate eigentlich von Chester abgeholt werden sollen.

„Brauchen Sie eine Mitfahrgelegenheit?“, fragte er sie deshalb.

Sie schaute zu ihm hin, zögerte kurz und sagte dann in ihr Handy: „Kannst du kurz dranbleiben, Edith?“ Dann schüttelte sie den Kopf und sagte zu Craig: „Vielen Dank, doch das ist schon geregelt.“

„Aber ich bin schon hier und Chester nicht. Man könnte ihm doch die Fahrt bei diesem Wetter ersparen, und außerdem“ – er schenkte ihr ein Lächeln, von dem er hoffte, dass es überzeugend war –, „haben Sie mich ja vor ein paar Minuten auch gerettet. Eine Hand wäscht die andere.“

Craig wusste eigentlich gar nicht so recht, wieso er sie drängte – außer vielleicht, weil er gern mit Kate MacDonald zusammen war. In ihrer Gegenwart fühlte er sich lebendiger als in den gesamten vergangenen drei langen Jahren. Sie war sympathisch, energiegeladen und attraktiv – einfach großartig.

Ja – er fühlte sich zu ihr hingezogen.

Aber das war gefährlich. Er sollte sich also lieber zurückhalten, statt so vorzupreschen.

Die Unentschlossenheit in ihrem Blick zeigte ihm, dass sie ebenfalls nicht so genau wusste, was sie tun sollte, und er war deshalb sicher, dass sie sein Angebot ausschlagen würde, wenn er ihr einen Grund gab.

Aber das tat er nicht.

Eine ganze Weile sah sie ihn einfach nur an, und dann sagte sie in ihr Handy: „Sag Chester, dass er trokken bleibt, Edith. Ich werde mitgenommen.“

Craig fragte sich, ob er gerade einen großen Fehler gemacht hatte.

Kapitel 6

Als Craig fünf Minuten später direkt vorm Schuleingang hielt und Kate durch den Regen zu seinem Wagen rannte, tauchte immer wieder das Wort ***Fehler*** in ihrem Kopf auf, wie bei einer Schallplatte mit Sprung.

Es war keine besonders gute Idee, Zeit mit dem gut aussehenden Chef der Küstenwache zu verbringen, denn mit jeder Begegnung nahm seine Anziehungskraft zu. Das machte ihr Angst, weil dadurch vielleicht irgendwann ihre Entschlossenheit, sich nicht noch einmal auf eine Liebe einzulassen, ins Wanken geraten könnte. Mit Macs Tod war auch ein Teil von ihr gestorben. Sie war davon überzeugt, dass jeder Mensch nur ein bestimmtes Maß an Verlust ertragen kann, und ihr persönliches Maß war bereits voll.

Wenigstens war der Weg zu ihr nach Hause nicht sehr weit, beruhigte sie sich, als sie in den Wagen einstieg. „Was für ein Wetter!", sagte sie. „Und ausgerechnet an einem solchen Tag vergesse ich meinen Schirm."

„Wenn man bedenkt, wie beliebt Nantucket als Ferienort ist, muss ich gestehen, dass mich das Wetter doch ziemlich überrascht", bemerkte Craig.

„Es ist eben ein Ort für die Sommerferien, und in dieser Gegend ist es vor Juni und Juli nicht richtig Sommer. Der Rest des Jahres ist dann so ähnlich wie heute –

oder noch schlechter.“ Craig fuhr los und Kate legte den Sicherheitsgurt an. „So, da vorn rechts. Es ist nicht weit.“ Sie bemerkte, dass er sein Uniformjackett mit den Auszeichnungen und Orden ausgezogen hatte und stattdessen einen wollweißen Fischerpullover trug.

Als er sie dabei ertappte, wie sie ihn anschaute, grinste er und beantwortete ihre unausgesprochene Frage. „Das Jackett lege ich nach offiziellen Anlässen immer so schnell wie möglich wieder ab, denn es ist nicht gerade pflegeleicht. Darf ich davon ausgehen, dass Sie eine Mitfahrgelegenheit brauchten, weil Sie Probleme mit Ihrem Wagen haben?“

„Ja, der Zahnriemen ist gerissen.“

„Autsch, das wird teuer“, sagte er und verzog dabei das Gesicht.

„Wem sagen Sie das.“ Obwohl sie sich alle Mühe gab, das möglichst beiläufig klingen zu lassen, kam es mit einem mutlosen Unterton heraus. Sie hoffte, dass Craig es nicht bemerken würde, war aber auch nicht weiter überrascht, als sich diese Hoffnung nicht erfüllte. Der Mann verfügte über eine unglaubliche Intuition.

„Ich nehme an, dass es eine ziemliche Herausforderung ist, den Lebensunterhalt mit zwei Saisonjobs zu bestreiten.“

„Das ist noch sehr milde ausgedrückt. Da vorn müssen Sie links abbiegen.“

„Haben Sie schon mal überlegt, in Vollzeit zu unterrichten?“

„Ja, das habe ich. Vor zwei Jahren wurde mir eine volle Stelle angeboten, aber dadurch würde ich zwei der lukrativsten Angelmonate versäumen, und das Einkommen wäre etwa gleich. Es wäre natürlich schön, durch den festen Job besser und trotzdem billiger versichert zu scin und bessere Sozialleistungen zu bekommen, aber mir gefällt an dieser Regelung, dass ich so flexibel bin und für Maddie da sein kann." Sie seufzte, schüttelte den Kopf und fügte hinzu: „Eine perfekte Lösung gibt es da wahrscheinlich nicht."

Als er kurz zur Seite schaute und sie im Profil sah, bemerkte er, dass sie entschlossen ihr Kinn vorgeschoben hatte. Er bezweifelte, dass es viele Hindernisse gab, durch die Kate sich davon abhalten ließ, ein einmal gesetztes Ziel zu erreichen. Aber die ständige Sorge – und die schwere Arbeit – forderten offensichtlich auch ihren Tribut. Das sah man daran, wie dünn sie war, an den dunklen Ringen unter ihren Augen und an den feinen Linien in den Augenwinkeln. Feuer und Entschlossenheit konnten einem – so sehr er beides auch bewunderte – einen gewaltigen Preis abverlangen.

„Jetzt nach rechts und dann die übernächste Straße links abbiegen. Ich weiß, dass die Stadt Neuankömmlingen oft wie ein Labyrinth vorkommt, aber für uns Einheimische ist der Aufbau absolut schlüssig", erklärte sie.

„Wie lange lebt Ihre Familie denn schon hier?", fragte er.

„Seit fast zweihundert Jahren. Der Familienstammbaum lässt sich bis in die Zeit der Walfänger zurückverfolgen. Meine Vorfahren haben es auf Nantucket zu Wohlstand gebracht, bis das Erdöl gefunden wurde und dann das Große Feuer diese ruhmreiche Epoche beendete. Die meisten Familien sind damals aufs Festland gezogen. Inzwischen ist es für viele Leute sehr schwierig, auf der Insel den Lebensunterhalt zu verdienen, und es wird von Jahr zu Jahr schwieriger."

Er schaute wieder kurz zu ihr hinüber und bemerkte den Schatten, der über ihr Gesicht huschte.

„Auch meine Eltern mussten wegziehen", fuhr sie fort, und es klang melancholisch. „Vor ein paar Jahren haben sie mein Elternhaus verkauft und sind in einen kleinen Bungalow in North Carolina gezogen. Sie haben sich dort aber nie richtig eingelebt. Zwei Jahre nach dem Umzug hat meine Mutter einen tödlichen Schlaganfall erlitten und acht Monate danach ist mein Vater an einem Herzinfarkt gestorben."

Diese Informationen musste Craig erst einmal verdauen. Kate hatte also innerhalb nur weniger Jahre nicht nur ihren Mann, sondern auch beide Eltern verloren.

„Es ist die nächste Straße rechts. Die Lighthouse Lane."

Craig bremste ab und bog in die kleine Sackgasse ein, in der nur eine Handvoll Häuser standen. Die meisten hatten eine stattliche Größe, aber angesichts der Bemerkungen, die sie über ihre finanzielle Situation gemacht hatte, wunderte es ihn nicht weiter, dass sie ihn zu einem kleinen Holzhaus dirigierte, das wie eingepfercht zwischen zwei etwas größeren ebenfalls holzverkleideten Gebäuden stand.

Sie schob sich den Riemen ihrer Tasche auf die Schulter und sagte: „Danke fürs Mitnehmen. Chester ist darüber bestimmt genauso froh wie ich."

„Es war mir ein Vergnügen“, sagte Craig und rutschte ein wenig zu ihr hinüber, während der Regen weiter aufs Autodach prasselte. Das Wasser, das an den Fenstern herunterlief, wirkte wie eine blickdichte Gardine, durch die sie von der Welt abgeschirmt wurden. Nur Kates Haar brachte etwas Farbe in das graue Wetter, das sie umgab, denn selbst in dem trüben Licht sprühte es vor Leben und Leuchtkraft.

Und ganz plötzlich wurde Craig von dem heftigen Drang gepackt, diese Locken zu berühren, die Schatten unter ihren Augen wegzustreichen, seine Finger mit ihren zu verschlingen und ihr zu versichern, dass sie mit ihren Problemen nicht allein war.

Er hatte keine Ahnung, woher dieser Drang kam, der so stark war, dass er die Kontrolle über seine Gefühle zu verlieren drohte. Als Rettungsschwimmer hatte er diese Kontrolle immer gehabt, sie war lebensnotwendig gewesen. Dass sie ihm jetzt zu entgleiten drohte, verunsicherte ihn zutiefst. Seine Gefühle unter Kontrolle zu haben – und zwar sowohl im Wasser als auch außerhalb davon –, half ihm zu überleben. Nichts – und niemand – hatte diese Kontrolle so schnell und gründlich ins Wanken gebracht wie Kate MacDonald. Und was noch schlimmer war: Es war ihr gelungen, ohne dass sie es darauf angelegt hatte.

Als ob sie seinen heftigen Impuls spürte, sie zu berühren, griff sie nach dem Türgriff und sagte hastig: „Danke noch mal fürs Mitnehmen.“

„Warten Sie“, sagte er und hielt sie mit einer Hand zurück, woraufhin sie sich mit fast panischer Miene wieder zu ihm umdrehte. Er wurde etwas leiser und brachte ein steifes Lächeln zustande, um die aufgeladene Stimmung zu entschärfen. „Auf dem Rücksitz liegt ein Schirm“, sagte er. „Es ist ja nicht nötig, dass Sie ganz durchnässt werden. Ich bringe Sie noch bis zur Tür.“

Er gab ihr keine Gelegenheit, sein Angebot auszuschlagen, griff nach dem Schirm, öffnete die Tür und trat hinaus in den strömenden Regen.

Als er um den Wagen herum zur Beifahrertür ging, war ihm sehr bewusst, dass die ganze Angelegenheit nicht einfacher werden würde, wenn er sich gleich mit Kate zusammen unter den Schirm zwängen musste. Während er die Beifahrertür öffnete, merkte er an ihrer beklommenen Miene, dass sie genau das Gleiche dachte. Ihre diskreten Bemühungen um etwas Abstand zwischen ihnen, als sie durch ihren winzigen Vorgarten zur Tür gingen, waren ebenfalls vielsagend.

Craig versuchte, sich selbst abzulenken, indem er sich Kates verwittertes, holzverkleidetes Haus etwas genauer anschaute. Ihm fielen die graugrüne Tür und die passend gestrichenen Fenster ins Auge, die dem Haus einen rustikalen Charme verliehen, ganz dem historischen Charakter der Stadt entsprechend. Es gab weder ein Vordach noch eine kleine Veranda als Wetterschutz vor der Haustür, und deshalb hielt er den Schirm weiter über sie, während sie in ihrer Tasche nach dem Haustürschlüssel suchte.

„Vielen Dank noch mal fürs Mitnehmen“, sagte sie etwas gehetzt und außer Atem. „Ich wäre sonst viel zu spät dran gewesen, um Maddie abzuholen.“

„Ist Maddie bei Edith?“, fragte er.

„Ja“, antwortete Kate und zeigte auf das zweigeschossige typisch amerikanische Holzhaus zu ihrer Linken. Es war gelb gestrichen, hatte schwarze Fensterläden, und die Veranda vor dem Haus war von beiden Seiten aus über eine Treppe zu erreichen.

Obwohl Ediths Haus erheblich größer war als Kates, konnte es im Vergleich mit dem auf der anderen Seite nicht mithalten. Es war zwar ebenfalls zweigeschossig und mit Holz verkleidet, aber es war weiß gestrichen. Die schwarzen Fensterläden und die neoklassische Dachkonstruktion mit dem tief liegenden Fries und einem kleinen, auf Säulen ruhenden Windfang verliehen ihm etwas Imposantes.

„Das ist die ***Devon Rose*** Teestube“, sagte Kate zu Craig, als sie beim Aufschließen seinen Blick in die Richtung bemerkte. „Die Eigentümerin wohnt oben, und unten gibt es jeden Nachmittag den klassisch britischen High Tea. Also dann …“

„Soll ich nicht Maddie noch rasch abholen?“, fragte er. „Mit meinem großen Schirm bekomme ich sie vielleicht einigermaßen trocken nach Hause. Sie braucht sich ja nicht völlig unnötig eine Erkältung zu holen.“ Eine Windbö wehte den Regen in ihre Richtung, und Craig veränderte den Winkel, in dem er den Regenschirm hielt, damit er nicht umklappte. „Vielleicht geben Sie mir noch eine Decke mit, damit sie unterwegs warm und trocken bleibt.“

Wieder zögerte Kate kurz, nickte dann aber und sagte: „Okay. Kommen Sie herein, ich hole rasch eine Decke.“

Sie stieß die Tür auf, und Craig betrat hinter ihr das Haus.

Das Äußere des kleinen Häuschens entsprach ganz den Denkmalschutzbestimmungen, aber bei der Gestaltung des Inneren hatte man sich große Freiheiten genommen, stellte Craig fest. Statt eines Gewirrs winziger Zimmer, das er erwartet hatte, stand er in einem großen, offenen, luftigen Raum, durch den das Haus etwas Modernes bekam, ohne dass der ursprüngliche Charakter des Wohnhauses verloren gegangen war.

Die breiten Fichtendielen passten zu den frei liegenden Deckenbalken, die rechts von dem kleinen Windfang längs durch den großen Raum verliefen. Im vorderen Bereich befand sich ein bequem aussehendes Sofa, und vor einen Kamin standen ein paar Sessel. In der Mitte der hölzernen Kaminumrandung, die in einem matten Ockerton gestrichen war, erblickte Craig eine alte, von zwei Messingleuchtern flankierte Uhr.

Weiter hinten im Raum entdeckte er einen Essplatz, der von einem Teppich in einem auffälligen modernen Muster dominiert wurde. Um den massiven Holztisch herum, auf dem sich in der Mitte eine gefüllte Obstschale befand, standen vier Stühle mit Leiterlehne und Sitzen aus Binsengeflecht. Die Wände waren in einem leicht abgetönten Weiß gestrichen, das dem Raum eine luftige Atmosphäre gab. Am hinteren Ende des Raumes konnte man durch zwei bodentiefe Fenster in den Garten hinausgehen.

„Schön haben Sie es hier!“, sagte er. „Ganz anders, als ich es erwartet hätte.“

„Danke. Mein Mann und ich haben das Häuschen von seinen Eltern geerbt. Bei der ursprünglichen Raumaufteilung bekam man wirklich Platzangst, aber wir wollten die jahrhundertealten Mauern nicht einreißen, und was dann letztlich dabei herausgekommen ist, gefällt mir jetzt auch richtig gut." Kate griff nach einer Wolldecke, die auf dem Sofa lag, und gab sie ihm. „Bevor Sie sich auf den Weg machen, rufe ich Edith noch schnell an, damit Maddie fertig ist, wenn Sie kommen."

Während Kate in die Küche ging, um zu telefonieren, schlenderte Craig in dem Wohnzimmer herum und blieb vor einem auffälligen Gemälde vom Moor auf Nantucket stehen, das über dem Kamin hing. Als er Kate zurückkommen hörte, drehte er sich um. „Das ist ja etwas ganz Besonderes", sagte er mit Blick auf das Bild.

„Ja, das finde ich auch." Sie stand hinter dem einen Ohrensessel und hielt sich an der oberen Kante fest. „Das hat mein Mann gemalt."

Überrascht zog Craig die Brauen hoch. „Ich wusste gar nicht, dass er Künstler war."

„Das hat er außerhalb der Saison gemacht, wenn ich unterrichtet habe. Er hätte auch hauptberuflich malen können, aber ihm gefiel die Abwechslung der beiden Tätigkeiten, und er hat immer gesagt, dass er die beste Inspiration für neue Motive bekomme, wenn er mit dem Boot unterwegs sei." Mit trauriger Miene fuhr sie fort: „Ich wünschte, wir hätten mehr von seinen Bildern behalten."

„Hat er sie denn an eine der Galerien hier im Ort verkauft?"

„Ja, und er konnte gar nicht so schnell malen, wie die Bilder verkauft wurden. Ich habe nur noch zwei.“ Sie packte die Lehne des Ohrensessels noch fester. „Wir haben ja beide gedacht, er hätte noch viele Jahre Zeit zum Malen.“

Craig wusste zwar, dass er sich jetzt auf dünnes Eis begab, stellte aber trotzdem leise die Frage. „Wie ist es passiert, Kate?“

Sie schluckte und fuhr sich mit der Zunge über die Lippen. „Er hatte einen angeborenen Herzfehler, von dem niemand wusste. Der medizinische Fachbegriff dafür ist hypertrophe Kardiomyopathie. Das ist eine ungleichmäßige Verdickung der Herzwände, die zu einem plötzlichen Herzstillstand führen kann. Bei Sportlern hört man manchmal davon. Mac hat außerhalb der Saison immer gern mit seinen Freunden nach Jakobsmuscheln getaucht, was auch eine ziemlich anstrengende Angelegenheit ist. Er war … schon tot, als sie ihn zurück ans Ufer brachten.“

Als Kate so angespannt noch einmal von der Tragödie berichtete, die ihr ganzes Leben verändert hatte, drehte sich Craig der Magen um. Er wusste ja, wie es war, eine solche Hiobsbotschaft zu bekommen. Aber Kates Geschichte war in mancherlei Hinsicht noch tragischer als seine, denn er hatte ja von Maddie erfahren, dass Kate nicht nur ihren Mann, sondern auch den Vater ihres ungeborenen Kindes verloren hatte.

„Das tut mir leid“, sagte er. Aus eigener Erfahrung wusste er, dass diese Floskel den Schmerz nicht lindern konnte. Im Grunde gab es keine Worte, die wirklich trösten konnten.

„Danke“, antwortete sie, blinzelte kurz die Tränen weg und räusperte sich dann. „Man sagt ja, dass die Guten jung sterben, und auf Mac traf das wirklich zu. Er war erst einundvierzig. Aber wissen Sie, so sehr ich um meinen eigenen Verlust getrauert habe – noch trauriger war ich darüber, dass Maddie ihren Vater nie kennenlernen würde. Sie wurde zwei Wochen nach seinem Tod geboren.“

Der Knoten in Craigs Magen zog sich bei dieser Information noch fester zusammen. Wie schwer musste es für Kate gewesen sein, den Mann zu verlieren und so kurz danach die gemeinsame Tochter zur Welt zu bringen. Bei einem Ereignis, das eigentlich der Inbegriff gemeinsamer Freude sein sollte, war sie allein gewesen, irgendwo im Niemandsland zwischen der Trauer um den verstorbenen Mann und der Freude über die Geburt der Tochter. Er hatte wenigstens das Glück erlebt, bei der Geburt beider Kinder dabei zu sein, und er hatte jede Menge schöne Erinnerungen an die Jahre als Familie. Das war Kate beides versagt geblieben.

„Ich habe gerade mit Chester und Edith vereinbart, dass sie Sie an der Eingangstür erwarten.“ Dann ging sie zum Kamin hinüber und sagte: „Ich glaube, ich schalte das Gasfeuer ein. Das ist zwar Verschwendung, aber es vertreibt wenigstens die Kälte ein bisschen.“

Im Zimmer vielleicht, dachte Craig, aber nicht in ihrem Herzen.

Dabei betrachtete er ihr feuerrotes Haar, das ihr auf die Schultern fiel und im Licht der aufflackernden Flammen leuchtete.

Es war ganz klar, dass sie von Craig keine Reaktion auf ihren freimütigen Bericht erwartete oder noch weitere Beileidsbekundungen, und darüber war er sehr erleichtert. Es gab nämlich nichts, was er hätte sagen können, um ihren Schmerz zu lindern. Nur eine herzliche Umarmung von einer guten Freundin oder einem Menschen, den sie liebte, konnte da helfen. Und er war beides nicht.

Craig trat wieder ins Freie, spannte den Schirm auf, um sich vor dem heftigen Regen zu schützen, und wünschte er, es wäre anders.

Als Craig wieder zurückkam – und so lange weg gewesen war, dass Kate sicher war, Edith hatte ihn nach dem Grund für seinen überraschenden Besuch gelöchert –, hatte sie für Maddie schon heiße Schokolade zubereitet.

Von der kleinen Küche neben der Essecke aus hörte sie ihre kleine Tochter kichern und blieb in der Tür stehen, um zu beobachten, was sich dort abspielte.

Craig hatte Maddie auf dem Arm und hielt sie so, dass sie ihr Gesicht an seine Brust drückte, damit sie keine kalte Luft abbekam. Der Gegensatz zwischen seiner kräftigen Statur und der zierlichen Gestalt ihrer Tochter berührte etwas tief in ihrem Herzen, und sie musste daran denken, wie sie es sich immer vorgestellt hatte, wenn Mac nach Hause käme.

Sie hatte nicht damit gerechnet, dass ihr dabei plötzlich die Tränen kommen würden, und hatte Mühe, ihre Gefühle wieder unter Kontrolle zu bekommen. Deshalb trat sie einen Schritt zurück, um zu lauschen, was die beiden miteinander redeten.

„Also ich weiß ja nicht …“, sagte Craig mit gespieltem Ernst zu ihrer Tochter. „Ich habe immer gedacht, dass kleine Mädchen aus Zucker sind. Lass deine Mama mal lieber gleich nachschauen, ob du nicht von dem vielen Regen schon geschmolzen bist.“

Wieder Gekicher. „Kleine Mädchen schmelzen doch nicht.“

„Bist du da ganz sicher?“

„Ja. Ich bin schon mal ganz nass gewesen.“

„Puh, da bin ich aber erleichtert. Ich möchte nämlich wirklich nicht, dass du dich auflöst und nur noch eine kleine Pfütze von dir übrig bleibt. Was sollte ich denn da wohl deiner Mama sagen?“

Es folgte erneut Gekicher.

Ein Lächeln umspielte Kates Mundwinkel, während sie die Tränen wegblinzelte, durch die sie alles verschwommen sah. Craig war inzwischen mit Maddie im Haus, und er hatte die Kleine immer noch auf dem Arm. Sie hatte die Arme um seinen Hals geschlungen, die eine Wange fest an seinen Pullover gepresst, und schien es kein bisschen eilig zu haben, dort wegzukommen. Und Craig hatte offenbar auch nichts dagegen.

Als er Kate sah, lächelte er und sagte: „So, da wären wir.“

„Das sehe ich“, antwortete sie. „Ich hab dir heiße Schokolade gemacht, Maddie. Sie steht in der Küche.“

„Ich möchte sie aber lieber hier trinken“, bat Maddie und schmiegte sich noch fester an Craigs Schulter.

Kate verschränkte die Arme vor der Brust und lächelte Craig an. „Ich glaube, Sie haben eine neue Freundin.“

„Dagegen habe ich absolut nichts einzuwenden. Wie wäre es denn, wenn ich dich zu deiner heißen Schokolade in die Küche bringe?“, fragte er Maddie.

„Na gut.“ Ihre Nase lief und sie wischte sie sich mit dem Ärmel ab. „Kannst du dableiben, während ich sie trinke?“

„Mr Cole muss bestimmt wieder zur Arbeit, Schätzchen“, erklärte Kate ihrer Tochter.

„Also ehrlich gesagt hatte ich eigentlich vor, nach dem Vortrag für heute Feierabend zu machen“, widersprach er grinsend.

„Das ist einer der Vorteile, die es hat, selbst der Chef zu sein.“

Bei der Vorstellung, dass Edith sich wahrscheinlich gerade die Nase an ihrem Fenster platt drückte, um nur ja mitzubekommen, wie lange Craig blieb, war Kate nicht gerade begeistert von dieser Neuigkeit. Je länger er blieb, desto schwieriger würde es werden, ihre Nachbarin, die sich so gern als Kupplerin betätigte, davon zu überzeugen, dass sein Besuch keine tiefere Bedeutung hatte, sondern rein praktischer Natur war.

Kate wurde in ihren Gedanken an Edith unterbrochen, als Maddie plötzlich hustete. Gerade eben hatte sie schon geschnieft, und jetzt dieser Husten … Das musste nicht unbedingt etwas zu bedeuten haben, aber Kate hatte inzwischen zu viele Asthmaanfälle erlebt, um auch harmlos scheinende Symptome einfach zu übergehen. Trotzdem versuchte sie, nicht überzureagieren, denn es half Maddie auch nicht weiter, wenn sie in Watte gepackt wurde.

Kate brachte ein Lächeln zustande und ging zum Esstisch. „Also gut, ich hole die Schokolade hierher. Möchten Sie auch etwas trinken, Craig?“

„Ich bin auch ein Schokoladenmann“, sagte er und zwinkerte dabei Maddie zu, was einen weiteren Heiterkeitsausbruch zur Folge hatte.

Während Kate Craigs heiße Schokolade zubereitete, hörte sie ihre Tochter wieder husten. ***Nein, bitte nicht, Herr***, betete sie und merkte, wie sich in ihrem Magen der nur allzu bekannte Knoten bildete. ***Nicht heute Abend.***

Als Kate die beiden vollen Becher auf den Tisch stellte, plapperte Maddie munter vor sich hin. Craig widmete der Kleinen seine ganze Aufmerksamkeit, und sie genoss es sichtlich. Als aber dann Maddie erneut in ihrem Redefluss unterbrochen wurde, weil sie husten musste, und sie wieder ihre Nase mit dem Ärmel abwischte, wuchs Kates Sorge.

Sie zog ihren Stuhl näher an Maddies heran, setzte sich und überlegte, was einen Asthmaanfall ausgelöst haben könnte, aber ihr fiel nichts ein. Kate hatte ihre Tochter in der vergangenen Woche so gut wie möglich aus der kalten Luft ferngehalten, und wenn sie doch nach draußen gegangen waren, hatte sie peinlich genau darauf geachtet, dass Maddie ihre spezielle Skimaske trug. Und auch Edith passte immer sehr auf, dass Maddie nicht mit einem der bekannten Auslöser in Kontakt kam. Doch der plötzliche Husten und die Schniefnase waren verdächtig.

Während Maddie Craig erzählte, was sie bei Edith alles gemalt hatte in der Zeit, als ihre Mama gearbeitet hatte, beugte sich Kate ein bisschen weiter zu Maddie hin, um zu horchen, wie sich ihr Atem anhörte. Sie glaubte ein ganz leichtes Keuchen zu hören, aber vielleicht war es ja …

„Willst du Mr Cole denn gar nicht antworten, Mama?“, fragte Maddie sie in dem Moment.

Kate registrierte die Frage ihrer Tochter nur am Rande, denn gerade in dem Moment hatte sich ihre Befürchtung bestätigt. Maddie keuchte tatsächlich, und das Atemgeräusch wurde schlimmer.

Ein Asthmaanfall bahnte sich an.

„Tut mir leid … was haben Sie gefragt?“, sagte Kate etwas abwesend, stand auf und überlegte, wie sie den Inhalator vorbereiten sollte, ohne Maddie dadurch zu beunruhigen. Ihre Tochter hasste das Gerät – und das, wofür es stand. Sie hatte jetzt schon seit drei Jahren in regelmäßigen Abständen Anfälle, die sie jedes Mal in Panik versetzten.

Kate konnte das gut nachempfinden, denn ihr selbst ging es nicht anders. Sie versuchte jedoch, ihre Angst so gut es ging zu verbergen, damit ihre Tochter ruhig blieb. Sie wusste ja, dass Panik einen Anfall nur noch verschlimmerte.

„Ist alles in Ordnung?“

Craigs ruhige Frage zeigte ihr, dass er ihre Angst bemerkt hatte, und sie betete, dass nicht auch Maddie etwas mitbekommen hatte. „Maddie, mein Schatz, du trinkst jetzt deine Schokolade aus, und Mr Cole hilft mir so lange ein bisschen in der Küche, ja?“

„Okay“, antwortete Maddie, hustete und trank noch einen Schluck Schokolade.

Mit einem angedeuteten Nicken forderte Kate Craig auf, mit ihr in die Küche zu kommen. Er sah sie zwar fragend an, stand aber wortlos auf und folgte ihr.

Als sie außerhalb von Maddies Blickfeld waren, sagte sie zu ihm: „Ich habe ein Problem."

„Das habe ich mitbekommen."

„Maddie hat Asthma, und es gibt Anzeichen, dass sich ein Anfall anbahnt. Sie muss jetzt sofort inhalieren, wenn das noch verhindert werden soll." Sie öffnete einen der Unterschränke und versuchte, das Zittern ihrer Hände in den Griff zu bekommen. Wie sehr wünschte sie sich, einmal um Hilfe bitten zu können, damit sie diese Tortur nicht allein durchstehen musste, aber sie wusste, dass das nicht ging. Es gab nur sie und Maddie allein gegen den Rest der Welt. So war es schon immer gewesen, und so würde es auch bleiben.

Während sie den Inhalator aus dem Schrank holte, drehte sie sich um und sagte über die Schulter zu Craig: „Das wird jetzt nicht besonders lustig. Vielleicht möchten Sie doch lieber gehen, bevor wir anfangen. Ich könnte Maddie erklären, dass Sie weg mussten. Das ist schon in Ordnung." Und das war es wirklich, sagte Kate sich selbst. Es musste so sein.

Auch wenn ihr Herz etwas anderes sagte.

Kapitel 7

Craig merkte genau, wie Kate sich bemühte, ruhig zu bleiben, als sie den Inhalator aus dem Schrank nahm. Doch ihre beinah starr wirkende Körperhaltung, der verkrampfte Griff, mit dem sie den Inhalator festhielt, als sie ihn auf den Küchentresen stellte, und das Zucken um ihre Mundwinkel verrieten, wie beunruhigt sie war. Dass sie mit dieser Notsituation fertig werden würde wie wahrscheinlich schon mit vielen zuvor, daran hatte er keinen Zweifel; aber er wollte nicht, dass sie es allein bewältigen musste. „Ich würde lieber bleiben und Ihnen helfen", sagte er deshalb.

Als sie daraufhin einen Moment lang gar nichts sagte, dachte er zuerst, sie würde sein Angebot ausschlagen, aber dann drehte sie sich um und sagte mit Tränen in den Augen: „Danke."

„Sagen Sie mir einfach, was ich tun muss", forderte er sie auf.

Sie straffte die Schultern und sagte entschlossen: „Die größte Hilfe wäre es, wenn Sie versuchen würden, dafür zu sorgen, dass Maddie möglichst ruhig bleibt. Wenn sie plötzlich inhalieren soll, weiß sie, dass wahrscheinlich ein Anfall naht." Mit gerunzelter Stirn wusch Kate sich die Hände und baute dann das Gerät auf. „Ich wüsste wirklich gern, was diesen Anfall ausgelöst hat. Ich habe so aufgepasst, dass sie nicht draußen im Wind und in der Kälte ist, und sie weiß selbst, dass sie nicht in die Nähe von Katzen darf."

Bei Kates letzter Bemerkung wurde Craig gleichzeitig heiß und kalt und er erstarrte. „Wieso darf sie denn nicht mit Katzen in Kontakt kommen?"

„Weil sie stark allergisch auf Katzenhaar reagiert, und alle Allergene sind auch Asthmaauslöser."

Als Craig klar wurde, was das bedeutete, hatte er das Gefühl, als würde ihm jemand in den Bauch boxen.

Einen kurzen Moment war er unfähig, sich zu rühren, aber dann wechselte er in den Einsatzmodus. Er ging zur Hintertür, zog sich bereits auf dem Weg dorthin seinen Pullover aus, ging hinaus und schleuderte ihn auf eine nasse Gartenbank, die ein paar Meter von der Tür entfernt stand. Als er sich wieder umdrehte, sah er Kate, die mitten in ihren Vorbereitungen für das Inhalieren innehielt und ihn anstarrte, als hätte er den Verstand verloren.

Angespannt fuhr er sich mit den Fingern durchs Haar und sagte dann: „Es tut mir so leid, Kate, aber der Auslöser für Maddies Asthmaanfall bin ich."

An ihrer Miene war abzulesen, wie ihr langsam dämmerte, was los war. „Sie haben eine Katze?"

„Nein, das nicht, aber ich war gestern Abend bei meinem Unteroffizier zu Hause zum Essen eingeladen, und er hat eine Katze. Seine Kinder wollten unbedingt, dass ich sie auf den Arm nehme, was ich ihnen zuliebe dann auch getan habe, und ich hatte gestern Abend denselben Pullover an." Dabei deutete er mit den Daumen hinter sich in den Garten.

Kate wurde ganz blass und beeilte sich jetzt noch mehr mit der Vorbereitung des Inhalators. „Wenigstens kommen die Gegenmaßnahmen rechtzeitig“, sagte sie.

An ihrem systematischen Vorgehen merkte Craig, dass Kate die Prozedur schon unzählige Male hinter sich gebracht hatte, und er fand es ganz furchtbar, dass er dieses Mal der Auslöser dafür war. Doch noch schlimmer für ihn war das Beben in ihrer Stimme.

„Ich hole schnell die Decke aus dem Wohnzimmer“, sagte er. „Die ist ja auch mit meinem Pullover in Berührung gekommen. Was soll ich damit machen?“

„Legen Sie sie einfach zur Schmutzwäsche. Der Wäschekorb ist in dem Schrank dort hinten.“ Dabei zeigte sie auf eine Reihe von Lamellentüren am Ende der Küche.

Craig legte die Decke zur Wäsche und fragte dann: „Soll sie in der Küche inhalieren?“

„Nein“, antwortete sie. „Normalerweise setzen wir uns dabei aufs Sofa, und ich nehme sie auf den Schoß. Das beruhigt sie.“

Craig ging zum Spülbecken, wusch sich die Hände und trocknete sie sich mit einem Papiertuch ab. „Vielleicht kann ich sie ja beim Inhalieren ein bisschen unterstützen. Wie lange dauert die Prozedur denn?“

„Ungefähr zehn Minuten.“

„Ich bin fertig mit meiner …“ Maddie blieb abrupt in der Tür stehen, als sie den Inhalator sah, und ihr Atem wurde sofort schneller und flacher.

Als sie auch noch zu husten begann und ihr Ausdruck panisch wurde, kniete sich Craig vor ihr hin auf Augenhöhe und berührte ganz behutsam ihre Wange. „Hey, Zuckermädchen", sagte er augenzwinkernd und brachte sogar ein Lächeln zustande. „Deine Mama möchte, dass du gleich inhalierst. Was hältst du denn davon, wenn ich dir dabei eine Geschichte erzähle?"

Maddie starrte nur angstvoll auf den Inhalator und reagierte gar nicht auf seine Frage. Er griff deshalb ganz behutsam nach ihren dünnen Ärmchen und sprach sie noch einmal an. „Maddie?" Er wartete, bis sie ihn ansah, und fuhr dann fort: „Möchtest du beim Inhalieren eine Geschichte hören?"

Sie nickte ruckartig und fragte: „Kann ich … auf deinem Schoß sitzen?"

„Ich glaube, das lässt sich machen", antwortete er mit einem Blick zu Kate hinüber, die kaum merklich nickte.

„Wo ist denn meine Schmusedecke, Mama?"

„Ich hol sie dir, mein Schatz. Könnten Sie Maddie bitte schon mal ins Wohnzimmer bringen, Craig?"

Er nahm Maddie auf den Arm, ging mit ihr zum Sofa hinüber und setzte sie sich auf den Schoß.

Kate kam gleich hinterher, gab Maddie eine verblichene rosa Babydecke, legte ihrer Tochter die Atemmaske an und schaltete dann den Inhalator ein. „Okay, mein Schatz, jetzt setz dich bitte ganz gerade hin und atme langsam und ganz tief durch den Mund ein, ja? So ist es gut."

Als Kate zufrieden war mit Maddies Atmen, begann Craig der Kleinen von einer Rettungsaktion auf Hawaii zu erzählen, an der er einmal beteiligt gewesen war. Es war eine der harmloseren Geschichten über die Rettung eines

Labradors, die er mit so vielen farbigen Details ausschmückte, wie ihm nur einfallen wollten. Maddie hielt mit der einen Hand ihre Schmusedecke fest, und mit der anderen krallte sie sich am Ärmel seines weißen Uniformhemds fest, während sie ihm gebannt zuhörte. Kate kniete neben ihr, streichelte ihren Arm und murmelte aufmunternde Worte.

Nachdem der Behälter mit der Inhalationsflüssigkeit leer war, schaltete Kate das Gerät aus und nahm Maddie die Atemmaske wieder ab. „Das war doch gar nicht so schlimm, oder?“, fragte sie, nahm die Hand ihrer Tochter und strich ihr behutsam das Haar zurück.

„Nein“, antwortete Maddie, hickste einmal kurz und drückte sich noch fester an Craigs breite Brust.

„Wie wäre es, wenn du dich vorm Abendessen noch ein bisschen ausruhst, mein Schatz?“, fragte Kate ihre Tochter.

„Aber wir haben doch Besuch, Mama!“

„Ich gehe sowieso gleich“, sagte Craig. „Ich muss in ein paar Minuten nach Hause.“

„Bleibst du noch so lange, bis Mama mich ins Bett gebracht hat?“, fragte Maddie.

„Wenn deine Mama damit einverstanden ist …“

„Das ist in Ordnung. So, und jetzt komm, mein Schatz“, sagte Kate, nahm ihre Tochter bei der Hand und ging mit ihr zu dem Flur hinüber, der von dem großen Raum abging. Craig folgte ihr – vorbei an einem Bad auf der rechten Seite und einem abgedunkelten Zimmer auf der linken zu einem Zimmer am Kopf des Flures. Auf dem Nachtschränkchen dort stand eine Lampe mit einer Disneyprinzessin auf dem Schirm. Alles war in warmes Licht getaucht, und als Craig den Raum betrat, sah er rosa Wände, eine Bordüre mit Elfen und weiße Korbmöbel.

Beim Vergleich dieses Zimmer mit dem, das er für Vicki eingerichtet hatte, wurde ihm richtig mulmig. Das Zimmer für seine Tochter hatte nichts Persönliches und so gar nichts von dem Charme dieses typischen Mädchenzimmers. Es strahlte keine Wärme und Freude aus. Es war eine absolute Katastrophe.

„Ist alles in Ordnung, Craig?"

Kates besorgter Tonfall drang in seine aufsteigende Panik vor. „Ich habe nur gerade an das Zimmer gedacht, das ich für Vicki eingerichtet habe", antwortete er. „Es … es ist nicht schön."

„Wer ist denn Vicki?", erkundigte sich Maddie.

„Vicki ist die kleine Tochter von Mr Cole", antwortete Kate ihrer Tochter und sagte dann an Craig gewandt: „Ich hab ihr noch nichts von ihr erzählt."

„Du hast eine kleine Tochter?", fragte Maddie mit großen Augen.

„Tut mir leid, dass ich davon angefangen habe", entschuldigte sich Craig bei Kate.

Aber sie winkte nur ab: „Ach, das macht doch nichts." Und dann wieder zu Maddie: „Es sollte eine Überraschung werden, mein Schatz. Vicki ist genauso alt wie du, und sie kommt jetzt auch bald tagsüber zu Mrs Shaw, genau wie du. Dann hast du eine Freundin."

Maddie strahlte. „Ich hab mir schon immer eine Freundin gewünscht. Wann kommt sie denn?"

„Am Montag."

„Und warum ist ihr Zimmer nicht schön?“, erkundigte sich Maddie.

„Wahrscheinlich, weil ich nicht so richtig weiß, was kleine Mädchen schön finden. Deshalb ist das Zimmer ziemlich kahl und nicht besonders gemütlich.“

„Wir wissen, was kleinen Mädchen gefällt, nicht wahr, Mama? Wir können ihm doch helfen, es schöner zu machen, oder?“

Craig hatte wirklich nicht vorgehabt, ein weiteres Treffen mit Kate zu initiieren, denn das war einfach zu gefährlich bei der Heftigkeit, mit der es zwischen ihnen funkte. Doch wenn er jetzt beim Anblick von Maddies Zimmer daran dachte, wie trist dagegen Vickis war, musste er jede Hilfe annehmen, die er bekommen konnte – egal, woher sie kam, und egal, mit welchem Risiko. „Ich weiß, dass Sie sehr beschäftigt sind, aber ich könnte ehrlich gesagt gut ein bisschen Hilfe gebrauchen. Ich wünsche mir sehr, dass Vicki sich hier willkommen und erwünscht fühlt, und da ist ja der erste Eindruck ziemlich wichtig.“

Kates Blick wurde mitfühlend. „Ich glaube, eine kleine Shoppingtour bekommen wir noch in unseren Zeitplan hineingequetscht. Wie wäre es denn morgen Abend? Wir könnten uns ja bei Ihnen treffen und uns das Zimmer erst einmal anschauen, und danach können wir dann einkaufen gehen.“

Unendlich dankbar sagte er: „Ja, das wäre großartig.“

„Wir machen es richtig schön“, versprach Maddie und kuschelte sich in die Kissen. „Ich überlege mir ganz viele schöne Sachen, die wir kaufen können.“

Kate lachte leise in sich hinein, deckte Maddie zu und sagte dabei: „Das glaube ich dir gerne."

„Wo ist denn meine Puppe, Mama?"

„Die ist in meinem Schlafzimmer, Schätzchen. Ihr einer Arm muss doch geflickt werden, aber jetzt kannst du sie erst noch mal haben."

Als Kate aus dem Zimmer war, flüsterte Maddie Craig zu: „Du musst ganz viele Kuscheltiere und Puppen besorgen. Und Bücher mit Elfen und Feen. Und Glitzerhaarspangen. Und eine schöne Decke fürs Bett und …"

„Maddie." Kate kam wieder ins Zimmer und legte die Puppe neben ihre kleine Tochter. „Wir reden später beim Essen darüber, ja? Du musst dich jetzt erst mal ein bisschen ausruhen."

„Bis morgen, Mr Cole", verabschiedete sich Maddie.

„Schlaf schön, Maddie. Und du überlegst weiter, was wir alles auf unsere Einkaufsliste schreiben müssen, ja?"

„Keine Sorge, das mach ich."

Mit einem Grinsen trat Craig aus dem Kinderzimmer wieder auf den Flur, und während Kate noch das Nachttischlämpchen ausschaltete und ein paar Fragen ihrer Tochter beantwortete, schlenderte er den schmalen Flur entlang wieder in Richtung Wohnzimmer. Im Vorbeigehen sah er, dass Kate das Licht in ihrem Schlafzimmer angelassen hatte, und er ging langsamer, um sich den Raum im Vorbeigehen etwas genauer anzuschauen. Es war ein schlichter, aber gemütlicher Raum, dessen Mittelpunkt ein Messingbett mit einer darauf liegenden, kompliziert gemusterten Patchworktagesdecke in vielen unterschiedlichen Grüntönen war. An der einen Wand stand ein antiker Waschtisch mit einem ovalen Spiegel darüber und in der Ecke gegenüber ein geschnitzter Schaukelstuhl mit einem Sitzpolster.

Doch es war das Bild zwischen den beiden Fenstern, das seine Aufmerksamkeit weckte und ihn dann richtig in seinen Bann zog.

Von der Leinwand schaute ihm Kate entgegen. Ihre Lippen umspielte ein Lächeln, das dem der Mona Lisa ähnelte. Sie stand auf dem Bug der ***Lucy Sue***, und ihr herrliches rotes Haar wehte im Wind. Ihre Hände hatte sie in die Taille gestemmt, und ihre abgetragene Jeans saß eng um ihre wohlgeformten Beine. Dazu trug sie eine cremefarbene Bluse, deren lange, weite Ärmel mit engen Manschetten endeten. Wie sie da so vor dem blauen Meer mit den Schaumkronen auf den Wellen vor dem wolkenlosen blauen Himmel stand und die Szene mit ihrer unwiderstehlichen Präsenz beherrschte, musste er wieder an die irische Seeräuberkapitänin Grace O'Malley denken.

Craig hatte keinen Zweifel, dass dies das zweite Bild von Mac MacDonald war, das Kate behalten hatte.

Fasziniert bewunderte er ihre Haltung auf dem Bild, eine Haltung, die besagte: Ich nehme es mit der ganzen Welt auf. Auch das Feuer und die Leidenschaft in ihrem Blick fesselten ihn – und in der Tiefe erkannte er eine Spur von Humor und Zärtlichkeit. Er spürte, wie viel Kraft und Vitalität sie in dieser stolzen Haltung ausstrahlte. Das Bild hatte wirklich jede Nuance ihrer Persönlichkeit erfasst: ihren Mut, ihre Entschlossenheit und ihre Stärke, ihre Ausstrahlung und ihre Begeisterung, ihren ganzen zutiefst emotionalen, manchmal explosiven Charakter.

Dieses Porträt stellte eine Kate dar, die verliebt war ins Meer, ins Leben – und in ihren Mann.

Craig wusste nicht viel über Mac MacDonald – außer dass er meisterhaft malen konnte –, doch schon jetzt war ihm klar, dass er eines mit diesem Mann gemeinsam hatte: eine große Wertschätzung für diese ganz besondere Frau.

In dem Moment kam Kate aus dem Kinderzimmer, schob sich an ihm vorbei und schaltete auf dem Weg das Licht in ihrem Schlafzimmer aus.

„Was für ein Bild!“, sagte Craig. Er hatte nicht vor, so zu tun, als hätte er es nicht gesehen.

„Es ist das einzige Porträt, das Mac gemalt hat“, erklärte sie, während sie vor ihm her den Flur zurück in den Wohnbereich ging.

„Wie schade. Er war wirklich begabt.“

Sie warf ihm einen kurzen melancholischen Blick über die Schulter zu und meinte: „Er hat gesagt, er könne nur ein einziges Porträt malen.“

Das war durchaus möglich, dachte Craig, als er sich jetzt noch einmal das Landschaftsbild über dem Kamin anschaute.

Die Persönlichkeit eines Menschen zu erfassen, erforderte andere Fähigkeiten, als eine Landschaft zu malen. Man musste dazu ein gutes Verhältnis zu den Menschen haben, die man porträtierte, musste sie gut kennen und wissen, wie sie tickten, und all das musste man dann auf die Leinwand übertragen. Das war Kates Mann bei dem

Porträt von ihr absolut gelungen, aber vielleicht konnte er es auch nur bei ihr. Vielleicht war seine Liebe zu Kate der Grund, weshalb ihm das Porträt von ihr so großartig gelungen war. Jeder Pinselstrich, jede Farbnuance und besonders der Blickwinkel spiegelten seine Wertschätzung und Liebe für die Frau wider, die er da vor sich gehabt hatte.

„Vielleicht hat er ja recht gehabt", bestätigte Craig. „Es ist wirklich ein fantastisches Bild."

„Es bedeutet mir auch viel", sagte sie mit Tränen in den Augen, schob die Hände in die Hosentaschen und sprach dann in einem Tonfall weiter, der ein bisschen zu munter war. „Vielen Dank noch mal, dass Sie mir mit dem Inhalieren geholfen haben, Craig."

„Ist es denn damit überstanden?"

„Fürs Erste schon, aber der Anfall kann sich auch noch verschlimmern. Wir haben möglicherweise noch eine lange Nacht vor uns."

„Hat sie schon immer Asthma gehabt?"

„Ja, aber es hat eine ganze Weile gedauert, bis die Ärzte es erkannt haben."

„Und es ist nicht heilbar?"

„Nein. Wir tun alles, was möglich ist, um es mit Medikamenten im Griff zu behalten, und ich hoffe, dass es sich irgendwann auswächst. Meine Mutter hatte als Kind auch Asthma, und bei ihr ist es mit der Zeit immer besser geworden, bis es irgendwann ganz weg war. Maddies Lungenfacharzt in Boston ist zuversichtlich, dass es bei ihr auch so verläuft."

Aus diesen neuen Informationen folgerte Craig, dass Kate wegen Maddies Gesundheitsproblemen zu einem

Lungenspezialisten nach Boston fuhr, der mit Sicherheit kostspielige Untersuchungen und teure Medikamente verordnete. „Dann ist es ja nicht weiter verwunderlich, dass Sie finanziell nur mit Mühe über die Runden kommen“, sagte er daraufhin. Jetzt verstand er auch, wieso ihr flexible Arbeitszeiten wichtiger waren als die Sicherheit einer Vollzeitstelle. Auf diese Weise konnte sie besser für Maddie da sein, wenn es notwendig war, auch wenn sie finanziell schlechter dastand.

Kate schaute nachdenklich ins Feuer, und Craig betrachtete ihr Profil und den langen, schlanken Hals. „Man muss ja die Karten spielen, die einem ausgeteilt werden“, sagte sie. „Letztlich geht es doch immer darum, welche Entscheidungen man trifft.“

„Aber nicht jeder trifft gute Entscheidungen“, wandte er ein, fuhr sich dabei mit den Fingern durchs Haar und schüttelte den Kopf. „Und genau aus dem Grund hat Vicki sehr leiden müssen. Ich habe viel wiedergutzumachen an ihr, und ich weiß noch nicht einmal, wo ich damit am besten anfangen soll.“

Als sie sich ihm wieder zuwandte, schimmerte ihr Gesicht golden im Licht des Feuerscheins, und dann sagte sie mit ganz viel Wärme in der Stimme: „Doch, das wissen Sie. Ich habe ja gesehen, wie sie mit Maddie umgehen. Sie haben ein natürliches Gespür für Kinder. Maddie ist meistens eher schüchtern, aber mit Ihnen ist sie sofort warm geworden, und das ist bei Vicki bestimmt genauso, wenn Sie ihr die Chance geben. Hören Sie einfach auf Ihr Herz und haben Sie sie lieb. Mehr ist gar nicht nötig, Craig. Liebe ist ein starkes Heilmittel. Sie kann Wunder wirken.“

Konnte dieses Wundermittel auch ihn heilen?, fragte er sich und nahm jede Nuance von Kates schönem, ernstem Gesicht wahr. Konnte die Liebe einer Frau wie Kate die Dunkelheit aus seinem Herzen vertreiben und seine innere Leere ausfüllen?

„Glauben Sie das wirklich?“, fragte er sehr leise, und die Frage hatte etwas sehr Persönliches, fast Intimes.

Kate trat einen Schritt von ihm weg hinter einen der Sessel und hielt sich an der Lehne fest. „Sprechen wir noch über Vicki?“, fragte sie nach.

Ihre direkte Frage verlangte eine ebenso direkte Antwort, und deshalb antwortete er: „Nein.“

Sie verschränkte die Arme vor der Brust und sagte nachdenklich: „Ach, die Liebe zwischen Erwachsenen ist ... komplizierter und nicht immer besonders vernünftig oder klug, aber doch ... ich glaube, dass unter den richtigen Umständen ihre Kraft Leben verändern kann.“ Sie schluckte und schlang ihre Arme noch fester um ihre Körpermitte. „Nur dass Sie es wissen, Craig, ich bin zurzeit nicht bereit für die Liebe.“

„Und warum nicht?“

„Ich habe Mac mit jeder Faser geliebt. Er ist ein Teil von mir geworden, und als er starb, ist auch ein Teil von mir gestorben. Ich kann nicht das Risiko eingehen, so etwas noch einmal durchmachen zu müssen.“

„Ich hätte nicht gedacht, dass Sie so etwas wie Angst überhaupt kennen. Mir kommen Sie jedenfalls unglaublich stark vor.“

Der Hauch eines wehmütigen Lächelns umspielte ihre Lippen. „Kraft und Angst schließen sich ja nicht unbedingt gegenseitig aus“, entgegnete sie und spielte den Ball dann an ihn zurück mit der Frage: „Und was ist mit Ihnen? Glauben Sie an die Macht der Liebe?“

„Bei anderen ja“, antwortete er. „Bei mir selbst nicht.“

Sie legte den Kopf schräg und fragte: „Und warum nicht?“

Schweigend sah er sie an und rang mit sich, wie viel er von sich preisgeben sollte. Er hatte noch nie jemandem die ganze Geschichte seines tragischen Verlustes erzählt, weil er sich zu sehr schämte, aber diese Frau, die selbst schon so viel Verlust und Schmerz erlebt hatte, würde ihn vielleicht verstehen.

Wegen der Funken, die zwischen ihnen sprühten, musste sie erfahren, dass er kein Mann für sie war, selbst wenn sie ihre Meinung in Bezug aufs Verlieben noch änderte.

„Würden Sie sich vielleicht einen Moment setzen?“, fragte er sie und deutete auf das Sofa vor dem Kamin.

Ohne ein Wort tat sie, was er sagte.

Er setzte sich auf die andere Seite, klemmte seine Hände zwischen die Knie, beugte sich vor, schaute in die Flammen und begann: „Dass meine Frau und mein Sohn vor drei Jahren bei einem Bootsunfall auf Hawaii ums Leben gekommen sind, wissen Sie ja schon, aber es gibt etwas, das Sie noch nicht wissen …“ Er holte einmal tief Luft und beendete dann den Satz „… nämlich, dass es meine Schuld war.“

In der darauffolgenden Stille brauchte er gar nicht aufzublicken, um zu wissen, wie schockiert ihre Miene war und wie erschrocken ihr Blick.

Als sie schließlich die Sprache wiederfand, sagte sie nur irritiert: „Ich verstehe nicht …"

„Wenn ich aufmerksamer und gewissenhafter gewesen wäre, wären meine Frau und mein Sohn noch am Leben", erklärte er mit vor Schmerz ganz heiserer Stimme, und die Worte wirkten, als hätte er sie irgendwo aus den Tiefen seiner Seele hervorgezerrt, wo sie drei lange Jahre vergraben gewesen waren.

„Aber wieso … das verstehe ich nicht. Ich kenne Sie zwar noch nicht lange, aber ich bringe das, was Sie da sagen, nicht mit dem verantwortungsvollen, gewissenhaften Verhalten zusammen, das ich bei Ihnen beobachte seit dem Tag, an dem wir uns kennengelernt haben. Ich kann mir einfach nicht vorstellen, dass das, was Sie da behaupten, wirklich stimmt."

„Doch, doch, es stimmt. Glauben Sie mir."

„Aber Sie sind so gar kein leichtsinniger oder nachlässiger Typ. Im Gegenteil, ich habe Sie bis jetzt nur als sehr gründlich und gewissenhaft erlebt."

„Doch an dem Tag war ich es eben nicht. Und das hat genügt, um mein Verhalten mein Leben lang zu bereuen."

„Wie ist es denn genau passiert?", fragte sie, rückte ein wenig näher an ihn heran und schaute ihn an.

Aber er konnte ihr jetzt nicht ins Gesicht sehen. Nicht bevor er das hier hinter sich hatte. „Meine Frau war die Tochter eines Berufssoldaten bei der Marine, deshalb kannte sie sich aus mit dem Meer und auch mit Booten. Weil sie immer sehr auf Sicherheit bedacht war, habe ich mir nie Sorgen gemacht, wenn sie mit Aaron auf unserem kleinen Segelboot unterwegs war. Sie war normalerweise noch viel vorsichtiger als ich. An dem Tag, als es passiert ist, hatte ich Dienst in der Leitstelle des Such- und Rettungszentrums. Ich hatte sechs Jahre zuvor als Rettungsschwimmer aufgehört, als Aaron geboren wurde, weil ich diese Arbeit für einen Familienvater zu gefährlich fand." Er verzog seine Lippen zu einem freudlosen Lächeln. „Was für eine Ironie, oder? Ich habe meinen gefährlichen Job aufgegeben, um mich selbst vor dem Meer zu schützen, und dann sind sie es, die sich das Meer holt.

Jedenfalls gab es an diesem Morgen eine Meldung über ein leichtes Meeresbeben am Aleutengraben, aber nicht so heftig, dass eine Tsunamiwarnung ausgegeben werden musste. Wir behielten die Sache dennoch weiter im Auge, und ich überlegte sogar kurz, Nicole zu warnen. Aber sie hatte nichts davon gesagt, dass sie segeln gehen wollte, und außerdem war in der Leitstelle an dem Tag auch sehr viel zu tun. Das war der erste Fehler." Er rieb sich die Stirn und klemmte seine Hände dann wieder zwischen die Knie. „Schlimmer wurde das Ganze noch dadurch, dass ich am Vorabend die Schwimmwesten für Erwachsene aus dem Boot genommen hatte. Ich wollte am nächsten Tag nach der Arbeit neue kaufen und sie aufs Boot bringen, aber auch das hatte ich vergessen, Nicole zu sagen. Das war der zweite Fehler.

Am frühen Nachmittag erhielten wir dann die Meldung über eine durch das Beben ausgelöste Flutwelle, und unmittelbar danach ging die Meldung über ein gekentertes Segelboot ein. Unser Boot." Er schluckte und blinzelte die Tränen weg, die ihm kamen. „Als die Rettungsmannschaft an der Unfallstelle ankam, war es schon zu spät. Aaron trug zwar seine Schwimmweste, aber er war beim Kentern des Bootes unter Deck gewesen und dort eingesperrt, und Nicole hatte eine schwere Kopfverletzung, wahrscheinlich vom Mastbaum, und war ertrunken. Meinetwegen war für sie keine Schwimmweste an Bord."

Nur das Ticken der alten Uhr auf dem Kaminsims durchbrach die plötzliche beklemmende Stille im Raum.

„Ach Craig", sagte Kate mit tränenerstickter Stimme. „Ich wage gar nicht, mir vorzustellen, was Sie durchgemacht haben."

Er ließ den Kopf sinken und konzentrierte sich auf die Maserung des Holzfußbodens unter seinen Füßen. „Es war furchtbar", bestätigte er. „Und jetzt wissen Sie auch, wieso ich keine zweite Chance verdient habe."

„Aber ... das waren doch nicht nur Ihre Fehler. Wenn Ihr Sohn seine Schwimmweste trug, dann muss Ihre Frau doch gesehen haben, dass keine Schwimmwesten für Erwachsene an Bord waren. Außerdem gibt es kaum Schwimmhilfen, die verhindern können, dass eine bewusstlose Person ertrinkt."

„Wenn Nicole nur benommen war, dann hätte ich sie vielleicht retten können. Und wenn ich sie über das leichte Seebeben informiert hätte, dann wäre sie doch gar nicht erst rausgefahren."

Eine ganze Weile schwiegen sie beide, und dann sagte Kate: „Jetzt verstehe ich auch Ihren Eifer bei der Kontrolle und der Durchsetzung der Sicherheitsbestimmungen hier. Aber man kann einfach nicht jede Eventualität abdecken, Craig. So ist das Leben nun mal leider nicht.

Der Unfall war die Folge einer tragischen Verkettung von Umständen. Daraus kann Ihnen wirklich niemand einen Vorwurf machen."

Er war unendlich erleichtert, als er Mitgefühl in ihrem Blick entdeckte, aber das änderte nichts an den Tatsachen, und es verringerte auch nicht die Schuld, die er an dem Unglück trug. „Ich gebe mir aber trotzdem die Schuld, und mit dieser Last werde ich bis an mein Lebensende leben müssen", sagte er.

„Sie könnten sie aber auch an Gott abgeben", widersprach sie.

Diesen Vorschlag kommentierte er nur kopfschüttelnd mit den Worten: „Das ist doch Theorie. Ich habe es versucht, aber bei mir hat es nicht funktioniert. Die Schuld geht nicht weg."

„Vielleicht ist ja das eigentliche Problem, dass Sie sich selbst nicht verzeihen können", wagte sie sich vor.

„Vielleicht", gab er zu und atmete tief ein, um sich wieder zu sammeln. „Aber auch daran ändert sich nichts." Er schaute sie an und wünschte, es gäbe eine Möglichkeit, seine Schuld loszulassen, offen zu werden für die Art von Liebe, wie sie eine Frau wie Kate geben konnte, und Trost und Heilung in ihren liebenden Armen zu finden, aber es stand ja für beide fest, dass eine neue Liebe für sie nicht infrage kam.

Plötzlich war er unglaublich erschöpft und stand auf. „Ich muss jetzt gehen", sagte er.

„Danke, dass Sie mir bei Maddies Asthmaanfall geholfen haben", meinte sie noch einmal.

„Ich habe ihn ja schließlich auch ausgelöst."

„Aber doch nicht absichtlich“, widersprach sie und erhob sich ebenfalls. „Genauso wenig, wie sie absichtlich den Bootsunfall verursacht haben.“

„Doch das ändert nichts daran, dass die Folgen des Unfalls katastrophal waren.“ Er ging zur Haustür, um seinen Schirm zu holen, während sie mit dem Rücken an die Couch gelehnt stehen blieb.

In diesem Moment wünschte sich Craig, er hätte Macs Talent gehabt, denn er hätte sie zu gern so gemalt, wie sie in diesem Moment dastand – von hinten angestrahlt von den tanzenden Flammen im Kamin, mit weichem, mitfühlendem Blick. Es war eine andere Sicht auf Kate als die, die ihr Mann in seinem Porträt von ihr festgehalten hatte, aber genauso kraftvoll und echt. „Bleibt es bei Ihrem Angebot, mir beim Einrichten von Vickis Zimmer zu helfen?“

„Aber sicher. Wie wäre es, wenn wir so gegen 18 Uhr bei Ihnen sind?“

„Das würde gut passen.“ Er drückte die Türklinke herunter und sagte zum Abschied: „Ich wünsche Ihnen und Maddie eine ruhige Nacht.“

„Danke, Craig, das wünsche ich mir auch.“

Als er aus dem Haus trat und mit gesenktem Kopf zum Auto trabte, prasselte der Regen immer noch unablässig aufs Straßenpflaster. Er stieg ein und blieb noch eine Weile so sitzen, um den weichen, behaglichen Lichtschein hinter den Fenstern von Kates Haus zu genießen. Heute Abend hatte er sich in dem kleinen Häuschen so wohlgefühlt wie in den vergangenen drei Jahren nirgends sonst. Seine Mietwohnung in Washington war steril und unpersönlich gewesen, und das Haus, in dem er jetzt wohnte, war eigentlich auch nur ein Platz zum Schlafen. Doch um Vickis willen musste daraus jetzt ein Zuhause werden, und er musste dafür sorgen, dass sie wieder eine Familie wurden, auch wenn sie nur zu zweit waren.

Noch vor zwei Wochen war ihm das wie eine unlösbare Aufgabe vorgekommen, die ihn mehr einschüchterte als jeder Einsatz im tosenden Meer, an dem er in seiner Zeit als Rettungsschwimmer beteiligt gewesen war.

Doch dank der quirligen Charterbootkapitänin und ihrer reizenden Tochter fühlte er sich nicht mehr ganz so hilflos und verlassen. Kate und Maddie waren der lebende Beweis dafür, dass auch zwei Menschen eine Familie sein konnten, und mit ihrer Hilfe – und durch ihr Vorbild – hoffte er, Vicki die Art von liebevollem Zuhause bieten zu können, das sie brauchte und das ihr auch zustand.

Als er losfuhr zu dem Haus, das er demnächst zusammen mit seiner Tochter bewohnen würde, zwang er sich, nicht an seine eigene Einsamkeit zu denken, sondern sich auf all das zu konzentrieren, wofür er dankbar sein konnte, seit er nach Nantucket gekommen war. Seine Arbeit gefiel ihm, er hatte eine Kirchengemeinde gefunden, in der er sich wohlfühlte, und er hatte erste Schritte unternommen, wieder mit Gott in Kontakt zu treten. Und mit Kate und Maddie sowie Edith und Chester hatte er begonnen, sich ein Netzwerk von Unterstützern aufzubauen.

Es wurde also besser.

Trotzdem bat er Gott noch einmal, bei ihm zu sein und um den Mut, weiterzumachen. Denn das Leben war – genau wie das Meer – nie lange ruhig. Und er wollte gern vorbereitet sein auf die unruhigen Wasser, die vor ihm lagen.

Kapitel 8

„Ziemlich erbärmlich, was?"

Auf Craigs Frage hin ließ Kate ihren Blick durch Vickis Zimmer schweifen und sah ein weißes Bett mit passendem Nachtschränkchen und passender Kommode auf einem langweilig beigefarbenen Teppichboden. Vor den Fenstern hingen zweckmäßige Rollos und auf dem Bett, das mit militärischer Präzision gemacht war, lag eine blaue Tagesdecke. Die Wände waren weiß und kahl, die Kommode war leer und auf dem Nachtschränkchen stand außer einer Messinglampe nichts. Das einzig Kindliche an dem ganzen Raum war ein einsamer Teddybär, der an das Kopfkissen gelehnt auf dem Bett saß.

Während sie versuchte, die spartanische Einrichtung möglichst diplomatisch zu kommentieren, fasste ihre Tochter ihren Eindruck mit einem einzigen Wort zusammen: „Igitt."

„Maddie!", schalt Kate und merkte, wie sie rot wurde. „Das sagt man aber nicht."

„Aber sie hat ja recht", bestätigte Craig, schob die Hände in die Hosentaschen und lächelte der Kleinen aufmunternd zu. „Danke, dass du so ehrlich bist, Maddie. Also, wo fangen wir an?"

Kate holte ein Maßband aus ihrer Handtasche und versuchte, nicht auf Craigs muskulöse Unterarme zu achten, die aus den aufgekrempelten Ärmeln seines Baumwollhemdes hervorschauten. „Ich muss die Fenster ausmessen“, sagte sie.

„Das kann ich doch machen. Ich brauche dazu nämlich keine Leiter“, sagte er augenzwinkernd, und als sich beim Übergeben des Maßbandes ihre Fingerspitzen berührten, ging Kate ein Schauer durch den ganzen Körper.

Sie trat rasch einen Schritt zurück und kramte mit gesenktem Kopf in ihrer Handtasche nach ihrem Notizbuch, um ihre verräterische Röte zu verbergen. Dann sagte sie: „Ich glaube, wir machen das am besten in mehreren Etappen. Was halten Sie von Streichen?“

„Auf einer Skala von eins bis zehn würde ich zwei sagen, aber ich habe nichts dagegen, ein paar Stunden lang den Pinsel zu schwingen, wenn Sie der Meinung sind, dass es helfen könnte. An welche Farbe haben Sie denn gedacht?“

„Pink“, schaltete sich Maddie ein. „Das ist die allerschönste Farbe.“

Craig grinste. „Also gut, dann pink. Sollen wir dann aufbrechen, meine Damen?“

Als sie den Raum verließen, zupfte Maddie an Kates Hand und flüsterte: „Ich muss aufs Klo, Mama.“

„Erste Tür rechts“, sagte Craig zu Kate. „Ich warte in der Küche.“

Während sie im Bad waren, redete Maddie ununterbrochen, und als sie mit Händewaschen fertig war, öffnete Maddie die Tür und lief in die falsche Richtung.

„Hier entlang, mein Schatz“, rief Kate ihre Tochter zurück und musste lächeln, als sie sie bei der Hand nahm.

„Wenn man irgendwo ist, wo man vorher noch nie war, kommt man leicht durcheinander, was?“

„Ja, das ist ja auch ein großes Haus!“

„Da hast du recht.“ Im Vergleich zu ihrem kleinen Häuschen stimmte das auf jeden Fall.

„Ist das das Zimmer von Mr Cole?“, fragte Maddie, als sie vor einem Zimmer stehen blieb, in dem gedämpftes Licht brannte.

Kate warf einen Blick in den Raum, in dem ein Doppelbett stand, das genauso akkurat und ordentlich gemacht war wie das im Kinderzimmer. Auch dieser Raum war völlig schmucklos, abgesehen von einem Foto auf der Kommode gegenüber der Tür.

Obwohl es nicht sehr hell war, konnte Kate erkennen, dass es ein Familienfoto war. Ein jünger aussehender Craig, der seinen Arm um eine blonde Frau gelegt hatte, und zwischen ihnen grinste ein kleiner Junge mit braunem Haar in die Kamera.

Weil Kate sich fühlte, als würde sie herumschnüffeln, scheuchte sie Maddie weiter den Flur entlang. „Ja, ich glaube schon, dass es sein Zimmer ist, Schätzchen. Und jetzt lass uns ein bisschen schneller machen, sonst musst du ins Bett, bevor wir alles besorgt haben, was wir brauchen.“

Craig wartete wie versprochen in der Küche auf sie und griff nach Maddies Mantel, als sie näher kamen.

Während er ihrer Tochter erst den Mantel anzog und ihr dann beim Zuknöpfen half, zog sich Kate ihre Steppjacke an und schaute sich in der Küche um. Eine leere Dosensuppe stand auf dem Tresen an der Spüle, und neben dem Toaster lag eine Packung Toastbrot. Ansonsten war nirgends etwas Essbares zu entdecken.

„Wenn Sie sich fragen, was Vicki zu essen bekommt – ich habe mich mit Lebensmitteln eingedeckt, die Kinder mögen."

Der Mann hatte eine erstaunliche Fähigkeit, Gedanken zu lesen, schloss sie. „Kinder können ganz schön wählerisch sein beim Essen", erklärte sie.

„Das habe ich mir schon gedacht", sagte er, während er den letzten Knopf von Maddies Mantel schloss und dann aufstand. „Ich habe Erdnussbutter, Marmelade, Weißbrot, Cornflakes, Hot Dogs, Pizza und Chicken Nuggets."

„Toll!", sagte Maddie und blickte grinsend zu ihm auf. „Das mit dem Essen hast du richtig gut gemacht, Mr Cole."

„Wenn man nach dem Geschmack der Kinder geht, auf jeden Fall. Aber vielleicht wäre es nicht schlecht, ab und zu ein bisschen frisches Obst einzustreuen."

„Ananas", schlug Maddie vor. „Und Erdbeeren."

„Ist notiert", versprach Craig. „Sollen wir dann?"

In den folgenden zwei Stunden hetzte Kate von einem Geschäft zum nächsten und suchte eine Bordüre mit Elfen aus, dazu passende Vorhänge und eine Tagesdecke, pinkfarbene Bettwäsche, eine Nachttischlampe mit einem Elfenmotiv auf dem Schirm, einen kleinen Schrank für Spielzeug mit einem integrierten Regal für Bilderbücher sowie etwas Spielzeug und ein paar Bücher, zwei bunte Plakate für die Wände und auf Maddies Vorschlag hin ein pinkfarbenes Plüscheinhorn mit Glitzermähne.

Danach half Kate Craig noch beim Kauf eines Kindersitzes fürs Auto. Für ihren kleinen Ausflug zu dritt hatten sie kurzerhand Maddies Kindersitz in Craigs Wagen eingebaut.

Als sie wieder bei Craig zu Hause ankamen, lud Kate zusammen mit ihm die neuen Sachen aus. Ihre Tochter war unterwegs im Auto eingeschlafen, und so konnte Kate Maddie die ganze Zeit über gut im Auge behalten.

Nachdem alles verstaut war, hob Craig Maddie mitsamt ihrem Kindersitz zurück in Kates Wagen, gurtete den Sitz an und schlug die Tür zu. Dann trat er auf der Fahrerseite noch kurz neben Kate und fragte: „Kommen Sie zurecht?"

Auf der Rückfahrt zu ihm nach Hause war nämlich Nebel aufgezogen, der sich jetzt wie ein dichter grauer Schleier über alles legte und die Konturen verschwimmen ließ. Ihr entging nicht die Sorge in seinem Tonfall, und sie konnte auch nicht den Anflug von Sehnsucht unterdrükken, die sie überkam, als er ihr jetzt so nahekam.

„Ich bin schon bei sehr viel schlimmeren Witterungsbedingungen auf der Insel unterwegs gewesen, und außerdem habe ich es ja auch nicht weit." Sie warf ihre Handtasche auf den Beifahrersitz und wünschte, sie hätte einen Grund gehabt, ihr Treffen noch etwas in die Länge zu ziehen, aber es war schon spät und Maddie war müde. Außerdem musste sie am nächsten Morgen schon früh unterrichten. Es war deshalb Zeit, sich zu verabschieden. „So, wir machen uns jetzt mal lieber auf den Weg."

„Ja." Einen Moment lang sagten sie beide nichts, und Craig rührte sich auch nicht. Dann meinte er: „Also ...

ich bin Ihnen wirklich dankbar für Ihre Hilfe heute. Die Sachen, die Sie ausgesucht haben – Vicki wird ihr Zimmer bestimmt mögen."

Daraufhin entgegnete sie lächelnd: „Es hat mir auch großen Spaß gemacht, die Sachen auszusuchen."

Er lachte leise. „Ja, das kann ich mir vorstellen, dass es Spaß macht, anderer Leute Geld auszugeben."

„So habe ich das nicht gemeint", entgegnete sie und bereute ihre spontane Bemerkung schon im selben Moment, trat von ihm weg und wollte einsteigen, aber da legte er seine Hand auf ihren Arm, sodass sie noch stehen blieb.

Als sie es wagte, ihn ganz kurz anzuschauen, war jede Spur von Ungezwungenheit aus seiner Miene verschwunden, und sein Blick war ernst. „Ich empfinde das Gleiche, Kate. Es ist Jahre her, seit so etwas wie Familienunternehmungen zu meinem Leben gehört haben, und der Abend heute hat schöne Erinnerungen geweckt."

„Ja, genauso geht es mir auch."

Irgendwo in der Ferne hörte man das Tuten eines Nebelhorns auf dem Meer. Ein langer, klagender Laut, der Kate an verlorene Seelen auf der Suche nach einem sicheren Hafen denken ließ; auf der Suche nach Frieden, Ruhe und Geborgenheit.

Genau wie sie – und wie der Mann, der nur ein paar Zentimeter von ihr entfernt stand.

Sie hatten beide erschütternde Verluste erlebt, und beide hatten Mühe, mit den Nachwehen fertig zu werden, doch Craig unternahm jetzt Schritte, sein Leben wieder in die Spur zu bekommen, genau wie sie, doch mit dem Unterschied, dass er sich mit seinem Leben als Alleinstehender abgefunden hatte.

Sie dagegen geriet in dieser Hinsicht ins Wanken durch den Mann, der sich jetzt direkt neben ihr befand.

Der Nebel wurde immer undurchdringlicher und schnitt sie von der realen Welt ab.

Craig rückte näher an sie heran, sodass sie jetzt unmittelbar nebeneinanderstanden.

Der Abend mochte zwar kalt sein und die Nebelschwaden feucht, aber die Atmosphäre zwischen ihnen war warm und einladend.

Kate konnte das leise Knarzen seiner Lederjacke hören, als er seinen Arm hob, spürte, wie er ihre Wange berührte, und ließ zu, dass sich ihre Augen wie automatisch schlossen, bis ihr klar wurde … dass er sie küssen wollte.

Und sie wünschte es sich. Unbedingt.

Völlig fassungslos, wie heftig sie darauf reagierte, geriet Kate in Panik. Sie entzog sich ihm hastig, tauchte in ihr Auto ab und versuchte, den Schlüssel ins Zündschloss zu stecken. „Ich muss jetzt wirklich los“, sagte sie mit bebender Stimme.

„Kate … es tut mir leid.“ Craig beugte sich zu ihr hinunter, und sie zwang sich, ihn noch einmal anzusehen. Es schien so, als wäre er blass geworden, aber das konnte auch eine Täuschung wegen des dichten Nebels sein, der alles einhüllte. Doch es war auf keinen Fall eine Täuschung, dass sein Gesicht schmerzlich verzogen war.

„Ist schon gut. Und ich muss wirklich los. Ich habe noch einiges zu tun, bevor für mich der Tag zu Ende ist“, sagte sie.

Er rührte sich nicht. „Wieso werde ich bloß das Gefühl nicht los, dass ich mir gerade eben selbst ein Bein gestellt habe?“

Kate holte tief Luft und gab sich Mühe, möglichst ruhig und beherrscht zu klingen, auch wenn ihr ganz anders zumute war. „Ehrlich, Craig, es ist alles in Ordnung. Der Abend heute hat bei uns beiden Erinnerungen an glückliche Zeiten geweckt, und dabei sind vielleicht unsere Gefühle mit uns durchgegangen. So etwas kann passieren. Das ist doch kein Drama!“ Dann drehte sie den Zündschlüssel und startete den Wagen. „Ich wünsche Ihnen eine gute und sichere Reise nach Wisconsin, Craig.“

„Danke, Kate.“ Einen kurzen Moment schwiegen sie beide, dann schlug er die Fahrertür zu und trat vom Wagen zurück.

Als Kate von der Auffahrt seines Hauses auf die Straße bog, schaute sie noch einmal in seine Richtung. Er stand noch immer an derselben Stelle und sah durch den Nebel fast aus wie ein Schatten, und innerhalb von Sekunden war er ganz verschwunden.

Die Nachwirkungen ihres Beinahe-Kusses hielten allerdings länger als gewollt an. Obwohl sie das Gegenteil behauptet hatte, war es nämlich keine Kleinigkeit für sie. Sie hatte seit Macs Tod keinen Mann mehr geküsst, ja nicht einmal daran ***gedacht***, einen Mann zu küssen, und schon gar keinen, den sie erst seit zwei Wochen kannte.

Was um Himmels willen war nur in sie gefahren?

Die Erklärung, die sie Craig gegeben hatte, mochte ja stimmen in Bezug auf das, was sich an diesem Abend abgespielt hatte. Es passierte wohl jedem, dass die Gefühle mit einem durchgingen, aber das war keine Erklärung dafür, wie heftig ihre Reaktion war. Wieso schoss ihr in den sachlichsten und nüchternsten Momenten ein Bild von Craig mit seinen kobaltblauen Augen und seinen breiten Schultern durch den Kopf und lenkte sie ab – egal, ob sie gerade Klassenarbeiten korrigierte, Essen kochte oder Überweisungen erledigte? Aus welchem Grund auch immer ging ihr dieser Mann trotz des holprigen Beginns ihrer Bekanntschaft irgendwie unter die Haut.

Und während sie durch den Nebel fuhr, der sie selbst und alles Vertraute ihrer Welt einhüllte, hatte sie keine Ahnung, wie sie damit umgehen sollte.

Am Freitagabend räumte Kate gerade den Geschirrspüler aus, als es an ihrer Hintertür klopfte. Sie trocknete sich die Hände ab und ging durch die Küche, um zu öffnen.

„Bringt uns Mrs Shaw was Leckeres?", fragte Maddie und blickte hoffnungsvoll von ihrem Malbuch auf.

„Woher weißt du denn, dass es Mrs Shaw ist?"

„Weil nur Mrs Shaw zur Hintertür hereinkommt. Und heute Abend kommt Mr Shaws Lieblingssendung im Fernsehen."

Kate war immer wieder überrascht von den messerscharfen Schlussfolgerungen ihrer Vierjährigen. „Dann könnte es so sein", sagte sie deshalb.

Sie hoffte allerdings, dass Maddie sich irrte, denn wenn ihre Nachbarin tatsächlich irgendwelche Leckereien vorbeibrachte, dann bedeutete das unweigerlich, dass sie entweder Informationen bekommen wollte oder Neuigkeiten zu berichten hatte. Und zurzeit stand ein gewisser

Leutnant von der Küstenwache ganz oben auf der Liste von Themen, über die sie entweder Neuigkeiten hatte oder etwas erfahren wollte.

Als Kate die Hintertür öffnete, bestätigte ein Teller mit Haferflockenplätzchen den Zweck des Besuches, aber Kate wurde abgelenkt durch das Knäuel feuchter Wolle, das die Nachbarin in der anderen Hand hielt.

Craigs Pullover.

Den hatte sie völlig vergessen, nachdem Craig ihn am Abend von Maddies Asthmaanfall so hastig in den Garten befördert hatte.

„Den habe ich in deinem Garten auf der Bank gefunden“, verkündete Edith, deutete dabei mit dem Kopf auf den Pullover und zog vielsagend eine Augenbraue hoch.

„Der gehört Mr Cole“, sagte Maddie unter dem Arm ihrer Mutter hindurch.

„Das ist eine lange Geschichte“, erklärte Kate daraufhin Edith, die aber offenbar ganz Ohr war.

„Ich habe viel Zeit“, sagte die denn auch und fragte mit einem weiteren Blick auf den durchnässten Pullover: „Und was soll ich hiermit machen?“

„Lass ihn einfach auf der Veranda liegen. Ich kümmere mich später darum“, antwortete Kate.

Edith legte den Pullover ab, überreichte Kate den Teller mit den Plätzchen und betrat dann das Haus. „Die sind ganz frisch aus dem Ofen.“

„Sie sehen köstlich aus. Komm doch herein und leg ab. Und wasch dir bitte die Hände“, rief Kate ihr über die Schulter zu, während sie den Teller in die Essecke brachte.

„Ich habe sie gerade erst gewaschen, bevor ich zu Hause weggegangen bin.“

„Aber der Pullover, den du mitgebracht hast, hatte Kontakt mit einer K-a-t-z-e“, erklärte Kate der Nachbarin.

„Ach so“, sagte Edith, ging zur Spüle und drehte das Wasser auf. „Das erklärt ja einiges.“

Als Kate wieder in die Küche kam, trocknete sich Edith gerade die Hände ab. Kate füllte zwei Becher mit Kaffee, gab Edith einen davon und goss dann noch ein Glas Milch für Maddie ein, doch diese hatte nur Augen für die Plätzchen.

„Die riechen aber lecker, Mrs Shaw“, rief sie von der Essecke aus.

„Dann müssen wir sie ja auf jeden Fall gleich probieren“, sagte die Nachbarin, kam zum Esstisch und setzte sich. Dann nahm sie ein Plätzchen, brach ein kleines Stück davon ab und steckte es in den Mund, bevor sie sich an Kate wandte. „Du hast mir zwar von dem Anfall am Dienstagabend erzählt, aber über den Auslöser hast du nichts gesagt. “

Sie hätte wissen müssen, dass dieser Aussetzer sie irgendwie verfolgen würde, dachte Kate verärgert, während sie sich ein Plätzchen nahm. Edith entging so gut wie nichts.

„Meinst du meinen Asthmaanfall?“, fragte Maddie und nahm sich ein zweites Plätzchen.

Genauso wenig wie ihrer Tochter etwas entging.

„Ja, Schätzchen. Und um deine Frage zu beantworten, Edith, ich wollte die ganze Angelegenheit für ihn nicht noch peinlicher machen, als sie ihm ohnehin schon war, als er von Maddies Katzenhaarallergie erfahren hat."

„Mr Cole ist noch geblieben, als ich inhaliert habe", berichtete Maddie. „Und er hat mir eine Geschichte erzählt. Es war schön, als er da war. Und Mama und ich waren auch bei ihm zu Hause und haben uns Vickis Zimmer angeschaut, aber das war hässlich", erzählte Maddie weiter und verzog das Gesicht. „Doch dann sind wir mit ihm in ganz viele Geschäfte gegangen und haben alles Mögliche eingekauft, damit es schöner wird."

Obwohl Kate hingebungsvoll die Milch in ihrem Kaffee verrührte, spürte sie Ediths fragende Blicke auf sich.

„Vielleicht schauen wir es uns noch mal an, wenn es fertig ist", fuhr Maddie fort. „Können wir das machen, Mama?"

„Ich glaube nicht, Maddie. Und du siehst Vicki ja dann auch jeden Tag bei Mrs Shaw."

„Aber nicht Mr Cole", sagte die Kleine mit enttäuschter Miene.

„Also, ich wüsste schon noch eine Gelegenheit, wann du ihn sehen und auch Vicki kennenlernen kannst", sagte Edith. „Deshalb bin ich nämlich eigentlich gekommen. Ich habe Mr Cole vorhin angerufen und ihn für Sonntagabend zum Essen eingeladen, wenn die beiden aus Wisconsin zurückkommen, und ich hoffe, dass ihr beide auch kommen könnt. Ich dachte, dass es vielleicht für die beiden Mädchen schön wäre, sich kennenzulernen, wenn die Eltern dabei sind und sie nicht einfach am Montagmorgen so aufeinandertreffen und miteinander zurechtkommen müssen."

Maddies Augen leuchteten vor Aufregung. „Können wir, Mama?“

Nach dem beunruhigenden Ende ihrer Begegnung am Dienstag hatte Kate es ganz und gar nicht eilig, wieder mit Craig zusammenzutreffen, aber die Begründung ihrer Nachbarin leuchtete ihr ein. Ein lockeres gemeinsames Essen bei Edith zu Hause war für Vicki sicher eine große Hilfe bei der Eingewöhnung in der neuen Umgebung, sowohl an die Räume als auch die neue Betreuungsperson. Und es war außerdem eine gute Gelegenheit für die beiden Mädchen, sich kennenzulernen.

Kate fiel kein triftiger Grund ein, die Einladung auszuschlagen, und über die irrationalen Gründe wollte sie nicht mit Edith reden. Sie steckte in der Klemme, und Ediths genüsslicher Haltung nach zu urteilen, wusste die Kupplerin aus der Lighthouse Lane das auch ganz genau. „Das klingt gut, Edith. Wir kommen. Sollen wir irgendetwas mitbringen?“

Edith stand auf, schüttelte den Kopf und sagte: „Nur einen guten Appetit. Und zu Craig habe ich genau das Gleiche gesagt.“

Kate warf ihr einen misstrauischen Blick zu, aber die Miene ihrer Nachbarin war ein Ausbund an Unschuld, als sie sich vorbeugte, um sich mit einem Kuss auf die Stirn von Maddie zu verabschieden. Wenn ihr Kommentar eine tiefere Bedeutung gehabt hatte, dann ließ sie es sich jedenfalls nicht anmerken, und sie sagte auch nichts weiter.

„Wir sehen uns dann in der Kirche, Kate. Möchtest du diese Woche wieder bei uns mitfahren?“

„Ja, gerne, danke.“

„Können wir hinterher wieder ins Downyflake gehen?“, fragte Maddie. „Wir können feiern, dass ich eine neue Freundin kriege.“

„Neue Freunde feiern …“, sinnierte Edith mit einem Augenzwinkern. „Das gefällt mir. Eine gute Idee, Maddie. Freunde kann man schließlich nie genug haben.“ Der letzte Teil ihrer Antwort ging eindeutig in Kates Richtung. „Ich finde allein hinaus“, sagte sie nur noch, und weg war sie.

Kate schaute der Nachbarin hinterher und hatte keinen Zweifel daran, was der Kommentar zu bedeuten gehabt hatte. Edith hatte jedenfalls nicht vor, ihre Aktivitäten als Kupplerin in nächster Zeit einzustellen.

Keine drei Stunden nach dem Wiedersehen mit seiner Tochter hatte Craig ernsthafte Zweifel daran, ob es ihm gelingen würde, sie für sich zu gewinnen.

Als Lillian Cole ihm am Samstagabend nach dem Essen noch einmal Kaffee nachschenkte, spürte er, wie Vikki ihn von der gegenüberliegenden Seite des Tisches aus eingehend musterte – wie schon die ganze Zeit seit seiner Ankunft. Mit ernstem Blick schaute sie ihn an und hielt sich dabei am Rockzipfel seiner Mutter fest. Das fand er eigentlich ganz normal und verständlich, denn seine Mutter war im Laufe des kurzen Lebens seiner Tochter eine verlässliche, liebevolle Bezugsperson gewesen. Doch wie die Kleine ihn die ganze Zeit mit zweifelndem Blick musterte, verunsicherte ihn allerdings sehr. Es war deutlich zu spüren, dass seine Tochter sich seiner Fähigkeiten als Vater genauso wenig sicher war wie er selbst.

„Wie wäre es denn noch mit einem Stück Apfelkuchen?“

Auf Lillians Frage zwang er sich umzuschalten, und irgendwie brachte er sogar ein Lächeln zustande. „Ich hatte schon befürchtet, du würdest gar nicht mehr fragen. Mir läuft das Wasser im Mund zusammen, seit ich ihn in der Küche stehen gesehen habe.“ In Wirklichkeit war ihm der Appetit vergangen, aber seine Mutter hatte sich solche Mühe gemacht, ein schönes Essen zuzubereiten, und er wollte sie nicht enttäuschen. „Nach der Riesenportion Hühnchen sollte ich ja meinen Arterien zuliebe eigentlich widerstehen.“

Sie stupste ihn neckisch an, als sie seinen Teller abräumte. „Da brauchst du dir doch wirklich keine Gedanken zu machen. Ich esse jetzt schon den größten Teil meiner siebzig Lebensjahre gebratenes Hähnchen und Apfelkuchen, und mein Cholesterinwert ist spitze. Ich habe gute Gene.“ Dann griff sie nach Vickis fast unberührtem Teller und fragte: „Bist du auch fertig, mein Schatz?“

Das kleine Mädchen nickte und krallte sich noch fester an die zerfledderte gelbe Babydecke, die sie schon seit seiner Ankunft mit sich herumschleppte. Sie erinnerte ihn an die Decke, die Maddie beim Inhalieren an sich gepresst hatte.

„Und – wie wäre es noch mit einem Stückchen Apfelkuchen für dich, mein Schatz?“, fragte Lillian ihre Enkelin. „Kann ich nur Eis ohne Kuchen haben?“

„Ja klar. Eine extragroße Kugel Vanilleeis – kommt sofort. Vielleicht mit ein bisschen Schokoladensoße?“, fragte Lillian die Kleine lächelnd und zwinkerte ihr zu.

„Okay", antwortete Vicki, ohne zu lächeln, und schaute ihren Vater mit diesem verlorenen Blick in ihren großen Augen an.

Der Knoten in seinem Bauch zog sich noch ein bisschen fester zusammen.

Seine Mutter tat alles, um beim Nachtisch ein munteres Gespräch in Gang zu halten, aber Vicki antwortete nur einsilbig. Und als es dann Schlafenszeit für sie war, wollte sie sich nicht von ihrem Vater ins Bett bringen lassen, obwohl ihre Großmutter ihr gut zuredete.

Craig hatte in seinem Leben auch zuvor schon Abweisung erlebt, und er hatte mittlerweile gelernt, damit umzugehen – außer wenn es um seine Tochter ging. Das merkte er jetzt wieder sehr deutlich.

Lillian warf ihm einen entschuldigenden Blick zu und fragte: „Möchtest du mitkommen, Craig?"

Ein Blick in Richtung seiner Tochter zeigte eindeutig, was ihr lieber war, und deshalb schüttelte er den Kopf. „Nein, geht ihr ruhig, ich kümmere mich schon mal um die Küche und den Abwasch."

Während er aufräumte, versuchte er, nicht zu weit vorauszudenken. Doch ab morgen Abend würden Vicki und er auf sich allein gestellt sein, eine Vorstellung, die er ausgesprochen bedrohlich fand. Früher hatte sich immer ein Kindermädchen um die Rituale beim Zubettgehen gekümmert. Vicki schlief meist schon lange, bevor er von der Arbeit nach Hause kam, und morgens war er oft schon aus dem Haus gewesen, bevor seine Tochter wach wurde.

So war es einfacher und weniger schmerzlich gewesen – jedenfalls für ihn.

Irgendwann hatte er gemerkt, wie sehr er sich schon von seiner Tochter entfremdet und seine Verantwortung als Vater abgegeben hatte, doch er hatte keine Ahnung gehabt, wie er den angerichteten Schaden wiedergutmachen konnte, und das war jetzt sein Problem.

Das wusste er immer noch nicht, aber er musste es auf jeden Fall versuchen, weil er es Nicole und Vicki und auch sich selbst schuldig war.

Deshalb würden sie jetzt also auf Nantucket entweder zusammen schwimmen oder untergehen, wobei er die Möglichkeit unterzugehen gar nicht erst in Betracht ziehen wollte.

„So, sie ist jetzt fertig“, sagte seine Mutter, als sie wieder in die Küche zurückkam. Sie nahm einen Becher aus dem Schrank, um sich einen Tee zu machen, und warf einen kritischen Blick in Craigs Richtung. „Nimm ihre Ablehnung nicht persönlich, Craig“, sagte sie.

Er stand mit dem Rücken an den Küchentresen gelehnt, die Hände flach hinter dem Rücken. „Wie soll ich sie denn sonst nehmen?“

Sie schob eine Tasse mit Wasser in die Mikrowelle und drückte auf einen Knopf. „Sie kennt dich doch gar nicht. Es wird bestimmt besser, wenn ihr zu zweit seid.“

„Ich wünschte, das könnte ich glauben.“

„Glaub es doch einfach. Du warst Aaron ein wunderbarer Vater, Craig, und auch Vicki, als sie noch ein Baby war. Diese Fähigkeit hast du doch nicht verlernt. Sie ist immer noch da.“

Craig musste daran denken, wie Maddie auf ihn reagiert hatte, und er wertete das als ein gutes Zeichen. Allerdings war Maddie auch ein glückliches Kind, das sein Leben lang geliebt worden war und das es dank Kate auch wusste.

Vicki dagegen hatte keine Erinnerung an Eltern, die völlig vernarrt in sie waren. Nicole war gestorben, als Vikki vierzehn Monate alt war, und er hatte seitdem seine Gefühle für sie mehr als zurückgehalten. Vicki war deshalb ein viel schwierigerer Fall als Maddie.

„Du scheinst da Zweifel zu haben“, sagte Lillian.

Bei dieser Bemerkung seiner Mutter umklammerte Craig die Kante des Küchentresens noch fester. „Ja, die habe ich allerdings.“ Er schüttelte den Kopf. „Vicki mag zwar vielleicht noch klein sein, aber sie weiß genau, dass ich nicht für sie da gewesen bin, als sie mich brauchte. Sie vertraut mir nicht, und das ja zu Recht. Und ich habe keine Ahnung, wie ich damit umgehen soll.“

„Indem du sie einfach lieb hast. Indem du von jetzt an für sie da bist. Indem du dich jetzt um sie kümmerst, statt ihre Betreuung und Versorgung anderen zu überlassen. Indem du genau das tust, was du gerade tust. Du wirst sie für dich gewinnen, Craig, und ich bin absolut davon überzeugt, dass ihr spätestens in einem halben Jahr bestens miteinander auskommt. Ich werde auch dafür beten.“

Ja, genau das würde er ebenfalls tun, beschloss Craig, als sie die Küche fertig aufgeräumt hatten und einander Gute Nacht sagten. Denn er würde jede Hilfe brauchen, die er bekommen konnte, damit aus ihnen beiden wirklich eine Familie würde.

Kapitel 9

Als Edith ihnen am nächsten Abend die Tür öffnete, trug sie ein Stirnband, an dem mit goldenen Spiralfedern zwei künstliche Narzissen befestigt waren, die bei jeder Bewegung wippten. Craig war dankbar für diese lustige Auflockerung, denn die Rückreise von Wisconsin war ziemlich angespannt gewesen.

„Hübscher Kopfschmuck", sagte er.

„Danke", antwortete sie. „So langsam komme ich in Stimmung für das Narzissenfest. Nur noch zwei Wochen, dann ist es endlich so weit! Und unsere drei Millionen Osterglocken hier auf Nantucket sind wild entschlossen, es bis dahin mit dem Aufblühen zu schaffen. Ich habe mich heute höchstpersönlich an der Milestone Road davon überzeugt, und das hat mich nach dem langen Winter richtig aufgemuntert."

Nach diesen Worten beugte sie sich zu dem kleinen Mädchen hinunter und begrüßte es: „Und du musst Vicki sein."

Craig merkte, wie seine kleine Tochter ein ganz klein wenig näher an ihn heranrückte, nur ein ganz, ganz klein wenig, doch er hatte es trotzdem registriert. Sie war während der ganzen Reise auf Abstand geblieben, hatte wenig gesprochen und ihn immer nur mit diesen großen, ernsten graublauen Augen angeschaut.

Als er jetzt neben ihr in die Hocke ging, merkte er, dass sie sich ganz fest an die zerschlissene Babydecke klammerte, die sie unbedingt hatte mitnehmen wollen. „Das ist Mrs Shaw, Vicki. Sie wird jetzt immer auf dich aufpassen, wenn ich arbeiten muss. Das habe ich dir ja schon erzählt.“

„Und wir werden ganz viel Spaß haben“, sagte Edith lächelnd. „Backst du gerne Plätzchen?“

„Weiß ich nicht. Aber ich hab Oma manchmal beim Backen geholfen.“

„Perfekt. Ich kann nämlich immer gute Helfer gebrauchen. Morgen machen wir Schokoplätzchen. Magst du die?“

Vicki nickte.

„Gut. Na, dann kommt mal herein, ihr beiden. Kate und Maddie sind auch schon da.“

Obwohl Craig noch nie bei Edith zu Hause gewesen war, hatte er sich die Einrichtung genauso gemütlich vorgestellt, wie er sie vorfand. Sie passte haargenau zu der herzlich bodenständigen Art der Bewohner.

Doch mehr als für die Einrichtung interessierte er sich eigentlich für die rothaarige Frau und das kleine Mädchen mit den dunklen Augen, die im Wohnzimmer standen und auf sie warteten. Als Kate ihn anlächelte, löste sich ein Teil seiner Anspannung.

„Wo wir jetzt alle versammelt sind, möchte ich den beiden Mädchen gern etwas geben“, verkündete Edith, zog eine Schublade des antiken Sideboards auf und holte zwei Malbücher und eine Packung Buntstifte heraus. „Habt ihr Lust, bis zum Essen noch ein bisschen zu malen?“

„Ich schon“, sagte Maddie, ohne zu zögern, ging zur Nachbarin und stupste Vicki auf dem Weg dorthin ein ganz klein wenig an.

Als seine Tochter darauf nicht reagierte, kniete Craig sich neben sie, um auf Augenhöhe mit ihr zu sprechen. „Hast du Lust zu malen, Vicki?“

„Ja“, sagte sie mit einem scheuen Blick auf das andere Mädchen. „Aber ich kenn sie ja gar nicht.“

„Ich habe dir doch im Flugzeug von Maddie erzählt, erinnerst du dich? Mrs Shaw passt auch auf sie auf, wenn ihre Mama arbeitet. Sie ist ganz nett.“

Als Vicki immer noch zögerte, gesellte sich Kate zu ihnen und kniete sich ebenfalls neben das kleine Mädchen. „Hallo Vicki. Ich bin Maddies Mama. Dein Papa hat mir schon viel von dir erzählt. Er meinte, er freue sich ganz doll, dass du jetzt bei ihm wohnst. Und Maddie freut sich auch und hofft, dass ihr beiden Freundinnen werdet.“

„Ich hab noch nie eine Freundin gehabt“, sagte Vicki schüchtern.

Als Kate Vickis leise Bemerkung hörte, wurde ihr Blick vor Mitgefühl ganz weich. „Na, das lässt sich ja jetzt ändern. Du findest bestimmt ganz viele Freunde hier.“

Das kleine Mädchen wagte sich ein bisschen weiter zu Kate vor. „Bist du die Frau, die meinem Papa mit dem Zimmer für mich geholfen hat?“

„Ja, das bin ich.“

„Es ist schön. Pink ist meine Lieblingsfarbe.“

„Das hat fast alles Maddie ausgesucht. Pink ist nämlich auch ihre Lieblingsfarbe.“ Kate schaute zu ihrer Tochter hinüber, gab ihr ein Zeichen, zu ihr zu kommen, und nahm sie dann bei der Hand. „Vicki mag auch Pink, mein Schatz."

„Hab ich doch gewusst", sagte Maddie triumphierend und kam noch näher. „Mein Zimmer ist nicht pink, aber ich habe ganz viele pinke Sachen darin. Vielleicht kannst du mich ja mal besuchen und es dir anschauen. Darf sie, Mama?"

„Das lässt sich bestimmt machen", antwortete Kate und nahm Edith das zweite Malbuch ab. „Schau dir mal all die hübschen Bilder an. Was möchtest du denn gern ausmalen, Vicki?"

Das kleine Mädchen rückte ganz nah an Kate heran und sah sich die Seiten an, während Kate umblätterte. „Das da", sagte sie und zeigte auf das Bild einer Familie bei einem Picknick.

„Das mag ich auch", sagte Maggie und beugte sich über Kates andere Schulter.

„Ich will auch so eine Familie haben", sagte Vicki sehnsüchtig, und der Tonfall seiner Tochter zerriss Craig fast das Herz.

„Ich auch. Ich hab nur eine Mama. Mein Papa ist im Himmel", erzählte Maddie Vicki.

„Meine Mama ist im Himmel", entgegnete Vicki darauf.

„Aber du hast einen netten Papa", behauptete Maddie.

Vicki warf einen skeptischen Blick in seine Richtung, doch bevor sie etwas sagen konnte, platzierte Edith die beiden Mädchen am Küchentisch. Chester, der eine Osterglocke im Knopfloch trug, ging ihnen nach.

Craig stand auf und half dann auch Kate aufzustehen, indem er seine eine Hand unter ihren Ellenbogen legte. Dabei spürte er in seiner Handfläche das weiche Mohairgarn ihres pflaumenfarbenen Pullis, der ihr sehr gut stand. „Danke, dass Sie den holprigen ersten Kontakt etwas geglättet haben", bedankte er sich bei ihr.

„Sie ist wirklich ein reizendes Mädchen", sagte Kate.

„Aber viel zu still", wandte er ein.

Aus der Küche war in diesem Moment eine Lachsalve der beiden kleinen Mädchen zu hören, und Kate grinste. „Ich glaube nicht, dass das lange so bleibt."

Craig schob seine Hände in die Hosentaschen. „Das hoffe ich. Das Zimmer ist übrigens ein voller Erfolg. Sie ist absolut begeistert."

„Das freut mich", sagte Kate und zögerte, als kämpfte sie mit sich, ob sie noch etwas hinzufügen sollte. Dann wagte sie es einfach. „Hören Sie, Craig, wenn ich irgendetwas tun kann, um ihr die Eingewöhnung zu erleichtern, dann lassen Sie es mich bitte wissen, ja? Alleinerziehend zu sein ist ja auch unter optimalen Bedingungen schon schwer genug, und Sie haben eine noch größere Herausforderung zu bewältigen", sagte sie und verschränkte die Arme vor dem Körper. „Also, ich wollte Ihnen nur anbieten, dass Sie sich gerne melden können, wenn Sie reden möchten oder Fragen haben oder sich einfach austauschen möchten."

Craig war ein wenig überrascht von dem Angebot – und es berührte ihn, wie ihn schon lange nichts mehr berührt hatte. Nachdem er sich von seiner Mutter verabschiedet und mit Vicki an Bord des Fliegers gegangen war, hatte er sich so einsam gefühlt wie noch nie seit dem tragischen Tag, an dem er seine Frau und seinen Sohn verloren hatte. Aber Kates großherziges Angebot linderte dieses Gefühl etwas, allein und völlig isoliert zu sein, und war wie ein Leuchtturm der Hoffnung, an den er sich klammern konnte für den Fall, dass er die Orientierung verlor. „Vielen Dank, Kate. Gut möglich, dass ich irgendwann auf Ihr Angebot zurückkomme."

In dem Moment kam Edith ins Wohnzimmer, und sie hatten für den Rest des Abends keine Gelegenheit mehr, unter vier Augen miteinander zu sprechen. Erst aßen sie Pizza und dann die Zuckerplätzchen in Narzissenform, die Edith extra zu diesem Anlass gebacken hatte.

Nachdem sie einander eine Gute Nacht gewünscht und sich verabschiedet hatten, stellte Craig fest, dass er nicht der Einzige war, den das Zusammensein aufgemuntert und ermutigt hatte. Als er mit Vicki zum Auto ging, war auch sie gesprächiger und entspannter als bei ihrer Ankunft.

„Maddie ist nett", sagte sie, als er sie anschnallte.

„Ja, das finde ich auch."

„Ihre Mama ist auch nett."

„Ja, das ist sie."

„Aber Maddie wünscht sich einen Papa, und ich wünsche mir eine Mama. Warum müssen Mamas und Papas eigentlich sterben?"

Die Frage traf Craig wie ein Blitz aus heiterem Himmel, und er war froh, dass sein Gesicht wegen der schlechten Beleuchtung im Wagen nicht zu sehen war. Er wünschte, er hätte eine gute Antwort auf die Frage gewusst, aber die hatte er nicht –weder für Vicki noch für sich selbst. „Ich weiß es nicht“, sagte er deshalb und formulierte dann den Rest seiner Antwort sehr vorsichtig. „Das weiß wahrscheinlich nur Gott. Vielleicht möchte er manche Menschen schon früher bei sich im Himmel haben, als wir es gern hätten.“

Vicki hatte ihre Schmusedecke ganz fest an sich gedrückt und quetschte einen Zipfel zwischen den Händen. Sie betrachtete Craig intensiv in dem gedämpften Licht im Wagen und fragte dann mit angstvoll bebender Stimme: „Stirbst du auch?“

Ihm wurde ganz anders, als er das hörte. Er strich zitternd mit seinem kleinen Finger behutsam über ihre kleine Hand und antwortete dann: „Das entscheidet Gott, Vicki. Aber weißt du was? Ich habe vor, noch ganz, ganz lange hier bei dir zu bleiben. Ich möchte dich in die Vorschule begleiten und an deinem ersten Schultag bei dir sein. Ich möchte dir beim Lesenlernen helfen, und ich möchte mit dir Radfahren, Schwimmen und Angeln gehen. Wie findest du das?“

„Gut“, antwortete sie darauf. Er hatte sie jetzt fertig angeschnallt und wollte vorn einsteigen und losfahren, aber sie hielt ihn noch an der Jacke fest und fragte zaghaft: „Kannst du mich heute Abend ins Bett bringen und mir eine Geschichte vorlesen, so wie Oma?“

Das war die schönste Bitte, die je an ihn gerichtet worden war. „Auf jeden Fall“, antwortete er. „Und das mache ich von jetzt an jeden Abend.“ Er streichelte ihr noch übers Haar und schlug dann die hintere Wagentür zu.

Trotz allem war er aber sehr froh über den Rettungsring, den Kate ihm zugeworfen hatte mit ihrem Angebot, ihm zu helfen, wenn es Probleme gab. Er hatte nämlich das Gefühl, dass es nur eine Frage der Zeit war, bis er wieder in tiefere Wasser geraten und schnell den Boden unter den Füßen verlieren würde.

Was für ein Pech.

Als Kate an diesem Morgen am Anleger das letzte Tau um den Poller geschlungen und mit einem Knoten festgemacht hatte, ließ sie ihren Blick noch einmal über die *Lucy Sue* schweifen. Dank Chester schnurrte der Motor wie ein Kätzchen, die Teakplanken glänzten, und an ihrem Deck konnte wirklich niemand mehr etwas auszusetzen haben, nachdem sie es im Schweiße ihres Angesichtes auf Vordermann gebracht hatte.

Das Problem lag unter Wasser.

Bei einer gefährlichen Begegnung mit einem verirrten Stück Treibgut auf dem Rückweg vom Great Point hatte ihre Schraube erheblich gelitten. Die Reparatur würde auf jeden Fall teuer werden.

Wenn die Chartersaison schon im Gang gewesen wäre, hätte sie die Kosten sicher verschmerzen können, aber da der Blaufisch noch aus den wärmeren Gewässern bei Florida, wo er überwinterte, nach Nantucket unterwegs war, würde es sicher noch vier bis fünf Wochen dauern, bis für die Angler ausreichende Mengen vorhanden sein würden.

Genervt zog sie ein letztes Mal fest an dem Palstek, steckte die Hände in die Taschen ihrer Wetterjacke und schlenderte den langen Anleger entlang zur Main Street. Den stetigen Nieselregen bemerkte sie gar nicht, so beschäftigt war sie mit diesem neuen Problem.

„Kate!“

Die vertraute tiefe Stimme riss sie aus ihren Gedanken, und sie blickte auf. Obwohl sie Craig seit dem Pizzaessen bei Edith vor vier Tagen nicht mehr gesehen hatte, war er regelmäßig in ihren Gedanken aufgetaucht.

Und jetzt winkte er ihr aus seinem Auto zu, bremste ab und fuhr im Schritttempo neben ihr her. „Entschuldigung, ich wollte Sie nicht erschrecken.“ Sensibel, wie er war, taxierte er sie mit seinen blauen Augen und sagte dann: „Sie sehen niedergeschlagen aus, Kate. Ist alles in Ordnung?“

Sie zuckte nur mit den Schultern und antwortete: „Das hängt davon ab, wie man ‚in Ordnung‘ definiert. Ich habe gerade meine Schiffsschraube beschädigt.“

„Wie schlimm ist es denn?“

„Sehr schlimm. Sie läuft jedenfalls ziemlich unrund.“

„Und wie ist das passiert?“

„Vorm Great Point ist Treibgut hineingeraten.“

„Das klingt ja gar nicht gut.“

„Das kann man wohl sagen. Und mein Geldbeutel findet das auch.“

Der Regen wurde heftiger, und sie setzte die Kapuze auf. „Ich muss jetzt aber weiter“, sagte sie. „Und Sie halten außerdem den ganzen Verkehr auf.“

Er schaute in den Rückspiegel. „Ich sehe nur ein Auto, und das ist noch ziemlich weit weg. Wohin waren Sie denn gerade unterwegs?“

„Nach Hause.“

„Und wo ist Ihr Auto?“

„Auch zu Hause. Zum Anleger gehe ich normalerweise zu Fuß.“ Eine Windbö fegte vorbei und zerrte an ihrer Wetterjacke, sodass sie den Kopf senkte.

„Aber heute ist das vielleicht keine so gute Idee. Sie werden ja pitschnass. Steigen Sie ein. Ich bringe sie schnell.“

„Ich bin schon bei schlechterem Wetter zu Fuß gegangen, und außerdem will ich Sie nicht von der Arbeit abhalten.“

„Ach, das macht doch nichts. Ich wollte eigentlich zur Funkstation, aber ich reiße mich nicht darum, bei diesem Wetter den ganzen Weg nach Sconset rauszufahren.“

Das konnte sie ihm wirklich nicht verdenken. Der Funkmast für die Langstreckennavigation der Küstenwache stand an einer kleinen Küstenstraße im äußersten Osten der Insel, etwa zwölf Kilometer von der Stadt entfernt. Für einen Neuankömmling war das ein langer, beschwerlicher Weg – besonders wenn Nebel aufzog, wonach es sehr aussah.

Wieder kam eine Windbö angefegt, und Kate gehorchte der Vernunft, indem sie sich für das Angebot bedankte und einstieg, nachdem er von innen die Beifahrertür aufgestoßen hatte. „Puh. Der Sturm ist aber wirklich schnell aufgezogen“, sagte sie, schob die Kapuze ihrer Wetterjacke zurück und versuchte, mit den Fingern ein wenig ihr Haar zu ordnen, was allerdings ein hoffnungsloses Unterfangen war. Bei feuchtem Wetter liefen ihre Locken immer Amok.

Als sie kurz zu Craig hinüberschaute, merkte sie, dass er sie beobachtete, und die verständnisvolle Freundlichkeit in seinem Blick brachte sie ganz durcheinander. Was fand er nur an ihr, wenn sie in einem so tropfnassen Zustand war wie jetzt? Doch dann erinnerte sie sich, dass auch Mac sie oft genauso angeschaut hatte, und dieser Blick hatte zu den Dingen gehört, die sie mit am meisten an ihm geliebt hatte. Selbst an Tagen, an denen sie völlig mitgenommen aussah, hatte er immer durch das Äußere hindurchgeschaut und sie für ihr Inneres geliebt.

Sie legte ihre Hände wieder in den Schoß und kam zu dem Schluss, dass sie wohl beide einen Themenwechsel gebrauchen konnten. „Und, wie geht es Ihnen mit Vicki?“, fragte sie deshalb.

Er richtete daraufhin seine Aufmerksamkeit wieder ganz auf die Straße und fuhr sehr langsam über das holprige Kopfsteinpflaster. „Besser, als ich gedacht hätte. Sie redet zwar immer noch nicht viel, aber sie isst ganz gut, und sie geht sehr gern zu Edith. Eigentlich bin ich ganz froh, dass wir uns hier über den Weg gelaufen sind. Ich wollte Sie nämlich heute oder in den nächsten Tagen sowieso anrufen. Ich weiß ja nicht, ob Sie es bemerkt haben, aber Maddie und Vicki haben sich schon richtig angefreundet.“

Kate lächelte. „Doch, das habe ich auch schon mitbekommen. Maddie redet von nichts anderem. Immer nur Vicki hat dies getan, Vicki hat das gemacht … und warum kann Vicki nicht bei uns essen?“

„Ja, so ähnlich ist es bei Vicki auch. Weil das nächste Wochenende das erste ist, an dem wir ganz auf uns allein gestellt sind, habe ich gedacht, dass es vielleicht eine Hilfe sein könnte, wenn sich die beiden zum Spielen verabreden. Ich muss nämlich gestehen, dass ich keine Ahnung habe, wie ich Vicki zwei Tage lang allein beschäftigen soll."

„Man muss Kinder eigentlich gar nicht ständig beschäftigen", beruhigte sie ihn.

„Das weiß ich, aber ich möchte mich jetzt gerne erst mal ganz auf sie konzentrieren, möglichst viel mit ihr zusammen sein und unternehmen, bis sie sich richtig eingelebt hat. Ich hatte mir jedenfalls überlegt, ob Maddie nicht nach der Kirche mit zu uns kommen könnte. Ich würde sie Ihnen dann am späten Nachmittag wieder zurückzubringen. Wäre Ihnen das recht?"

„Ja klar, das können wir gern so machen. Und wenn Sie noch keine Pläne fürs Abendessen haben, könnten wir ja hinterher alle zusammen bei uns essen." Kate hatte keine Ahnung, wieso ihr diese Einladung herausgerutscht war, und seinem erstaunten Blick nach zu urteilen fragte sich Craig das auch.

Es hielt ihn allerdings nicht davon ab, die Einladung ganz schnell dankend anzunehmen, bevor Kate es sich noch wieder anders überlegen konnte. „Das wäre großartig", sagte er. „Ich gebe mir zwar Mühe, ein wenig Abwechselung in unseren Speiseplan zu bringen, aber ich lebe schon so lange von Tiefkühlkost, dass mir meine Kochkünste völlig abhandengekommen sind. Ein fertiger Nudelauflauf ist da schon das Äußerste. Den hat es diese Woche aber auch schon zwei Mal gegeben, und wahrscheinlich ist Vicki den bald leid."

Kate lachte leise und wischte sich ein paar Regentropfen von der Stirn. „Ich kann Ihnen zwar kein Gourmetabendessen garantieren, aber ich verspreche, dass es kein Nudelauflauf sein wird."

„Abgemacht."

Als sie vor ihrem Haus hielten, fasste Kate nach dem Türgriff. Die Erinnerung an das letzte Mal, als er sie bei Regen nach Hause gefahren hatte, war noch so frisch, dass ihr Puls jetzt wieder schneller ging.

„Warten Sie, ich mache das", sagte er, öffnete die Fahrertür und wollte aussteigen, um ihr die Beifahrertür aufzuhalten, aber sie sagte hastig: „Nein, das ist doch nicht nötig!", stieß die Beifahrertür mit mehr Kraft auf, als nötig gewesen wäre, und hoffte, dass ihre Stimme nicht so panisch klang, wie sie glaubte. „Es bringt doch nichts, wenn Sie auch noch nass werden. Vielen Dank fürs Mitnehmen." Sie stieg aus, wappnete sich gegen den böigen Wind und sagte noch: „Bis Sonntag dann."

Daraufhin schlug sie die Beifahrertür wieder zu und rannte zum Eingang. Ohne sich noch einmal umzudrehen, schloss sie die Tür auf, betrat das Haus, atmete ganz langsam aus und merkte erst in dem Moment, dass sie die ganze Zeit die Luft angehalten hatte.

Das war doch wirklich lächerlich. Sie benahm sich wie ein albernes Schulmädchen, das zum ersten Mal verliebt war.

Verärgert über sich selbst ging sie ins Wohnzimmer. Maddie wartete zwar schon bei Edith darauf, abgeholt zu werden, aber jetzt musste sich Kate erst einmal beruhigen.

Sie ließ sich in den Sessel fallen, legte den Kopf an die weiche Rückenlehne und versuchte, in dem Bild über dem Kaminsims Ruhe zu finden. Normalerweise übertrug sich die Gleichförmigkeit und Gelassenheit des zeitlosen, windgepeitschten Moores und des Meeres in der Ferne auf sie – doch an diesem Tag funktionierte es nicht.

Und auch das Ticken der Uhr auf dem Kaminsims, die einmal Macs Großvater gehört hatte, beruhigte sie nicht wie sonst. Das antike Stück stand jetzt schon seit über vierzig Jahren an genau dieser Stelle auf dem Kaminsims, seit dem Tag, als Macs Eltern in das Haus eingezogen waren. Und als Mac und sie es vor acht Jahren nach dem Tod von Macs Vater geerbt hatten, waren sie gar nicht auf die Idee gekommen, die Uhr an einen anderen Platz zu stellen.

Diese Uhr hatte für sie immer für Stabilität und Beständigkeit gestanden, dafür, wo sie ihre Wurzeln hatten. Das alles waren Dinge, an denen Kate festhalten wollte, auch wenn das Leben auf der Insel kostspielig war und sie finanziell an ihre Grenzen brachte.

Doch jetzt stand nicht nur ihre finanzielle Sicherheit auf dem Spiel, sondern auch ihr seelisches Gleichgewicht – dank Craig Cole.

Innerhalb von nur drei Wochen hatte er es geschafft, ihre Welt auf den Kopf zu stellen, weil er sie daran erinnerte, wie es sich anfühlte, eine Frau zu sein und nicht nur eine Mutter. Er zwang sie dazu, sich ihrer tiefen Einsamkeit zu stellen, die ihr so viel von ihrer Lebensfreude raubte. Und er hatte dafür gesorgt, dass sie sich wieder nach Dingen sehnte, von denen sie geglaubt hatte, sie wären für sie ein für alle Mal Vergangenheit – Freundschaft, Partnerschaft und Liebe.

Aber gleichzeitig verstand sie nicht, wie das möglich war. Sie liebte Mac immer noch mit jeder Faser, sie fühlte sich immer noch mit ihm verbunden und vermisste ihn unendlich. Wie war es da möglich, dass sie so starke Gefühle für Craig hatte, und das, obwohl sie sich noch nicht einmal einen Monat kannten?

Und was noch wichtiger war: Wie konnte sie überhaupt so starke Gefühle für einen Mann haben – egal, wer es war –, nachdem sie ein Mal geliebt, den geliebten Menschen verloren und sich danach geschworen hatte, ein solches Risiko nie wieder einzugehen? Bis jetzt war sie jedenfalls noch nie in Versuchung geraten, diesen Schwur zu brechen.

Bis jetzt.

Aber Craig war ja sowieso nicht interessiert, ermahnte sie sich. In dem Punkt war er sehr klar und eindeutig gewesen. Eine neue Liebe kam für ihn nicht infrage.

Und selbst wenn sie sich beide im Laufe der Zeit doch noch vorstellen können sollten, eine Beziehung zu wagen, gab es da eine entscheidende Hürde: ihre Angst.

Durch Macs Tod hatte sie gelernt, dass es ein beträchtliches Risiko mit sich brachte, sein Herz zu verschenken. Als sie ihn verloren hatte, wäre sie am liebsten ebenfalls gestorben. Nur Maddie hatte ihr einen Grund zum Weiterleben gegeben. Wenn sie sich nicht um die Bedürfnisse ihrer Tochter hätte kümmern müssen, die ihr jeden Morgen Anlass gab, überhaupt aufzustehen und sich ins Leben zu stürzen, dann hätte es durchaus sein können, dass sie vor der Schwärze und Finsternis kapituliert hätte, in die sie heruntergezogen wurde. Einem Ort, vor dem sie nicht einmal ihr starker Glaube hatte beschützen können und an dem sie nie wieder sein wollte.

Vielleicht wollte sie gar nicht den Rest ihres Lebens allein leben, überlegte Kate, als sie jetzt aufstand, um Maddie abzuholen. Aber sie wollte auch auf keinen Fall noch einmal einen so furchtbaren Verlust erleben.

Und sie bezweifelte, dass sie dieses Hindernis, das sich einer neuen Beziehung in den Weg stellte, jemals würde überwinden können.

Kapitel 10

„Okay, und jetzt drückt mal die Daumen, dass wir es schaffen, noch einen Stein auf diesen großartigen Turm zu setzen.“ Die beiden kleinen Mädchen saßen neben Craig auf dem Fußboden und schauten zu, wie er einen letzten Holzklotz auf den Turm stellte.

Der Turm schwankte bedrohlich, sodass die Mädchen gleichzeitig nach Luft schnappten, aber er blieb stehen und beide atmeten erleichtert auf.

„Wow, so einen hohen Turm hab ich ja noch nie gebaut“, sagte Maddie ehrfürchtig.

„Ich auch nicht“, bestätigte Vicki.

Als das Telefon läutete, entfernte sich Craig vorsichtig von seinem Werk, stieg über die Berge noch nicht verbauter Klötze und sagte: „Ihr könnt ja noch eine Mauer um den Turm herum bauen, solange ich telefoniere.“

Mit Feuereifer machten sich die beiden ans Werk, und er musste lächeln. Er hatte sich die ganze Woche Gedanken gemacht, wie er die beiden Mädchen mehrere Stunden lang beschäftigen sollte, hatte dann aber schnell gemerkt, dass die blühende Fantasie der beiden diese Sorge überflüssig machte.

Als er jetzt in die Küche zum Telefon ging, fragte er sich, ob es vielleicht Kate war, die sich erkundigen wollte, wie es lief. Er hatte absolut nichts dagegen, ihre Stimme zu hören, dachte er und musste dabei lächeln. Doch die Stimme am anderen Ende der Leitung gehörte nicht der Charterbootkapitänin.

„Hallo Mutter. Ist alles in Ordnung?“ Das fragte er immer als Erstes, wenn sie ihn anrief, auch wenn das inzwischen eigentlich nur noch der Form halber geschah. Nachdem vor sieben Jahren sein Vater gestorben war, hatte er sich eine Zeit lang Sorgen um seine Mutter gemacht, die jetzt allein in dem Haus lebte, in dem seine Eltern fünfunddreißig Jahre lang gewohnt hatten. Doch Lillian Cole war mit der neuen Situation gut zurechtgekommen, viel besser, als er gedacht hatte.

„Hier ist alles bestens“, antwortete sie. „Und bei dir?“

„Bis jetzt gar nicht schlecht.“

In diesem Moment war eine Lachsalve der beiden Mädchen aus dem Wohnzimmer zu hören, gefolgt von dem Lärm umfallender Bauklötze.

„Höre ich da Kinder?“, erkundigte sich seine Mutter.

„Du hast ja noch gute Ohren, Mutter.“

„Ich bin zwar vielleicht alt, aber ich funktioniere noch ganz gut. Hat Vicki jemanden zum Spielen da?“

„Ja, es ist ein kleines Mädchen zu Besuch, das auch von Vickis Tagesmutter betreut wird. Sie sind schon richtig dicke Freundinnen geworden.“

„Wie schön! Genau das braucht sie jetzt. Eine Spielgefährtin in ihrem Alter. Apropos Gefährten … ich habe spannende Neuigkeiten. Ich heirate wieder.“

Craig war so überrascht, dass es ihm die Sprache verschlug.

„Ungefähr genauso hat auch dein Bruder reagiert."

Durch Lillians amüsierten Kommentar fand er seine Sprache wieder und fragte: „Wieso hast du denn davon letzte Woche nichts gesagt, als wir uns gesehen haben?"

„Weil ich erst gestern Abend den Antrag bekommen habe."

„Ich gehe mal davon aus, dass Harold der Bräutigam ist, oder?"

„Ja, wer denn sonst? Er ist ein guter Mann, Craig. Du wirst ihn sicher mögen, wenn du ihn erst einmal besser kennengelernt hast."

„Ich mag ihn doch jetzt schon, Mutter." Harold Simmons, der Mann mit dem vollen weißen Haar und dem sympathischen britischen Akzent, hatte Craig von Anfang an beeindruckt, weil er ein echter Kavalier alter Schule war. Er war vor einem Jahr im Alter von zweiundsiebzig Jahren in Craigs Heimatstadt gezogen, um in der Nähe seiner Tochter und seiner Enkel zu leben. Aber schon nach drei Monaten hatte er sich so gelangweilt, dass er eine kleine ortsansässige Buchhandlung gekauft und verkündet hatte, damit seine wahre Berufung gefunden zu haben. Besser spät als nie, hatte er Craig zu Weihnachten mit einem Augenzwinkern gesagt. Und schicksalhaft sei diese Entscheidung auch gewesen, hatte er berichtet, denn schließlich habe er dort Lillian kennengelernt. Sie war in den Laden gekommen, um ein Buch zu kaufen, und am Ende auf einen Tee geblieben – der Rest war bekannt.

„Und wann ist die Hochzeit?", erkundigte sich Craig.

„Das ist das Nächste, worüber ich mit dir sprechen wollte. Harold würde gerne nächsten Monat heiraten, und zwar auf Nantucket. Ich habe auch schon gehört, wie wunderschön es dort sein soll, und jetzt, wo du dort lebst und Steve in New York, wäre es doch für alle die praktischste Lösung, die Hochzeit dort zu feiern, findest du nicht? Und Harolds Tochter macht es nichts aus, zur Hochzeit anzureisen. Sie sagt, das sei ein guter Anlass für einen Urlaub."

„Du vergeudest aber auch wirklich keine Zeit, was?"

„In unserem Alter hat man nicht mehr so viel Zeit zu vergeuden, Craig. Und warum sollten wir auch lange warten?"

„Da hast du völlig recht, Mutter. Kann ich dir bei irgendetwas helfen?", erkundigte er sich dann.

„Willst du die ganze Liste auf einmal hören oder hättest du es lieber häppchenweise?"

Er musste über ihren neckischen Tonfall lachen. „Nur raus damit, dann habe ich es hinter mir."

„Okay, dann lass uns mit dem Reverend beginnen. Kannst du jemanden empfehlen?"

„Reverend Kaizer aus meiner Gemeinde würde dir bestimmt gefallen, und ich bin sicher, dass er euch gerne trauen würde. Und auch die Kirche ist wirklich schön."

„Ehrlich gesagt würden Harold und ich lieber irgendwo im Freien in der Natur getraut werden. Wir haben ja beide schon eine große kirchliche Hochzeit gefeiert, als wir das erste Mal geheiratet haben, und ich glaube, dass Gott auf jeden Fall dabei ist, egal, ob wir in einer Kirche oder in einem Garten heiraten."

Craig lächelte. „Das klingt einleuchtend."

„Nach der Trauung hätten wir gerne eine kleine, schlichte Feier, und dann brauchen Harold und ich auch noch eine schöne Unterkunft für eine Woche. Ich hatte gehofft, du könntest mir vielleicht jemanden empfehlen, der sich auf der Insel auskennt und bereit wäre, mir bei der Organisation zu helfen."

Ganz kurz dachte Craig an Kate, aber dann verwarf er diesen Gedanken sofort wieder. Sie kannte sich zwar gut aus auf der Insel, aber sie war eine alleinerziehende Mutter mit zwei Saisonjobs und hatte zurzeit ja nicht einmal für sich selbst auch nur eine einzige freie Minute. „Ich werde mir darüber Gedanken machen, Mutter. Erst mal spreche ich mit Reverend Kaizer und melde mich dann nächste Woche wieder bei dir. An welchem Tag soll denn die Trauung sein?"

„Wir hatten an Montag, den 22. Mai, gedacht. Dann könnten wir zum Wochenende kommen und alles vorbereiten. Und an einem Montag ist ja wahrscheinlich nicht so viel los auf der Insel. Vielleicht ist es dann auch einfacher, ein Lokal für die Feier zu finden, denn die Planung ist ja tatsächlich ein wenig kurzfristig."

„Da hast du sicher recht", bestätigte Craig und notierte sich den Termin. „Sonst noch etwas?"

„Reicht das noch nicht für einen Tag?", fragte seine Mutter lachend.

„Doch, eigentlich schon", antwortete er. „Okay, ich melde mich dann wieder bei dir. Und Mutter … ich freu mich wirklich für dich."

„Danke, mein Junge. Ehrlich gesagt kam das Ganze auch für mich ziemlich überraschend. Ich war eigentlich der Meinung, dass mein Leben gut war, wie es war, aber rückblickend war es so wie an den Tagen, an denen ich bis in den Abend im Garten arbeitete und gar nicht merkte, wie dunkel es schon geworden war. Erst wenn ich dann ins Haus ging und das Licht einschaltete, merkte ich, dass es draußen schon richtig dunkel war. Und genau das hat Harold für mich getan, Craig. Er hat in meinem Leben das Licht wieder eingeschaltet."

Craig hatte einen Kloß im Hals, als er sagte: „Ich freu mich, dass du wieder jemanden gefunden hast, den du lieben kannst, Mutter."

„Ja, Craig, dafür danke ich Gott jeden Tag, und vielleicht interessiert es dich ja, dass ich ihn jedes Mal, wenn ich mit ihm spreche, darum bitte, dass du auch wieder jemanden findest."

Erneut blitzte das Bild von Kate in seinen Gedanken auf, aber er schob es sogleich weg. „Danke, dass du an mich denkst, Mutter, aber die Mühe kannst du dir wirklich sparen. Ich habe nicht vor, noch einmal zu heiraten."

„Das hatte ich auch nicht vor, Craig. Die Idee kam von Gott. Und wie ich jetzt wieder einmal festgestellt habe, sind seine Pläne oft so ganz anders als unsere. Bleib einfach offen dafür, Craig, und schließ es nicht von vornherein aus."

Die Worte seiner Mutter klangen noch in ihm nach, als Craig das Gespräch beendet hatte und wieder zurück ins Wohnzimmer ging. Die beiden kleinen Mädchen waren völlig vertieft in ihr Spiel mit den Bauklötzen. Sie dachten sich Geschichten dazu aus, in denen mutige Ritter auf ihren edlen Schimmeln Drachen töteten und dann mit der schönen Prinzessin, die sie gerettet hatten, bis an ihr seliges Ende lebten.

Doch im wirklichen Leben war es nun mal anders, und die Helden dort neigten dazu, verborgene Schwächen und Fehler zu haben.

Dennoch wünschte Craig sich im Grunde, dass Gott die Gebete seiner Mutter erhörte und ihm half, einen Weg zu finden, dass auch sein Leben „glücklich bis an sein seliges Ende“ würde.

„Das war der beste Schokoladenkuchen, den ich je gegessen habe“, sagte Vicki, wischte sich den Mund mit der Papierserviette ab und verschmierte dabei den Guss vom Kuchen im ganzen Gesicht, statt ihn zu entfernen.

„Das kann ich nur bestätigen“, sagte Craig grinsend und beugte sich vor, um seiner Tochter Schokoladenreste vom Kinn zu wischen.

„Aber die Spaghetti waren auch gut“, schaltete Maddie sich ein.

„Auch dem stimme ich zu“, sagte Craig, trank noch einen Schluck Kaffee und lächelte Kate dabei an, dass ihr richtig schummerig wurde.

Sie stand auf und räumte das Geschirr ab.

„Kommen Sie, ich helfe Ihnen.“ Bevor sie protestieren konnte, war Craig schon aufgestanden und nahm die Teller der Mädchen mit.

„Mama, können Vicki und ich in meinem Zimmer spielen?“

„Ja, sicher.“

Die beiden Mädels trollten sich, und als Kate in die kleine Küche vorausging, war das Geplapper der beiden aus Maddies Zimmer bis zu ihnen herüber zu hören.

„Sie hat es genossen“, sagte Craig, blieb in der Tür stehen und lauschte. „Aber ich habe ihr bis jetzt noch keine Reaktion entlocken können.“

Sein wehmütiger Tonfall zerriss Kate fast das Herz und sie sagte beruhigend: „Geben Sie ihr einfach ein bisschen Zeit.“

„Sie hören sich an wie meine Mutter“, entgegnete er mit einem Lächeln, das ein wenig gezwungen wirkte. „Ich habe heute überraschende Neuigkeiten von ihr erfahren. Sie hat angerufen, um mir mitzuteilen …“

In dem Moment klopfte es an Kates Hintertür. Sie trocknete sich die Hände am Geschirrhandtuch ab und ging zur Tür. „Vergessen Sie nicht, was Sie sagen wollten.“

„Es tut mir leid, dich zu stören, obwohl du Besuch hast, Kate“, sagte Edith, spähte dabei Kate über die Schulter und winkte Craig zu. „Das hier ist gestern für dich gekommen, als du weg warst, und Chester hat vergessen, es bei dir abzugeben. Ich habe gedacht, dass du vielleicht darauf wartest.“ Mit diesen Worten gab sie Kate ein Päckchen.

„Danke, darauf warte ich tatsächlich“, sagte Kate, nahm den dicken Umschlag entgegen und legte ihn auf den Küchentisch.

Edith folgte ihr einfach ins Haus, was Kate nicht weiter überraschte.

Wahrscheinlich war die Nachbarin hocherfreut gewesen, dass sie durch das Päckchen einen guten Grund hatte, die Gesellschaft bei der Nachbarin etwas genauer in Augenschein zu nehmen.

„Ich hoffe, ich störe nicht bei irgendetwas", fuhr Edith fort und schaute dabei Craig und Kate hoffnungsvoll an.

„Nein, wir waren gerade dabei, den Tisch abzuräumen", sagte Craig und stellte die Teller ab, die er in beiden Händen hielt. „Und ich wollte Kate eben von einer Neuigkeit berichten."

„Ach ja?" Ediths Miene wechselte von hoffnungsvoll zu neugierig.

„Meine Mutter hat mich vorhin angerufen und mir mitgeteilt, dass sie wieder heiratet", berichtete Craig.

„Eine Hochzeit!", sagte Edith und wurde merklich munterer. „Wie romantisch!"

Craig grinste. „Wahrscheinlich ist es das, aber im Zusammenhang mit meiner Mutter fällt es mir schwer, es so zu sehen."

„Glauben Sie mir, in der Liebe gibt es keine Altersgrenze, junger Mann", schalt Edith ihn. „Wann soll denn das große Ereignis stattfinden?"

„Sie hofft, dass es am 22. Mai klappt. Die Hochzeit soll hier auf Nantucket gefeiert werden, am liebsten im Freien in einem Garten. Ich soll Reverend Kaizer fragen, ob er die Trauzeremonie durchführen kann."

„Und was ist mit der Feier?", fragte Edith.

„Meine Mutter hat mich auch gebeten, jemanden zu suchen, der sich um die Organisation kümmern könnte."

„Hmm." Edith legte den Kopf ein wenig schräg und schaute nachdenklich drein. „Wird es eine kleine Hochzeit?"

„Ja, sehr klein, nicht mehr als fünfzehn Personen."

„Ich sag Ihnen was, Craig. Wenn Sie glauben, dass es Ihrer Mutter recht ist, wäre ich gerne bereit, die Sache zu übernehmen."

Kate warf ihrer Nachbarin einen fragenden Blick zu, aber das ignorierte Edith geflissentlich.

„Im Ernst?", fragte Craig. „Es ist zwar kein großes Fest, aber es ist bestimmt trotzdem viel Arbeit."

Doch Edith tat seinen Einwand einfach ab und antwortete: „Das macht mir absolut nichts aus. Besprechen Sie es doch einfach mit Ihrer Mutter, und wenn sie es möchte, sagen Sie ihr, sie soll mich anrufen."

„Das mache ich. Vielen Dank, Edith."

„Es ist mir ein Vergnügen." Und dann schaute sie auf die Uhr und sagte: „So, jetzt muss ich mich aber beeilen. Chester und ich wollen uns zusammen einen Film anschauen. Einen schönen Abend noch." Und mit diesen Worten war sie auch schon wieder zur Tür hinaus.

„Wow", sagte Craig nur kopfschüttelnd. „Ist sie immer so tatkräftig?"

„Ja." Besonders wenn sie eine Mission hat, dachte Kate noch, sprach diesen Gedanken aber nicht aus. Was auch immer Edith sonst noch im Schilde führte, Tatsache war, dass sie die Sache für Craigs Mutter ganz sicher gut machen würde.

„Sie ist wirklich ein Organisationstalent und kennt eine Unmenge von Leuten hier auf der Insel. Sie war früher die erste Vorsitzende des Gartenvereins, und unter ihrer Leitung hatten wir die schönsten Narzissenfeste, die jemals auf der Insel stattgefunden haben. Sie können jedenfalls froh sein über ihr Angebot."

„Ich bin zurzeit über sehr vieles froh“, meinte er darauf vielsagend und mit einem so zärtlichen Blick, dass Kate rot wurde, sich abwandte und schnell die Arbeitsplatten in der Küche abwischte.

„Ich schau mal nach den Mädchen“, bot er an.

„Ja, das ist eine gute Idee.“

Reiß dich zusammen, ermahnte sich Kate und versuchte, ihre ausufernde Fantasie zu zügeln. Wahrscheinlich deutete sie viel zu viel in seine Bemerkung hinein. Hatte er ihr nicht gesagt, dass eine neue Liebe für ihn nicht infrage komme? Und hatte sie ihm nicht das Gleiche gesagt?

Doch so sehr sie sich auch anstrengte, sie konnte die winzige Flamme der Hoffnung, die in ihrem Herzen entfacht war, nicht ersticken.

Craig kam nicht wieder in die Küche zurück, sondern erfüllte Maddies Bitte, Vicki und ihr eine Geschichte vorzulesen. Er brauchte ein bisschen Abstand von der reizenden Frau, die so rasant seine Überzeugung untergrub, dass er keine zweite Chance in der Liebe mehr verdient hatte. Das Leben fühlte sich heiterer und dynamischer an, wenn er mit ihr zusammen war, und in ihrer Gegenwart wurde die Dunkelheit, von der seine Mutter gesprochen hatte, heller.

Aber selbst wenn er irgendwann seine Schuldgefühle überwände, war die Situation mit Kate kompliziert. Sie verdiente ihren Lebensunterhalt auf dem Meer – demselben Meer, das ihm seine Frau und seinen Sohn genommen hatte. Eine Beziehung mit ihr wäre deshalb immer mit Risiken verbunden – großen Risiken. Bedeutete es nicht, das Schicksal herauszufordern, wenn man sich darauf einließ? Doch da sie jetzt all die schönen Erinnerungen an seine glückliche Ehe wieder geweckt hatte, wie sollte er da jemals die Kraft aufbringen, mit der endlosen Reihe einsamer Monate und Jahre fertig zu werden, die noch vor ihm lagen?

„Du musst noch den letzten Satz lesen, Mr Cole. Der ist doch das Schönste“, forderte Maddie Craig auf.

Daraufhin konzentrierte sich Craig wieder auf das Buch in seinen Händen, und der letzte Satz war dann der klassische Schlusssatz jedes Märchens. „Und sie lebten glücklich bis an ihr seliges Ende.“

Doch die Worte klangen hohl in seinen Ohren. Vielleicht zögerte er ja deshalb. So sehr er sich auch für sich selbst nach einem Happy End sehnte, gab es das eben doch nur im Märchen. Die Wirklichkeit sah anders aus.

„Liest du uns noch eins vor, Mr Cole?“

Doch er schüttelte als Antwort auf Maddies Frage den Kopf und sagte: „Heute Abend nicht mehr, Maddie. Vicki und ich müssen jetzt nach Hause.“

„Können wir nicht noch bleiben?“, bat Vicki. „Ich bin so gerne hier.“

Das ging ihm genauso, dachte Craig, aber er sagte: „Du siehst Maddie doch morgen schon bei Mrs Shaw wieder, Vicki.“

„Okay“, sagte seine Tochter daraufhin, krabbelte über Maddies Bett, ließ sich herunterrutschen und griff nach ihrer Schmusedecke, die immer in ihrer Reichweite lag.

Craig nahm Vicki bei der Hand und ging mit ihr den Flur entlang zum Wohnzimmer, und Maddie kam hinter ihnen hergetrottet.

Als sie bei der Tür zur Küche ankamen, drehte sich Kate zu ihnen um. Einen ganz kurzen Moment sah er Enttäuschung in ihrem Blick, doch die verbarg sie schnell. „Wollen Sie aufbrechen?“

„Ja, Kate. Vielen Dank für was wunderbare Essen.“

„Vielen Dank, dass Sie die Verabredung zum Spielen organisiert haben. Ich habe dadurch eine Menge Arbeit hier zu Hause geschafft.“

Der Art, wie sie das Wort Arbeit sagte, entnahm er, dass sie damit nicht Hausarbeit meinte.

„Sind Sie unten bei der *Lucy Sue* gewesen?“, fragte er deshalb.

„Nein“, antwortete sie und deutete mit einer Geste auf das Päckchen, das Edith vorbeigebracht hatte. „In meiner Freizeit arbeite ich freiberuflich als Lektorin für einen Verlag in New York. Eine Freundin hat mir das durch ihre Beziehungen vermittelt. Ich werde davon zwar nicht reich, aber es ist ein nettes Zubrot zu meinem Einkommen, und ich kann mir die Arbeit selbst einteilen. Meistens arbeite ich abends an den Manuskripten, wenn Maddie schon im Bett ist.“

Also hatte Kate nicht nur zwei, sondern sogar *drei* Jobs.

Während er diese neue Information erst einmal verdauen musste, erinnerte Craig sich daran, dass Kate ihm einmal erzählt hatte, sie wolle trotz des finanziellen Drucks, den das Leben auf der Insel mit sich brächte, auf jeden Fall weiter dort leben. Es war offensichtlich, dass sie alles Menschenmögliche dafür tat.

Bereits bei ihrem ersten Aufeinandertreffen war Craig zu dem Schluss gelangt, dass Kate eine starke Frau war, doch jetzt wurde ihm klar, dass sie mehr als stark war. Sie war eine Überlebenskünstlerin, eine Persönlichkeit, die zwar hin und wieder mutlos wurde, aber trotzdem immer weiterkämpfte, bis wirklich alle Möglichkeiten ausgeschöpft waren. „Sie sind wirklich erstaunlich“, sagte er deshalb jetzt zu ihr.

Sie bekam große Augen, und eine ganz feine Röte überzog ihre Wangen, doch sie wiegelte sein Kompliment ab. „Ich glaube, stur trifft es eher“, widersprach sie.

„Ich bleibe bei erstaunlich“, sagte er darauf hin. „Aber eine Frage habe ich dazu: Wann schlafen Sie eigentlich?“

Die Röte in ihrem Gesicht nahm zu, und sie entgegnete: „Qualität ist da wichtiger als Quantität, und außerdem schlafe ich besser, wenn ich weiß, dass ich solvent bin.“

„Was ist solvent, Mama?“, fragte Maddie, und Kate schaute ihre Tochter daraufhin ganz überrascht an, so als hätte sie völlig vergessen, dass ihr Gespräch mit Craig vor Zeugen stattfand.

Er hatte ebenfalls die Anwesenheit der Kinder völlig vergessen, weil er sich so auf diese außergewöhnliche Frau konzentriert hatte, die ihm gegenüberstand.

„Das bedeutet für jeden etwas anderes, mein Schatz. Für mich bedeutet es glücklich.“

„Ich glaube, dann bin ich auch solvent“, verkündete Maddie daraufhin.

Craig lächelte Kate an.

Sie erwiderte sein Lächeln und sagte: „Dann werde ich mal Ihre Mäntel holen.“ Als sie mit den Jacken zurückkam, half sie Vicki beim Anziehen, während Craig in seine Lederjacke schlüpfte. Dann öffnete Kate die Tür und trat einen Schritt zurück, eine Hand immer noch an der Türklinke, die andere auf Maddies Schulter. „Es sieht schon wieder nach Regen aus“, sagte sie. „Fahren Sie vorsichtig.“

Geh doch endlich. Sag einfach Gute Nacht und geh! Diese eindringliche Aufforderung hatte Craig im Kopf, und ihm war im Grunde klar, dass er darauf hören sollte, aber Kate sah so wundervoll aus. Das goldene Licht der Lampe, die im Windfang stand, fiel auf ihre Wangen, sodass ihre Haut in einem warmen Ton strahlte, und auch ihr Haar sah wie vergoldet aus. Und wie sollte er die unausgesprochene Einladung ihrer smaragdgrünen Augen ignorieren, der sie sich wahrscheinlich selbst gar nicht bewusst war?

Am Ende konnte er es nicht, und deshalb beugte er sich vor und berührte mit seinen Lippen nur ganz sacht ihre Wange, verharrte dort kurz und sagte dann: „Gute Nacht, Kate.“ Als sie darauf nicht reagierte, nahm er Vikki bei der Hand und ging mit dem kleinen Mädchen zum Auto, selbst noch völlig verdattert über das, was er da gerade getan hatte.

Für einen Außenstehenden mochte der Kuss unschuldig und unverbindlich ausgesehen haben – wie ein flüchtiger Kuss zwischen guten Bekannten –, aber Craig spürte, dass er für sie beide ein Auftakt war.

Ein Auftakt, etwas Neues zu wagen.

Kate war erschrocken über seine Berührung – zu erschrocken, um überhaupt reagieren zu können, und deshalb würde er wohl bis zu ihrer nächsten Begegnung warten müssen, um zu erfahren, wie sie dazu stand.

Was seine eigene Reaktion anging – die war alles andere als locker und ungezwungen, denn diese einfache Berührung ihrer Wange mit seinen Lippen bewirkte, dass er mehr wollte.

Und er hatte keine Ahnung, wie er damit umgehen sollte.

Als Maddie schon lange im Bett war und auch Kate selbst längst hätte schlafen sollen, lag sie immer noch hellwach da, starrte an die Zimmerdecke und dachte daran, wie Craigs Lippen ihre Wange berührt hatten.

Sie drückte ihre Finger auf die Stelle und atmete ganz langsam tief ein, doch diese Entspannungstechnik konnte gegen ihre innere Unruhe nichts ausrichten. Also schob sie ihre Bettdecke zurück, stand auf, griff nach ihrem Morgenmantel und tapste durch den Flur ins Wohnzimmer. Nachdem sie dort eine kleine Lampe eingeschaltet hatte, setzte sie sich aufs Sofa, zog die Beine an und betrachtete Macs Bild, nahm seine Schönheit tief in sich auf.

Wie gewöhnlich, wenn sie das Bild anschaute, war sie auch jetzt wieder so dankbar für diese einfühlsame Landschaftsdarstellung, denn sie spiegelte die Seele eines Mannes wider, der das Leben liebte, eines Mannes, der Schönheit entdecken konnte, wo man sie eigentlich nicht erwartete, und dessen meisterhaftes Talent dafür sorgte, dass auch andere die Welt so sehen konnten. Er war ein Mann gewesen, der jede sich bietende Gelegenheit genutzt hatte, sich zu freuen, der an die unendliche Fähigkeit des Herzens geglaubt hatte, zu lieben.

Gerade er würde verstehen, dass nichts von dem, was sie gemeinsam gehabt hatten, in irgendeiner Form abgewertet werden konnte. Der Mann, der ihr Herz gewonnen hatte und ihr Sonnenschein gewesen war, der ihre Tage hell gemacht hatte durch Schönheit und Anmut und Freundlichkeit, der ihr beigebracht hatte, dass man sich ganz auf das Leben einlassen muss – dieser Mann würde verstehen, dass der Teil, den sie ihm von sich geschenkt hatte, für immer seiner war und auch seiner bleiben würde. Er hätte gewollt, dass sie weiterlebte und auch wieder liebte, wenn sie die Chance bekäme.

Das war ihr jetzt ganz klar.

Aber diese Angst – die Angst zu lieben und wieder zu verlieren –, die blieb. Craig wirkte zwar gesund und dynamisch, aber auch Mac hatte eine unglaubliche Vitalität ausgestrahlt. Es gab eben keine Garantien im Leben, egal wie alt man war, das hatte Kate am eigenen Leib erfahren. Sie wusste nicht, ob sie es aushalten konnte, mit dieser ständigen Sorge zu leben.

Während sie so dasaß und nicht wusste, was sie tun sollte, schlug die Uhr auf dem Kaminsims zur vollen Stunde. Zwölf gleichmäßige Schläge tönten durch den stillen Raum, diesen Raum, in dem ein Tag endete wie der andere.

Allein.

Und einsam.

Aber vielleicht gab Gott ihr ja die Chance, daran etwas zu ändern, wenn sie den Mut fände, wieder offen zu werden für die Liebe und Craig in seinem Interesse an ihr, das er an diesem Abend ja eindeutig gezeigt hatte, zu ermutigen.

Kates Instinkt riet ihr, sich selbst zu schützen, aber ihr Herz brauchte Liebe, so wie die Pflanzen in ihrem Garten den erfrischenden Regen brauchten, den das aufziehende Unwetter bringen würde.

Es war ein Dilemma, aus dem sie keinen Ausweg erkennen konnte.

Erschöpft stand sie auf und warf noch einen letzten Blick auf das Bild, bevor sie ins Bett ging und dann noch eine Bitte gen Himmel schickte.

Herr, bitte leite du mich, damit ich deinen Willen für mich erkennen kann. Bitte hilf mir, dass ich mich nicht von Angst zurückhalten lasse … aber lass auch nicht zu, dass meine eigene Bedürftigkeit und Einsamkeit mein Urteilsvermögen trüben. Und gib mir den Mut, die Angst zu überwinden und die Zukunft zu ergreifen, die du mir zugedacht hast – wie auch immer sie aussehen mag.

Kapitel 11

Craig leerte das Kleingeld aus seinen Taschen, legte die Münzen auf die Kommode und musste dabei ein Gähnen unterdrücken. Ein hektischer, angespannter Tag auf der Station der Küstenwache lag hinter ihm, an dessen Ende er müde und ziemlich nervös gewesen war. Und auch danach zu Hause war es ziemlich anstrengend gewesen. Erst hatte Vicki nicht richtig essen wollen und nur auf ihrem Teller herumgestochert, dann hatte sie nicht baden wollen und schließlich hatte ihr auch keine der Geschichten gepasst, die er ihr vorm Schlafengehen vorlesen wollte.

Dass sie keinen Mittagschlaf gehalten hatte, war wahrscheinlich auch nicht gerade förderlich für die allgemeine Stimmung, nahm er an. Edith hatte ihm beim Abholen berichtet, dass Maddie einen Asthmaanfall gehabt habe und dadurch der Tagesablauf etwas durcheinandergeraten sei. Es könne sein, dass Vicki wegen des Vorfalls beunruhigt sei, hatte sie gemeint. Er hatte daraufhin den ganzen Abend versucht, Vicki zum Reden zu bringen, aber immer, wenn er davon angefangen hatte, war sie verschlossen gewesen wie eine Auster.

Als er jetzt das Foto von seiner Kommode nahm und mit dem Finger über den glatten Holzrahmen strich, verspürte er wieder diesen vertrauten Stich in seinem Herzen, als Erinnerungen an glücklichere Zeiten hochkamen. Er hatte dieses Familienfoto schon immer geliebt. Es war ein Schnappschuss im Postkartenformat, der ein paar Jahre vor dem tragischen Unfall auf einem Wochenendausflug in dem Volcanoes Nationalpark auf der größten der hawaiianischen Inseln entstanden war. Der spektakuläre schwarze Lavafelsen war der perfekte Bildhintergrund für ihre lachenden Gesichter gewesen, besonders auch wegen des starken Kontrastes zu Aarons hellbraunem Haar und Nicoles langer, blonder, welliger Mähne auf dem dunklen Hintergrund.

Als Craig merkte, wie ihm plötzlich die Tränen kamen, war er überrascht. Es war lange her, dass die Ereignisse, die seine Welt in den Grundfesten erschüttert hatten, seine Gefühle dermaßen aus der Bahn geworfen hatten, und dieser unerwartete Kontrollverlust brachte ihn aus der Fassung.

Reiß dich zusammen, ermahnte er sich. ***Das ist Vergangenheit. Du musst …***

„Papa?" Er zuckte zusammen, als Vicki ihn leise ansprach, und drehte sich zu ihr um. Sie stand zwei Meter von ihm entfernt, hielt einen leeren Plastikbecher in der einen Hand und die zerschlissene Schmusedecke, die hinter ihr auf dem Boden schleifte, in der anderen.

Craig musste schlucken und stellte das Foto wieder auf die Kommode zurück. „Brauchst du noch etwas zu trinken?", fragte er.

Sie nickte.

„Kommt sofort", sagte er und nahm ihr den Becher ab.

Sie kam nicht in die Küche hinterher, und als er wieder zurückging in dem Glauben, dass sie schon wieder in ihrem Bett läge, blieb er abrupt stehen, denn sie befand sich immer noch in seinem Zimmer. Den Rücken zur Tür gewandt, schaute sie gedankenverloren das Foto auf der Kommode an. „Hier ist dein Wasser, Vicki. Du kannst es ja in deinem Zimmer trinken."

Ohne sich zu ihm umzudrehen, fragte sie: „Und wo bin ich?"

Die Frage klang so traurig und verloren, dass ihm ganz anders wurde. Er stellte den Becher mit Wasser auf die Truhe an der Tür und trat neben sie. „Als das Bild aufgenommen wurde, warst du noch gar nicht auf der Welt, mein Schatz."

Eine Weile schwiegen sie beide, bis Vicki fragte: „Ist das da meine Mama?"

„Ja, das ist deine Mama und auch die Mama von deinem Bruder Aaron."

Sie blickte zu ihm auf und fragte weiter: „Warum wirst du denn traurig, wenn du das Bild anschaust?"

Anscheinend hatte sie schon länger dagestanden und ihn beobachtet, als er gedacht hatte. „Weil ich sie so vermisse", antwortete Craig.

„Würdest du mich denn auch vermissen, wenn ich weg wäre?"

Ihr wehmütiger Tonfall bewirkte, dass ihm wieder die Tränen kamen. „Ja, natürlich würde ich dich vermissen."

Wieder schaute sie das Foto an. „Aber du hast ja gar kein Bild von mir, damit du dich erinnern kannst. Wie willst du das denn machen?"

Dafür, dass sie noch so klein war, wusste sie auf jeden Fall schon gut, wie sie ihm das Herz aus dem Leib reißen konnte. „Da hast du recht. Ich brauche unbedingt noch ein paar weitere Bilder. Weißt du was? Morgen in der Mittagspause kaufe ich einen Fotoapparat, und dann mache ich ein paar Bilder von uns beiden. Wie findest du das?"

Noch einmal betrachtete sie das Foto auf der Kommode und stellte dann, statt seine Frage zu beantworten, selbst noch eine: „Findest du, dass meine Mama hübsch ist?"

Als Craig sich jetzt neben seiner Tochter hinkniete, versuchte er, die Tränen zurückzuhalten, was allerdings ein aussichtsloser Kampf war, und sagte: „Sie war wunderschön, mein Schatz. Genauso wie du. Dein Haar hat genau die gleiche Farbe wie ihres. Es erinnert mich an deine Mama."

Sie sah ihn dabei die ganze Zeit unentwegt mit diesem ernsten Blick an, bei dem er sich immer fragte, was wohl in ihrem Kopf vorging, und wappnete sich für weitere Fragen. Doch zu seiner Verwunderung schob sie sich an ihm vorbei und ging zur Tür. „Kann ich jetzt mein Wasser haben?"

„Ja, sicher", antwortete er, stand auf und nahm den Becher von der Truhe. Als er ihn ihr gab, trank sie einen großen Schluck, gab ihm den Becher dann wieder zurück und ging ohne ein weiteres Wort zurück in ihr Zimmer.

Er ging hinterher, weil er irgendwie das Gefühl hatte, etwas Wichtiges nicht mitbekommen zu haben, auch wenn er weder eine Ahnung hatte, was das gewesen sein könnte, noch, wie er herausbekommen konnte, was es war.

„Und – soll ich dir vielleicht jetzt eine Geschichte vorlesen?", fragte er sie und zupfte noch die Bettdecke zurecht, nachdem sie ins Bett gestiegen war. Auf diese Weise wollte er herauszögern, das Zimmer gleich zu verlassen, denn obwohl es schon so spät war, hatte er das Gefühl, noch bleiben zu müssen.

„Nein", antwortete sie nur kurz angebunden, zog sich die Bettdecke bis unters Kinn und machte die Augen zu.

Er war also entlassen.

Ebenso verblüfft wie ratlos ging Craig in sein eigenes Zimmer zurück, wo er eine ganze Weile mit den Händen in den Hosentaschen am Fenster stand. Bei Sonnenuntergang hatten sich unheilvolle schwarze Wolkenberge langsam aufgetürmt, und Mond und Sterne waren inzwischen dahinter verschwunden. Es sah nach Regen aus, und eine durchdringende Kälte lag über der ganzen Insel.

Das unbeständige Wetter passte zu seiner Stimmung – auch wenn er gar nicht so recht wusste, woran das lag. Vicki schien sich beruhigt zu haben. Es hatte jedenfalls keine Tränen oder Wutanfälle mehr gegeben.

Trotzdem wurde er das Gefühl nicht los, soeben einen großen Fehler gemacht zu haben.

Drei Tage waren seit ihrem Spaghettiessen mit den Mädchen vergangen, und Kate versuchte immer noch, den Ausdruck in Craigs Blick und diesen Kuss auf die Wange zum Abschied zu deuten.

Doch noch schwieriger fand sie es, mit ihrer eigenen Reaktion darauf zurechtzukommen, und beschloss deshalb, in der nächsten Zeit einen großen Bogen um den attraktiven Leutnant zu machen, bis sie mit ihren eigenen Gefühlen umgehen konnte. Das würde heute allerdings wahrscheinlich schwierig werden, denn sie war in der Schule wieder einmal durch eine endlose Konferenz aufgehalten worden. Als sie jetzt in die Lighthouse Lane bog, stand Craigs Wagen zwar noch nicht vor Ediths Haus, aber er konnte jeden Moment eintreffen. Sie musste Maddie also möglichst schnell abholen und sich ebenso schnell bei Edith verabschieden. Deshalb ging sie vom Auto nicht erst zu sich nach Hause, sondern direkt zu Ediths Hintertür.

Doch bereits im Garten wurde sie von Chester aufgehalten. „Hallo Kate. Hast du vielleicht kurz Zeit, mir mal zu helfen?"

Kate warf einen sehnsüchtigen Blick auf die Hintertür, ging aber trotzdem zu Chester hinüber, der letzte Feinarbeiten an dem Ferienhäuschen erledigte. „Was gibt's denn, Chester?"

„Könntest du vielleicht den Türklopfer kurz festhalten, damit ich ihn anschrauben kann? Es geht ganz schnell. Edith hat heute zu viel mit den Kindern zu tun gehabt und konnte mir deshalb nicht helfen."

„Klar, das mache ich."

Aus einer Minute wurden dann fünf, und Kate wurde mit jedem Moment kribbeliger. Als Chester schließlich einen Schritt zurücktrat, sein Werk begutachtete und es für gut befand, rannte sie zur Hintertür. „Ich muss mich beeilen, Chester", erklärte sie. „Sieht gut aus."

„Danke für deine Hilfe." Er nahm ihr Kompliment mit einem Winken an und machte sich dann wieder an seine Arbeit.

Edith war schon an der Tür, bevor Kate geklopft hatte, und begrüßte sie grinsend mit den Worten: „Wie ich sehe, hat Chester dich schon angestellt."

„Er brauchte noch zwei zusätzliche Hände." Sie gab sich Mühe, nicht allzu gehetzt zu wirken. „Entschuldige bitte meine Verspätung."

„Ach, das macht doch nichts." Die Nachbarin legte den Kopf etwas schräg und fragte: „Bist du in Eile?"

„Ja. Ich habe noch viel zu tun heute Abend, Edith. Ist Maddie bereit?"

„Die Mädchen sind völlig in ein Puzzle vertieft, und ich wollte sie nicht stören, bevor du da bist. Komm doch herein. Ich hole Maddies Jacke."

Kate folgte Edith in die Küche. Im angrenzenden Wintergarten knieten Vicki und Maddie auf ihren Stühlen, die Ellenbogen auf die Glasplatte des schmiedeeisernen Tisches gestützt, und setzten übergroße Puzzleteile zu einem Bild zusammen.

„So, Maddie", sagte Edith, als sie mit der Jacke wieder in die Küche kam. „Deine Mama ist jetzt da."

Das kleine Mädchen schmollte und sagte mit einem flehenden Unterton: „Aber wir sind beinah fertig."

„Ihr könnt doch morgen weitermachen, mein Schatz", schlug Kate vor. „Mama hat heute Abend noch viel zu tun."

Mit einem abgrundtiefen Seufzer machte Maddie einen richtigen Akt daraus, von ihrem Stuhl herunterzusteigen, und ging dann mit schweren, schlurfenden Schritten Richtung Küche. Kate kam es so vor, als bewege sich Maddie in Zeitlupe, aber sie zügelte ihre Ungeduld und versuchte, möglichst gelassen zu wirken.

Doch Ediths entging absolut nichts. „Du wirkst so nervös, Kate. Ist alles in Ordnung?“

„Ja, alles bestens. Komm, Maddie, wir müssen jetzt wirklich los.“

Genau in dem Moment, als Maddie bei ihr angekommen war, klingelte es an der Haustür.

„Das muss Craig sein“, sagte Edith strahlend. „Ich bin sofort wieder da.“

Und noch bevor Kate reagieren konnte, ging Edith schon zur Haustür.

Kate zog Maddie hastig die Jacke an, nahm sie bei der Hand und wollte gerade zur Hintertür gehen, als Maddie sie zurückzog und sagte: „Warte, Mama. Wollen wir Mr Cole nicht Guten Tag sagen?“

„Heute nicht, Maddie“, antwortete Kate. „Ich habe es wirklich eilig.“

Sie zog Maddie ein bisschen am Arm, damit sie mitkam, als plötzlich ein kurzer Aufschrei aus dem Wintergarten zu hören war, gefolgt von lautem Gepolter. Kate ließ auf der Stelle Maddies Hand los, sauste in den Wintergarten und fand Vicki weinend auf dem Boden neben dem umgekippten Stuhl vor.

Kate kniete sich hin, strich Vicki das Haar aus dem Gesicht und vergewisserte sich, ob etwas passiert war. Dann fragte sie: „Wie ist das denn passiert, meine Kleine?“

„Ich bin umgekippt, als ich runter wollte.“

„Tut dir etwas weh?“

Vicki schüttelte den Kopf. „Nein, aber ich habe so einen Sch...Schreck gekriegt.“

Kate half der Kleinen auf, schaute sie sich noch einmal etwas genauer an und sagte: „Da hätte ich auch einen Schreck gekriegt. Es ist aber nichts passiert.“

„Was ist denn hier los?“

In ihrer Sorge um das kleine Mädchen hatte Kate gar nicht bemerkt, dass Craig den Wintergarten betreten hatte. Als er jetzt neben ihr in die Hocke ging, roch sie den dezent maskulinen Duft seines Aftershaves. Sie schaute in seine blauen Augen, die nur ein paar Zentimeter von ihren entfernt waren und wie ein unwiderstehlicher Sog wirkten, sodass ihr ganz schwindelig wurde.

„Der Stuhl ist umgekippt, aber es ist nichts passiert. Es geht ihr gut“, erklärte sie. Die Worte kamen etwas atemlos heraus, und sie hoffte, dass er es nicht bemerkte.

Er hielt den Blickkontakt mit ihr einen Moment länger als nötig, und in den blauen Augen wurde aus einem kleinen Funken eine winzige Flamme entfacht. Er hatte es also doch bemerkt. „Danke, dass Sie ihr geholfen haben.“

„Ach, das ist doch selbstverständlich“, sagte sie in munterem Tonfall, stand wieder auf und trat ein paar Schritte zurück, weil sie unbedingt etwas Abstand zwischen sich und ihn bringen wollte. Sie war richtig erleichtert, dass er noch einen Moment länger bei Vicki blieb.

„Ist wirklich alles in Ordnung, mein Schatz?“, fragte er seine Tochter und strich der Kleinen eine Haarsträhne hinters Ohr.

Sie schniefte noch einmal kurz und nickte dann.

„Wir machen das Puzzle morgen fertig, ja, Vicki?“ Maddie kam etwas näher und tätschelte ihrer Freundin beruhigend die Schulter.

„Ja, gut."

„So, das ist jetzt aber auch genug Aufregung für einen Tag", sagte Edith und gab Craig Vickis Jacke.

Maddie schaute zu, wie er seiner Tochter beim Anziehen half, und fragte ihn dann: „Gibst du Mama wieder ein Küsschen zum Abschied?"

Kate wäre am liebsten im Boden versunken, und die Röte, die Craig ins Gesicht schoss, war der Beweis, dass es ihm ebenso peinlich war. Zu Edith schaute sie lieber gar nicht erst hin.

Ohne aufzublicken, konzentrierte sich Craig ganz und gar darauf, Vicki die Jacke zuzuknöpfen. „Das war nur ein Dankeschön für das leckere Essen gestern", antwortete er. „Was war denn für dich das Schönste an dem Essen, Vicki?"

„Der Schokoladenkuchen."

Als Craig seine Tochter fertig angezogen hatte, stand er auf. „Für mich auch. Mrs Shaw ist auch eine gute Bäkkerin, und ich wette, ihr habt heute ebenfalls schon was Leckeres bekommen, oder?"

„Haben wir. Haferflockenkekse."

„Wir haben sogar beim Backen geholfen", fügte Maddie hinzu.

Das war ja noch mal gut gegangen, dachte Kate und bewunderte Craigs Fähigkeit, die Mädchen abzulenken.

„Bis morgen dann, Edith", sagte Craig und nahm Vicki bei der Hand. Als er Kate ansah, merkte sie, wie sie noch einmal rot wurde. „Machen Sie's gut, Kate. Tschüss Maddie."

„Tschüss Mr Cole.“

Während Edith Craig und Vicki zur Tür brachte, musterte Maddie Kate und fragte dann: „Warum ist dein Gesicht denn so rot, Mama?“

Es bestand wirklich kein Zweifel, schloss Kate, dass den MacDonald-Frauen das Diplomatie- und Taktgen fehlte. „Mir ist richtig warm geworden, weil ich die ganze Zeit im Mantel hier drinnen stehe. So, aber jetzt müssen wir wirklich los.“

Doch ihre Hoffnung, schon zur Hintertür hinaus zu sein, bevor Edith zurück war, erfüllte sich nicht, denn in diesem Moment kam Edith schon wieder in die Küche gehastet. Sie musste Craig und Vicki also ohne weitere Verzögerungen aus dem Haus komplimentiert haben. „Er hat dir also einen Kuss gegeben?“

Ach, warum musste sie nur rothaarig sein, klagte Kate innerlich, als sie erneut tief errötete. „Es war nur ein Küsschen auf die Wange.“

„Ja, klar.“

„Edith“, sagte Kate und versuchte, dabei so streng wie möglich zu klingen. „Komm bloß nicht auf dumme Gedanken.“

Aber Edith bedachte sie nur mit einem höchst befriedigten Grinsen. „Es sieht ja ganz so aus, als ob ich nicht die Einzige mit dummen Gedanken bin.“

Kate schüttelte darüber nur den Kopf, ging zur Tür und sagte: „Du bist wirklich hoffnungslos.“

„Nein“, widersprach Edith, die ihr hinterherkam. „Hoffnungs*voll*.“

„Ich geb‘s auf.“

„Gut. Denn wenn du mich fragst, dann ist der Mann einer zum Festhalten.“

„Ich bin dann mal weg“, sagte Kate daraufhin nur noch, nahm ihre Tochter bei der Hand und ging mit ihr zur Hintertür hinaus.

„Mama“, sagte Maddie und zog Kate an der Hand, während sie über den Rasen zu der Pforte zwischen den beiden Gärten gingen, „was ist denn einer zum Festhalten?“

„Damit meint man, dass man jemanden immer gern bei sich haben möchte.“ Und als sie die Pforte aufzog und ihre Tochter hindurchschob, musste Kate zugeben, dass Craig Cole dieser Definition wirklich absolut entsprach.

„Entschuldigung, dass ich störe, Leutnant, aber hier ist ein Anruf für Sie, den Sie vielleicht lieber persönlich entgegennehmen sollten.“

Craig blickte von dem Infomaterial auf, das er gerade durchschaute, um sich auf die Aufgabe vorzubereiten, die er beim Museumsverein für Lebensrettung und Schiffsbergung von Nantucket von seiner Vorgängerin übernommen hatte. „Wer ist es denn?“, fragte er seinen Unteroffizier.

„Es ist Katherine MacDonald, und sie sagt, es sei dringend.“

Das musste es wirklich sein, wenn sie ihn nach dem peinlichen Intermezzo gestern bei Edith heute anrief, dachte Craig. Wegen des kurzen Blickes, den er ihr noch zugeworfen hatte, als er und Vicki gegangen waren, war er sich ziemlich sicher, dass sie sich wünschte, sie würden sich vor Beginn des nächsten Jahrtausends nicht wieder über den Weg laufen. „Okay. Stellen Sie sie durch."

Beim Hinausgehen grinste Barlow seinen Chef noch einmal vielsagend an, aber das ignorierte Craig, denn er hatte jetzt wirklich wichtigere Dinge im Kopf, als sich über die leichte Unverschämtheit aufzuregen, die sein Mitarbeiter wieder einmal an den Tag legte.

Zum Beispiel eine attraktive Charterbootkapitänin mit strahlend grünen Augen und leuchtend rotem Haar.

Als sein Telefon läutete, nahm er den Hörer ab. „Kate? Hier ist Craig."

„Es tut mir leid, dass ich Sie bei der Arbeit störe, Craig", begann sie.

An ihrer Stimme merkte er, dass etwas passiert war, und ihm schoss Adrenalin ins Blut wie zu seinen Zeiten als Rettungsschwimmer, wenn ein gefährlicher Einsatz anstand. „Das macht doch nichts. Was ist denn los?"

„Edith musste weg, weil es im Zusammenhang mit dem Narzissenfest irgendeine Katastrophe gegeben hat, und weil ich heute nicht unterrichten muss, hat sie mich gefragt, ob ich mit Maddie rüberkommen und auf Vicki aufpassen kann, solange sie weg ist. Ich bin jetzt bei ihr, aber gerade ist hier etwas passiert, worum Sie sich vielleicht lieber besser selbst kümmern möchten."

„Ist Vicki etwas passiert? Ist sie verletzt?", fragte er und merkte, wie er den Hörer fester umklammerte.

„Nein, nichts in der Richtung", sagte sie jetzt leiser. „Ich habe an einem Manuskript gearbeitet und war der Meinung, dass die Mädchen im Wintergarten puzzeln, aber als es dort dann nach einer Weile verdächtig still war, bin ich hingegangen, um nachzuschauen. Da hatte Maddie Vicki gerade mit einer Schere die Haare abgeschnitten, und das, was noch übrig war, haben die beiden dann mit schwarzem Filzstift gefärbt. Ich habe versucht herauszubekommen, warum sie das gemacht haben, aber sie wollen nichts sagen. Es ist jedenfalls ein ziemliches … Chaos."

„Ich bin gleich da", sagte Craig, stopfte das Infomaterial, mit dem er sich beschäftigt hatte, in seinen Aktenkoffer, sagte Barlow, er mache für heute Feierabend, und fuhr dann, so schnell es die Kopfsteinpflasterstraßen zuließen, zu Ediths Haus.

Es war, wie Kate gesagt hatte. Vicki sah wirklich furchtbar aus und war am Boden zerstört. Als er den Wintergarten betrat, saßen die beiden kleinen Mädchen dort eng aneinander gedrängt mit hängenden Köpfen auf einem Sessel, die Hände mit schwarzem Filzstift beschmiert. Er konnte auf den ersten Blick den „Haarschnitt" erkennen, den Maddie Vicki verpasst hatte. Büschel in unterschiedlicher Länge standen ihr in alle Richtungen vom Kopf ab und waren zum Teil mit Filzstift geschwärzt worden.

Craig hatte keine Ahnung, was das sollte, und Kate in Anbetracht ihres hilflosen Schulterzuckens wohl auch nicht.

Doch eines wusste er – so etwas sah keinem der beiden Mädchen ähnlich. Sie machten normalerweise beide selten Unfug. Was sie da angestellt hatten, musste also einen Grund haben … und den galt es herauszufinden. Wenn ihm das gelänge, so sagte ihm sein Bauchgefühl, würde für die Beziehung zu seiner Tochter viel davon abhängen, wie er mit der Situation umging.

Als er jetzt zu den Mädchen hinging und sich vor sie hockte, betete er darum, die richtigen Worte zu finden und das Richtige zu tun. Er spürte, dass Kate irgendwo im Hintergrund war, und das beruhigte ihn. Wenn er jetzt gleich Probleme bekäme, dann war es gut zu wissen, dass erfahrene Verstärkung in der Nähe war. „Hey", sagte er freundlich, als er nach den kleinen Händen griff. „Das kriegen wir schon wieder hin."

Maddie traute sich als Erste, ein wenig aufzublicken und ihn anzuschauen. „Bist du jetzt böse?"

„Was habt ihr denn da nur gemacht?", fragte er.

„Wir wollten nur alles besser machen", antwortete Maddie.

Mit dieser Erklärung konnte er absolut nichts anfangen, aber für die beiden Mädchen schien sie vollkommen einleuchtend.

„Es ist nicht Maddies Schuld", sagte Vicki, und als sie aufblickte, sah er, wie ihr Kinn bebte. „Sie hat es nur hinten abgeschnitten. Ich hab ihr gesagt, dass sie es machen soll, weil ich da nicht hinkommen konnte."

„War das deine Idee, Vicki?", fragte er.

Das kleine Mädchen nickte.

In diesem Moment kam Kate in den Wintergarten und sagte: „Komm, Maddie, wir gehen erst mal Hände waschen." Dann wartete sie, bis Maddie vom Sessel gerutscht war, und sagte zu Craig: „Wir sind dann im Bad und bleiben in der Nähe, nur für den Fall, dass Sie uns brauchen."

Mit den Augen signalisierte er ein stummes Danke.

Nachdem Kate und Maddie weg waren, kämpfte Vicki mit den Tränen und sah ihren Vater mit bebendem Kinn an. Craig folgte seiner Intuition, als er Vicki aus dem Sessel hob und sie auf den Arm nahm, sodass sie ihren Kopf an seine Schulter legen konnte. Er versuchte vergeblich, sich daran zu erinnern, wann er sie zum letzten Mal so gehalten hatte – dabei fühlte es sich so gut an und so richtig.

„Hey", sagte er und streichelte ihr über das bisschen Haar, das noch übrig war, „es ist alles in Ordnung, Vicki. Ich weiß, dass es einen Grund gibt, weshalb du das gemacht hast. Wenn wir uns zusammen auf den Sessel in Mrs Shaws Wohnzimmer setzen, erzählst du es mir dann?"

Die einzige Reaktion auf seine Frage war ein leises Schniefen.

Craig beschloss, das als ein Ja zu deuten, ging mit ihr ins angrenzende Zimmer, setzte sich in den Ohrensessel und nahm sie dann so auf den Schoß, dass sie in seiner Armbeuge ruhte. So blieben sie eine ganze Weile sitzen, und als Vicki nichts sagte, ergriff Craig die Initiative. „Mochtest du dein langes Haar nicht mehr, mein Schatz?"

Sie schüttelte den Kopf, ließ ihn aber an seiner Brust vergraben.

Er strich ihr über die kurzen Stoppeln und sagte: „Du hattest so schönes Haar, Vicki, genau wie deine Mama."

„Ich will aber nicht wie Mama sein", sagte sie so laut und heftig, dass er richtig erschrak.

„Aber warum denn nicht?", erkundigte er sich.

„Weil du immer traurig wirst, wenn du das Bild von ihr anguckst. Ich will nicht, dass du traurig bist, wenn du mich anguckst. Ich hab gedacht, dass du wieder fröhlich wirst, wenn ich anders aussehe."

Die geschluchzte Antwort ging ihm durch Mark und Bein, und er fühlte sich unendlich hilflos und unfähig.

Aber er würde nicht aufgeben.

Er schluckte, weil er einen dicken Kloß im Hals hatte, und strich seiner Tochter das Haar aus der Stirn. „Ich bin nicht traurig, wenn ich dich ansehe, Vicki, denn das, was ich an dir am allermeisten lieb habe, das ist hier drinnen." Dabei berührte er ihre Brust an der Stelle, wo ihr Herz war. „Und nicht das, was hier drauf ist." Er strich ihr noch einmal übers Haar. „Ich hab dich lieb, weil du so bist, wie du bist, Vicki. Manchmal sehen sich Menschen ähnlich, so wie du und deine Mama, aber jeden Menschen gibt es nur ein einziges Mal auf der Welt, und alle Menschen sind unterschiedlich. Es gibt niemanden sonst, der so ist wie du. Du bist einzigartig, etwas ganz Besonderes, und deshalb habe ich dich lieb, weil du mein ganz besonderes Mädchen, meine ganz besondere kleine Tochter bist, egal, welche Farbe dein Haar hat." Er verlagerte sie so auf seinem Arm, dass sie ihm besser in die Augen sehen konnte, und fuhr fort: „Als deine Mama und dein Bruder in den Himmel gegangen sind, da war ich sehr, sehr traurig, und eine ganze Weile habe ich an nichts anderes gedacht als daran, wie traurig ich war. Das tut mir jetzt sehr leid. Ich wünschte, wir beide könnten noch mal ganz von vorne anfangen. Und eines verspreche ich dir: Ich will von jetzt an nicht mehr an gestern denken, sondern an das, was noch kommt und daran, wie viel Spaß wir noch zusammen haben werden."

Sie musterte ihn mit einem Blick, den er von jetzt an nie mehr als Nicoles Blick bezeichnen würde, sondern nur noch als Vickis ganz eigenen. Er hielt es aus, sich so von ihr mustern zu lassen, und betete, dass seine Worte ihr Herz erreicht hatten.

Und da streckte sie ihre Hand aus, legte sie ihm an die eine Wange und fragte: „Versprochen?"

„Versprochen", antwortete er mir gepresster Stimme, sodass er sich räuspern musste, bevor er weitersprechen konnte. „Also eigentlich könnten wir doch gleich heute Abend mit dem Spaßhaben anfangen, oder? Wie wäre es mit Schokoladenwaffeln zum Abendessen?"

Sie strahlte. „Die habe ich noch nie gegessen."

„Ich auch nicht. Aber zusammen finden wir bestimmt heraus, wie man die macht." Er hielt Vicki immer noch fest an sich gedrückt, als er sich erhob und umdrehte – und stand in dem Moment Kate gegenüber, die ihn völlig verblüfft anschaute. „Kate?"

Sie blinzelte eine Träne weg und sagte: „Maddie und ich gehen jetzt nach Hause."

„Wir auch." Mit einer Geste in Richtung von Vickis Frisur fragte er: „Haben Sie vielleicht eine Idee, was man da machen kann?"

Sie blinzelte noch einmal, sah ihn etwas abwesend an und antwortete dann: „Ich habe eine sehr gute Friseurin. Donnerstags arbeitet sie immer lange. Ich könnte sie anrufen und fragen, ob sie vielleicht einen Notfall dazwischenschieben kann."

„Dafür wäre ich Ihnen wirklich dankbar.“

„Warten Sie kurz.“

Als Kate in die Küche gegangen war, um zu telefonieren, kam Maddie langsam näher. „Mama hat gesagt, dass wir morgen Narzissenhüte für das Narzissenfest basteln können, Vicki“, sagte sie.

Vicki schaute vom Arm ihres Vaters aus auf die Freundin hinunter, ohne ihn loszulassen, und das war ihm nur recht. „Okay“, antwortete sie auf Maddies Ankündigung.

„Und was ist ein Narzissenhut?“, erkundigte sich Craig.

„Das ist ein Hut, der mit Narzissen geschmückt ist“, erklärte Maddie ihm. „Für das Fest am Sonntag. Du kommst doch auch, oder?“

Vicki rückte ein Stück von ihm ab, damit sie ihn ansehen konnte, und fragte: „Wir gehen auch hin, Papa, ja?“

Im Grunde war die ganze Stadt auf den Beinen, um das traditionelle Fest vorzubereiten, aber Craig hatte gar nicht mehr daran gedacht. Die Küstenwache hängte zu diesem Anlass immer einen Narzissenkranz an den kleinen Brant-Point-Leuchtturm bei der Station, doch darüber hinaus hatte er keine offiziellen Verpflichtungen bei dem Ereignis. Er hatte einfach zu viel zu tun gehabt, um irgendwelche privaten Pläne für das Fest zu machen. „Doch, wahrscheinlich gehen wir, aber ich muss noch ein bisschen mehr darüber in Erfahrung bringen.“

„Das macht ganz viel Spaß“, sagte Maddie. „Stimmt doch, Mama, oder?“

Kate war wieder in der Tür aufgetaucht und hielt einen Zettel in der Hand. „Was hast du gesagt, mein Schatz?"

„Das Narzissenfest."

„Ja, das macht immer viel Spaß", bestätigte sie, ging zu Craig und gab ihm den Zettel. „Ich habe die Adresse aufgeschrieben. Fragen Sie einfach nach Chloe, wenn Sie da sind. Sie erwartet Sie schon."

„Können Vicki und Mr Cole nicht mit uns zum Festumzug gehen, Mama? Ich habe ihm gesagt, dass wir morgen Hüte basteln."

Kate drehte sich noch einmal zu Craig um und fragte: „Hatten Sie denn vor hinzugehen?"

„Eigentlich hatte ich noch gar nichts geplant. Was hat es denn mit diesen Hüten auf sich?"

„Ach, viele Leute tragen beim Festumzug Hüte, die mit Narzissen geschmückt sind. Meistens sind es Touristen, aber ich habe gedacht, dass es den Mädchen vielleicht auch Spaß machen würde." Sie strich sich eine verirrte Locke hinters Ohr und fuhr fort: „Wenn das Wetter gut ist, wollen Maddie und ich uns die Oldtimerparade auf der Main Street anschauen. Wenn Sie Lust haben, können Sie gern mitkommen."

Diese Einladung kam sehr überraschend für ihn, denn er war davon ausgegangen, dass sie nach dem spontanen Kuss möglichst wenig mit ihm zu tun haben wollte – und jetzt machte sie stattdessen den Vorschlag, wieder gemeinsam etwas zu unternehmen. Tat sie das nur wegen Vicki oder gab sie ihnen beiden eine Chance? Craig hatte keine Antworten auf diese Fragen. Er wusste nur eines:

Wollte er seinem Schwur treu bleiben, ungebunden zu bleiben, war es keine gute Idee, so viel miteinander zu unternehmen.

Doch als er gerade den Mund aufmachen wollte, um abzusagen, meldete sich Vicki zu Wort. „Können wir, Papa? Bitte. Das wird bestimmt lustig."

Da konnte er unmöglich noch Nein sagen. Das war ihm in dem Moment klar, als er in die hoffnungsvollen blaugrauen Augen seiner Tochter schaute und noch einmal seinen Blick über ihren geschorenen Kopf schweifen ließ. „Doch, ich glaube, das lässt sich wohl einrichten. Wann sollen wir uns denn treffen?"

Kate informierte ihn über die Einzelheiten, und fünf Minuten später waren er und Vicki auf dem Weg zu Chloe.

Als er durch die engen Straßen fuhr, war Craig klar, dass es nicht gerade dazu beitragen würde, die Gefühle zwischen der attraktiven Charterbootkapitänin und ihm herunterzufahren, wenn sie gemeinsam mit ihren Töchtern an einem solchen gesellschaftlichen Ereignis teilnahmen – im Gegenteil.

Doch zum ersten Mal bekam er bei diesem Gedanken keine Panik. Dank vieler Gebete in den vergangenen Wochen war er wieder mit Gott in Verbindung gekommen und konnte immer mehr glauben und für sich annehmen, dass Gott ihm vergeben hatte, was auch immer er zu der Katastrophe beigetragen hatte, durch die er seine Familie verloren hatte. Obwohl er selbst noch nicht so großzügig mit sich war, fand er mehr und mehr die Kraft zum Loslassen und Weitermachen.

Es gab allerdings immer noch einen starken Hinderungsgrund für eine engere Beziehung, und das war Kates Arbeit auf dem Meer – und das damit verbundene Risiko.

Doch falls er wirklich wieder offen werden sollte für die Liebe, dann konnte er sich dafür keine bessere Frau vorstellen als Kate MacDonald.

Kapitel 12

„Da ist er ja, Mama!“, rief eine aufgeregte Maddie. Kate schaute in die Richtung, in die ihre Tochter zeigte, und schon im nächsten Moment hatte sie Craig auf der anderen Straßenseite entdeckt. Er trug eine khakifarbene Hose und ein eng anliegendes Golfshirt, das seinen beeindruckenden Bizeps betonte. Vicki war von den Beinen der Zuschauer verdeckt, die die Main Street säumten, um sich den Umzug anzuschauen, doch ganz kurz war der Blick auf sie frei und Kate sah ihren blonden Schopf aufblitzen. Es war Chloe also offenbar gelungen, zumindest die Filzstiftfarbe zu entfernen.

„Willst du ihm denn gar nicht zuwinken, Mama?“, fragte Maddie und zupfte ihrer Mutter an der Hand.

„Doch, Maddie, aber ich warte ab, bis er in unsere Richtung schaut.“ Das stimmte allerdings nur zum Teil, denn sie wartete auch deshalb ab, weil sich ihr Puls erst noch ein bisschen beruhigen musste, nachdem er sprunghaft in dem Moment gestiegen war, als sie ihn gesehen hatte. Wahrscheinlich würde das noch eine Weile dauern. Sie musste wohl einfach mit seiner starken Wirkung auf sie fertig werden, dachte sie und winkte ihm zu.

Als er sie sah, nutzte er eine etwas größere Lücke in dem Oldtimerkorso, die durch den bockigen Motor eines Autos entstanden war, nahm Vicki rasch auf den Arm, überquerte mit ihr die Kopfsteinpflasterstraße und stand dann neben ihnen auf dem Gehsteig. „Na, das sind ja mal prachtvolle Hüte!"

„Die Narzissen haben wir heute Morgen dran gemacht", berichtete Maddie und berührte den Strohrand ihrer mit Bändern und Blüten geschmückten altmodischen Haube. „Für dich haben wir sogar pinkfarbene Narzissen gefunden, Vicki! Zeig sie ihr doch mal, Mama."

Kate ging vor Vicki in die Knie und war beeindruckt vom Können der Friseurin. Chloe hatte ihre Aufgabe, die Frisur der Kleinen zu retten, wirklich hervorragend gemeistert durch einen Kurzhaarschnitt, der das zarte, herzförmige Gesicht besonders schön unterstrich. „Pinkfarbene Narzissen sind etwas ganz besonders Seltenes, aber wir haben welche für deinen Hut gefunden, weil du ja auch ein ganz besonderes kleines Mädchen bist. Gefällt dir der Hut?"

Strahlend begutachtete Vicki die Kreation aus Stroh und berührte vorsichtig die zarten Blüten. „Ja, er ist so schön. Danke!"

„Gern geschehen. Und jetzt probiere ihn doch mal auf."

Kate half Vicki beim Aufsetzen der Haube, und als sie richtig saß, machte sie mit dem Band unter dem Kinn eine Schleife, damit sie nicht mehr verrutschte. „So, die zwei schönsten Hüte für die beiden hübschesten Mädchen von Nantucket."

Als sie sich wieder aufrichten wollte, spürte Kate eine Hand unter ihrem Ellenbogen und schaute Craig direkt in die Augen. In seinem Blick lag so viel Gefühl, dass es nicht gerade dazu beitrug, ihren rasenden Puls zu verlangsamen.

„Vielen Dank, dass Sie auch einen Hut für Vicki gemacht haben."

„Ach, das ist doch nichts Besonderes."

„Für Vicki schon."

„Kindern kann man ja immer leicht eine Freude machen."

„Aber nur, wenn man weiß, wie."

„Das wissen Sie doch auch."

Ganz kurz blitzte Bedauern in seinem Blick auf, und er sagte kopfschüttelnd: „In Anbetracht der Geschichte vom Donnerstag ja anscheinend nicht."

„Aber das stimmt doch gar nicht", widersprach Kate mit gesenkter Stimme. „Ich habe die Geschichte noch mal von … gehört." Dabei zeigte sie hinunter auf ihre Tochter, die in ein angeregtes Gespräch mit Vicki vertieft war, während der Oldtimerkorso vorbeizog. „Und ich habe den Schluss Ihres Gespräches mit …" – jetzt zeigte sie auf Vicki – „… mitbekommen. Sie haben die Situation wirklich großartig gelöst."

„Es hätte ja gar nicht erst so weit zu kommen brauchen, wenn ich meine Sache von Anfang an besser gemacht hätte", wandte er ein.

„Aber wichtig ist doch, was Sie von jetzt an tun, und soweit ich es erkennen kann, sind Sie doch absolut auf dem richtigen Weg."

Daraufhin lächelte er nur ziemlich angestrengt und sagte: „Das hoffe ich." Dann griff er in seine Hosentasche, holte eine kleine Digitalkamera heraus und fragte:

„Würden Sie vielleicht ein Foto von Vicki und mir machen?“

„Aber gern. Wie funktioniert die Kamera denn?“ Sie griff nach dem Apparat und versuchte, sich nicht davon ablenken zu lassen, dass seine langen, schlanken Finger dabei ein ganz klein wenig ihre Hand berührten.

„Ich glaube, Sie müssen einfach nur auf den Auslöser drücken. Ich hatte noch gar keine Gelegenheit, mir die Bedienungsanleitung anzuschauen. Ich konnte meine alte Kamera nicht wiederfinden und habe deshalb letzte Woche einfach diese gekauft.“

Erst als Kate die beiden aufforderte, „Spaghetti“ zu sagen, wurde ihr bewusst, was Craigs Bemerkung zu bedeuten hatte. Die meisten Menschen haben ja eine Kamera dabei, um schöne Momente mit Freunden und mit der Familie festzuhalten, damit sie sie wieder hervorholen und – ein Leben lang – wieder erleben können, Momente, die das Leben lebenswert machen. Dass er die ganze Zeit gar keine Kamera benutzt hatte, bedeutete ja, dass es für Craig seit dem Tod seiner Frau und seines Sohnes keine solchen Momente mehr gegeben hatte. Er hatte keine glücklichen Momente mehr erlebt, die es wert gewesen wären, festgehalten zu werden – oder sich auch nur daran zu erinnern. Schon allein diese Vorstellung brach ihr das Herz.

Als sie auf den Auslöser drückte, um das Bild von dem lächelnden Mann mit den blauen Augen und dem reizenden kleinen blonden Mädchen für die Nachwelt festzuhalten, da betete sie, dass dieses Bild nur das erste von vielen noch folgenden in diesem neuen Kapitel des Lebens der beiden sein möge.

Und trotz ihrer Angst, die sie davon abhielt, sich auf eine neue Liebe einzulassen, merkte sie, wie sehr sie sich wünschte, dass auf ein paar von diesen Bildern auch Maddie und sie zu sehen sein würden.

Als Kate Craig die Kamera zurückgab und er sie wieder in die Hosentasche steckte, wusste er nicht so recht, wie er ihre wehmütige Miene deuten sollte.

Doch sie gab ihm keine Gelegenheit, sich länger bei dieser Frage aufzuhalten, denn sie lenkte seine Aufmerksamkeit auf die Mädchen. „Ich kann kaum glauben, wie schnell Maddie und Vicki Freundinnen geworden sind“, sagte sie. „Hätten Sie das gedacht?“

„Wenn es zwischen Menschen Klick macht, dauert es ja oft nicht lange“, antwortete er, und als Kate daraufhin errötete, wurde ihm klar, dass sie in seine Bemerkung mehr hineininterpretierte, als er beabsichtigt hatte. Aber eigentlich war das auch ganz gut so, fand er, denn diese Bemerkung galt ja eigentlich für alle Beziehungen – auch für die zwischen ihnen beiden.

Während die Oldtimer weiter auf dem Kopfsteinpflaster vorbeirumpelten, dachte Craig über die Gründe nach, weshalb er nach Nantucket gekommen war – nämlich um wieder mit dem Meer und seiner Tochter in Kontakt zu kommen. Eine neue Liebe hatte er dabei absolut nicht im Sinn gehabt. Doch die Frau neben ihm sorgte dafür, dass er seinen Schwur, den Rest seines Lebens ohne Partnerin zu bleiben, noch einmal überdenken musste.

Als der Festumzug langsam zu Ende ging, schaute Kate in den Himmel, wo sich in der Ferne dunkle Wolken zusammenballten. „Die verheißen nichts Gutes für das anschließende Picknick in Sconset“, sagte sie.

„Hatten Sie denn vor, daran teilzunehmen?“

„Nein. Für heute waren das genug Aktivitäten“, antwortete Kate und nahm ihre Tochter bei der Hand. „Es ist Zeit, nach Hause zu gehen, mein Schatz. Ich glaube, es fängt gleich an zu regnen.“

„Ich würde Sie ja gerne nach Hause bringen“, sagte er entschuldigend, „aber wir haben am Stadion geparkt. Wahrscheinlich sind Sie da zu Fuß schneller.“

„Das glaube ich auch“, bestätigte Kate und trat einen Schritt zurück, weil sich die Menschenmenge um sie herum langsam auflöste. „Dann sehen wir uns ja wahrscheinlich morgen in der Kirche, oder?“

„Ja, wir werden da sein. Danke, dass Sie uns heute eingeladen haben. Ich glaube, den Mädchen hat es richtig gut gefallen. Und mir auch.“

Dann trat er sehr bewusst einen Schritt auf sie zu, legte ihr eine Hand auf die Schulter und hauchte ihr einen Kuss auf die Wange.

Sie bekam ganz große Augen, aber noch bevor sie reagieren konnte, sagte Maddie: „Wieso gibst du Mama denn schon wieder einen Kuss, Mr Cole?“

„Um Danke zu sagen für den schönen Hut, den sie für Vicki gemacht hat, Maddie“, antwortete er, schaute dabei unverwandt in Kates smaragdgrüne Augen und nahm auch nicht seine Hand von ihrer Schulter.

„Sie mag dich auch, oder, Mama?“, sagte Maddie daraufhin. Kate errötete und entzog sich ihm, sodass er seine Hand von ihrer Schulter nehmen musste. „Ich habe

Ihren Pullover reinigen lassen“, wechselte sie das Thema. „Ich bringe ihn morgen mit zur Kirche.“ Und mit diesen Worten nahm sie ihre Tochter bei der Hand und sagte: „Komm, Maddie, wir wollen doch nicht noch nass werden, oder? Tschüss Vicki und Craig.“

Und ohne ihrer Tochter Gelegenheit zu geben, noch mehr Fragen zu stellen, zog sie sie mit sich fort.

„Was willst du denn mit dem Bild, das Mrs MacDonald von uns gemacht hat?“, fragte Vicki ihren Vater, als die beiden weg waren.

Craig riss sich von Kates Anblick los und antwortete: „Das zeig ich dir gleich, wenn wir zu Hause sind.“

Zwanzig Minuten später hatte er das Foto auf seinen Computer überspielt, druckte es aus, schaute es sich noch einmal genau an und war beeindruckt, wie gut Kate fotografieren konnte. Die Gesichter von ihm und Vicki nahmen den größten Teil des Bildes ein, aber im Hintergrund, war auch ein mit Blumen geschmückter Oldtimer zu sehen, sodass der Zusammenhang mit dem Narzissenfest erkennbar war.

„Wie findest du es?“, fragte er Vicki.

Sie schaute es sich lächelnd an und antwortete: „Schön.“

„Und jetzt kommt das Beste“, sagte Craig, stand von dem Schreibtisch in seinem Gästezimmer auf, nahm eine Tüte, die auf dem Aktenschrank lag, und holte daraus einen kleinen Messingrahmen hervor, in den er das Foto steckte. Danach ging er vor ihr her in sein Schlafzimmer und stellte das gerahmte Foto feierlich ganz vorne in die Mitte seiner Kommode. Das andere Familienfoto schob er zur Seite. Das glückliche Gesicht seiner Tochter zeigte ihm, dass er gerade etwas wirklich richtig gemacht hätte.

„Das sieht gut aus da, Papa."

„Finde ich auch. Aber weißt du, was noch besser ist?"

„Was denn?"

„Das hier", und mit diesen Worten nahm er sie hoch, wirbelte sie durch die Luft und nahm sie dann in die Arme, sodass sie vor Vergnügen kicherte und jauchzte.

Nachdem er sie wieder abgesetzt hatte, schlang sie ihre Arme um seinen Hals und sagte die schönsten Worte, die er seit Jahren gehört hatte. „Ich hab dich lieb, Papa."

Als am Sonntagabend ihr Telefon klingelte, legte Kate das Manuskript beiseite, das sie gerade bearbeitete – dankbar für eine kleine Unterbrechung. Sie hatte sowieso nicht viel geschafft, seit sie Maddie ins Bett gebracht hatte, denn sie war so erschöpft, dass die Worte vor ihren Augen verschwammen.

Sie nahm das Telefon vom Küchentisch und musste ein Gähnen unterdrücken, bevor sie sich meldete. Als sie aber die tiefe, weiche Stimme am anderen Ende der Leitung hörte, war sie auf der Stelle wieder hellwach.

„Hallo Kate, hier ist Craig. Ich habe heute in der Kirche nach Ihnen Ausschau gehalten, aber Edith hat mir erzählt, sie wären zu Hause geblieben, weil Maddie gestern Nacht einen Asthmaanfall hatte. Ich wollte mich nur erkundigen, wie es ihr geht."

Kate wurde ganz warm ums Herz wegen seiner Fürsorge. Sie ging zurück ins Wohnzimmer und ließ sich aufs Sofa sinken. „Danke, dass Sie nachfragen. Es war ein ziemlich schlimmer Anfall, und heute Morgen hatte sie dann noch einen, sodass es alles in allem ein ziemlich anstrengender und schwerer Tag war, aber jetzt ist sie im Bett und schläft schon." Wieder musste Kate ein Gähnen unterdrücken.

„Sie klingen, als gehörten Sie auch dorthin", sagte er.

„Schön wär's ", antwortete sie, „aber ich muss bis nächsten Freitag ein Manuskript fertig bearbeitet abgeben, und die ersten drei Tage der Woche habe ich Vertretungsunterricht in der Schule. Ein, zwei Stunden werde ich heute Abend also schon noch arbeiten müssen."

„Dann will ich Sie auch nicht weiter aufhalten. Ich rufe aber auch noch aus einem anderen Grund an."

Unter der eingeübten Lockerheit seiner Bemerkung spürte Kate Nervosität, einen Unterton, den sie bei ihm noch nie zuvor erlebt hatte, und sofort war sie auf der Hut. „Was ist es denn?"

„Ich habe mir überlegt, wenn das Wetter nächsten Sonntag schön ist, mit Vicki an einen der Strände zu gehen. Sie hatte noch gar keine Gelegenheit, mal barfuß durch den Sand zu laufen. Gibt es einen Strand, den Sie uns besonders empfehlen könnten?"

Sie entspannte sich wieder ein wenig, überlegte kurz und antwortete dann: „Dionis Beach ist schön. Und dort ist es jetzt auch noch nicht so voll."

„Dann also Dionis. Möchten Sie und Maddie vielleicht mitkommen?"

Sie war von der Einladung etwas überrumpelt. Während sie auf das Gemälde von Mac über dem Kaminsims schaute, versuchte sie sich erst einmal zu sammeln. „Den Mädchen würde es bestimmt gefallen“, sagte sie dann.

„Ja, auf jeden Fall. Aber das ist nicht der einzige Grund, weshalb ich Sie frage. Mir würde es nämlich auch gefallen.“

Diese Bemerkung war ähnlich offenherzig wie die beim Abschied nach dem Umzug am Vorabend. Die Bemerkung, die sie wach gehalten hatte in den paar friedvollen Stunden, in denen Maddie geschlafen hatte und sie auch ein wenig Schlaf hätte bekommen können. Die Bemerkung, die ihr den Seelenfrieden raubte.

Die Bemerkung, die er gemacht hatte, nachdem er ihr – jetzt schon zum zweiten Mal – einen Kuss gegeben hatte.

Beim Ticken der Uhr auf dem Kaminsims versuchte sie nachzudenken und vernünftig zu sein, aber immer wieder kam ihr dabei ihr Herz in die Quere und drängte sie, die Einladung anzunehmen.

„Es ist nur ein Picknick, Kate“, sagte Craig irgendwann ganz ruhig. „Und wenn es Ihnen hilft – ich bin auch ein bisschen nervös bei der Sache. Ich hatte wirklich nicht vor, mich jemals wieder auf jemanden einzulassen, genauso wenig wie Sie, glaube ich. Aber ich kann nicht einfach so tun, als wäre nichts zwischen uns, und ich kann auch nicht das Gefühl von Zufriedenheit ignorieren, wenn ich mit Ihnen zusammen bin. Ich habe mit Gott darüber gesprochen und bin zu der Überzeugung gelangt, dass es einen Sinn hat, warum er mich ausgerechnet nach Nantucket – und zu Ihnen – geführt hat. Bei all den Hürden, mit denen wir konfrontiert werden, sind wir am Ende vielleicht nicht mehr als gute Freunde, aber ich würde gern herausfinden, wohin die Reise geht."

Kate stand auf und ging näher an Macs Landschaftsbild heran. Mit dem Finger fuhr sie behutsam über die Farbe, die er mit einer solchen Sorgfalt aufgetragen hatte, um eine Szene von zeitloser Schönheit zu erschaffen. Sie konnte dem, was Craig gesagt hatte, nicht widersprechen. Da war wirklich etwas zwischen ihnen. Und genau wie Craig glaubte sie nicht, dass sie sich rein zufällig kennengelernt hatten.

Auch sie glaubte langsam, dass da eine höhere Macht am Werk war. Und vielleicht sollten sie ja doch trotz der Hürden, die er erwähnt hatte, einen ersten zögerlichen Schritt auf das gefährliche Terrain wagen. Wenn es nicht klappte oder einer von ihnen kalte Füße bekam, konnten sie ja immer noch Freunde sein.

Während sie das Gemälde betrachtete, das seit sechs Jahren ihren Kaminsims schmückte, fiel Kate plötzlich etwas Seltsames auf, das sie bisher nie bemerkt hatte. In einer Ecke des Bildes schaute eine winzige Maus aus ihrem Loch hervor, so als wollte sie jeden Moment die große weite Welt betreten trotz all der Gefahren, die dort möglicherweise lauerten.

Vielleicht wurde es Zeit, dass sie das Gleiche tat.

„Los, auf geht's!", wie Mac sagen würde.

Ihre Finger ruhten immer noch auf der Leinwand, als Kate es wagte und antwortete: „Also gut."

Einen kurzen Moment herrschte Schweigen zwischen ihnen.

„Sie meinen, Sie kommen mit?"

Der Hauch eines Lächelns umspielte ihren Mund wegen seines ungläubigen Tonfalls, und sie fragte: „Wollen Sie die Einladung lieber wieder zurückziehen?“

„Nein.“ Die Antwort kam ebenso prompt wie entschlossen. „Ich hatte nur nicht damit gerechnet, dass Sie so ohne weiteres Ja sagen würden.“

„Vielleicht hätte ich das auch nicht tun sollen, aber ich kann auch nicht einfach ignorieren, was zwischen uns ist. Allerdings muss ich noch ziemlich viele Ängste überwinden, wenn das jemals funktionieren soll.“

„Da geht es mir nicht anders. Ich habe bereits eine Familie ans Meer verloren, und ich muss gestehen, dass es mir schon Sorgen bereitet, mich auf eine Frau einzulassen, die so viel Zeit auf dem Wasser verbringt, um ihren Lebensunterhalt zu verdienen. Ich fange aber langsam an zu akzeptieren, dass das, was Nicole und Aaron passiert ist, ein tragischer Unfall war, eine einmalige unglückliche Verkettung von Umständen. Aber ganz fertig bin ich damit auch noch nicht. Wir haben beide noch Probleme, die wir aufarbeiten müssen, Kate, und deshalb sollten wir beide vorsichtig sein. In Ordnung?“

„Ja. Vorsicht ist gut. Und apropos Vorsicht: Wie wäre es denn, wenn Maddie und ich direkt zum Strand kommen und Sie dort treffen?“

„Gut, wenn Ihnen dabei wohler ist … Gegen 13 Uhr?“

„Perfekt.“

„Und bis dahin schlafen Sie noch ein bisschen.“

Sie seufzte. „Wieso habe ich nur das Gefühl, dass das jetzt noch schwerer wird?“

Sie hörte ihn am anderen Ende der Leitung leise lachen, und dann sagte er: „Willkommen im Klub. Gute Nacht, Kate.“

Nachdem sie das Telefon zurück auf die Station gebracht hatte, versuchte sie, sich wieder auf die Arbeit an dem Manuskript zu konzentrieren. Jetzt war es nicht mehr die Müdigkeit, die sie daran hinderte.

Kapitel 13

Die darauffolgende Woche verging für Kate wie im Fluge. Zwischen Vertretungsunterricht, der Fertigstellung des Manuskriptes, dem Organisieren der Reparatur der *Lucy Sue* und einem weiteren Asthmaanfall merkte sie, dass sie ziemlich viel Adrenalin brauchte, um es bis zum Wochenende zu schaffen. Sie und Craig liefen sich während dieser Zeit nicht noch einmal über den Weg, aber sie schaffte es wenigstens, ihm endlich über Edith seinen Pullover zurückzugeben. Ansonsten hatte sie so viel zu tun, dass sie keine Minute übrig hatte, um auch nur an ihn zu denken.

Am Sonntagmorgen quälte sie sich aus dem Bett, völlig erschöpft und von ernsthaften Zweifeln an ihrer Entscheidung gequält, tatsächlich herausfinden zu wollen, ob eine Beziehung zwischen ihr und Craig möglich war. Sie überlegte, die Verabredung zum Picknick abzusagen. Doch das wäre für Maddie – und auch für Vicki – einfach eine zu große Enttäuschung gewesen. Solche Verabredungen brauchten ja auch nicht zur Gewohnheit zu werden, sagte sie sich zur Beruhigung, als sie sich ein Handtuch aus dem Wäscheschrank nahm und unter die Dusche ging. Und falls sich im Laufe des Tages Unbehagen einstellte, gab es ja eine ganz einfache Lösung: Sie würde so etwas einfach nicht wiederholen.

Mit diesem Ausweg im Kopf war Kate schon etwas beruhigter. Doch als Maddie und sie in der Gemeinde ankamen und Craig und Vicki hinter Chester und Edith sitzen sahen, dirigierte sie Maddie zu einer Bank auf der anderen Seite.

„Warum können wir denn nicht bei Vicki sitzen?“, fragte Maddie so laut, dass es durch die ganze Kirche schallte und die vier auf der anderen Seite sich gleichzeitig zu ihnen umdrehten.

Mit einem aufgesetzten Lächeln winkte Kate zu ihnen hinüber, beugte sich dann zu Maddie hinunter und sagte: „Weil ich nicht möchte, dass du und Vicki während des Gottesdienstes die ganze Zeit miteinander redet. Wir sehen sie ja hinterher noch.“

Ihre Tochter schmollte zwar, aber Kate war froh, dass Maddie kein Theater machte.

Obwohl sie sich wirklich bemühte, fand Kate es schwierig, dem Gottesdienst aufmerksam zu folgen, und sie fühlte sich an den Sonntag erinnert, an dem Craig zum ersten Mal im Gottesdienst gewesen war.

Bei den letzten Akkorden des Schlusschorals nahm sie Maddie bei der Hand und ging. Auch das erinnerte sie daran, wie sie versucht gewesen war, die Flucht zu ergreifen, als sie Craig das erste Mal in der Kirche gesehen hatte. Doch wenn sie vor ihren Gefühlen davonlief, änderte das ja nichts daran, dass sie da waren.

Craig hatte den Mut gehabt, über seine Gefühle zu sprechen, und eigentlich blieb ihr ja auch gar nichts anderes übrig, als es genauso zu machen. Also blieb sie stehen.

Als Craig ein paar Minuten später auch herauskam, gefolgt von Edith und Chester, ließ er Vickis Hand los, und die Kleine kam sofort zu Maddie gerannt. Die beiden Mädchen redeten auf der Stelle lebhaft miteinander, während Kate wartete, dass die Erwachsenen nachkamen.

Edith strahlte sie an, als sie näher kam. „Was für ein schöner Tag für ein Picknick am Meer“, sagte sie. „Es wird bestimmt wunderschön.“

Wenn es nach Kate gegangen wäre, hätte die Kupplerin aus der Lighthouse Lane gar nichts von dem gemeinsamen Ausflug erfahren, aber Edith wusste offenbar Bescheid, und das Zwinkern in ihren Augen war an diesem Tag noch auffälliger als sonst.

„Unsere Verabredung gilt doch noch, oder?“, fragte Craig.

„Ja, sicher“, antwortete sie. „Eigentlich wollte ich noch anrufen, um zu fragen, ob ich etwas mitbringen soll, aber dann bin ich einfach nicht mehr dazu gekommen. Soll ich noch rasch etwas besorgen, bevor wir zu Ihnen stoßen?“

„Nein, vielen Dank. Ich glaube, ich habe alles dabei.“

„Gut, dann sehen wir uns also um eins“, sagte sie und griff nach Maddies Hand. „Komm, mein Schatz. Wir müssen nach Hause und uns umziehen.“

„Zieh die hübschen weißen Shorts mit dem grünen Top an“, sagte Edith. „Das ist hervorragend für den Strand geeignet.“

Kate warf ihr einen Blick zu, der besagte, dass sie sich zurückhalten sollte. Die Shorts saßen einen Tick zu eng, und der U-Boot-Ausschnitt des Tops war ein bisschen zu tief, als dass Kate sich darin wohlfühlte. Sie trug das Outfit deshalb kaum, und das wusste Edith auch ganz genau. „Ich habe noch gar nicht entschieden, was ich anziehen will“, sagte sie nur, und an Craig gewandt: „Bis gleich.“ Dann nahm sie Maddie fest bei der Hand und ging mit ihr zum Auto.

Als sie sich anschnallte und nach Hause fuhr, wünschte sie, sie säße in ihrem Leben genauso fest und sicher am Steuer wie in ihrem Wagen.

„Wann kommt Maddie denn endlich?“, fragte Vicki, während Craig eine große Decke am Strand ausbreitete.

Er sah auf die Uhr und antwortete: „Sie kommt bestimmt gleich. Wir sind ein bisschen zu früh dran.“

Vicki wich nicht von seiner Seite und hatte immer ein Auge auf die Wellen, die sich am Ufer brachen. „Kommt das Wasser bis hierher?“

Lächelnd setzte er sich auf die Decke, zog seine Schuhe aus und krempelte seine Jeans hoch. Genau aus diesem Grund hatte er nämlich ein bisschen eher da sein wollen. Vicki war noch nie an einem Strand gewesen, und er hatte Sorge gehabt, dass sie sich vor den Wellen fürchten könnte. „Nein“, antwortete er. „Es steigt nur ganz, ganz langsam höher, und dann geht es wieder zurück. Siehst du die Linie da, wo die Muscheln liegen?“ Er zeigte auf die Hochwasserlinie, die man am Treibgut, dem Tang und den Muscheln erkennen konnte. „Bis dahin steigt es an, außer wenn ein richtig heftiger Sturm kommt. Aber heute ist es ja sonnig. Siehst du, wie schön blau der Himmel ist?“

Sie blickte auf ins unendliche Blau über ihr, hatte aber immer ein Auge auf das Wasser.

Craig zog ihr die Sandalen aus, stand dann auf und nahm sie bei der Hand. „Komm, wir schauen mal, ob wir ein paar schöne Muscheln finden."

Er führte sie zur Hochwasserlinie und von da aus immer ein Stückchen weiter ans Wasser, bis eine größere Welle so weit kam, dass sie sie an den Zehen kitzelte. Vicki quietschte, hopste zurück und zog an seiner Hand.

Craig lachte leise vor sich hin und blieb, wo er war. Er beugte sich hinunter und zeichnete mit dem Finger einen Smiley in den nassen Sand. „Das ist noch besser als Buntstifte", sagte er. Während sie sich immer ein bisschen weiter zum Wasser hin bewegten und Vicki sich an seine Hand klammerte, zeichnete er eine Sonne in den Sand. „Was würdest du denn gerne zeichnen?"

Sie kam näher, um sich sein Kunstwerk anzuschauen. „Eine Blume", antwortete sie.

„Gute Idee. Mal sehen, ob wir das hinbekommen."

Immer noch mit einem Auge auf das Wasser schielend, zeichnete sie so etwas Ähnliches wie ein Gänseblümchen.

„Sehr gut", lobte Craig sie. „Das ist besser als …"

„Vicki!"

Als sie Maddie rufen hörte, richtete seine Tochter sich sofort auf und rannte los zu den beiden Personen, die auf sie zukamen.

Maddie war schon barfuß und trug Shorts und ein T-Shirt wie seine Tochter. Kate hatte eine beigefarbene Caprihose an und ein grün-beige-gestreiftes Stricktop, das perfekt ihre schlanke Figur zur Geltung brachte. Obwohl sie ihr Haar im Nacken mit einer Spange zusammenhielt, war er wie verzaubert von den paar Kringellocken, die sich aus der Spange gelöst hatten und sich widerspenstig um ihr Gesicht ringelten. Sie hatte eine Sonnenbrille auf, die ihre herrlichen grünen Augen verdeckte, aber ihre weichen, anziehenden Lippen ließen sich durch nichts verbergen.

Als sie näher kamen, lächelte Maddie und winkte: „Hallo Mr Cole."

„Hallo Maddie."

Kates Tochter ging ohne Bedenken nah ans Wasser und hüpfte sogar auf die Wellen zu, die sich am Ufer brachen und ihre Füße umspülten. Ermutigt durch das Selbstvertrauen ihrer Freundin kam Vicki hinterher.

„Pass auf, dass du nicht so nass wirst, Maddie", rief Kate ihrer Tochter zu, aber die hörte die Warnung ihrer Mutter gar nicht, weil sie so in ihr Spiel mit den Wellen vertieft war.

„Gut, dass ich trockene Ersatzsachen dabei habe", sagte Kate kopfschüttelnd und stellte das Sandspielzeug ab, das sie unter ihren Arm geklemmt hatte. Dann ließ sie die große Strandtasche von der Schulter gleiten und stellte sie neben die ausgebreitete Decke.

„Das hätte ich wahrscheinlich auch tun sollen", sagte Craig.

Kate tat seine Sorge mit einer Geste ab und sagte: „Ach was, Vicki macht es doch nichts aus, wenn sie ein bisschen nass wird. Ich bin nur übervorsichtig wegen Maddies Asthma." Sie schüttelte ihre Flipflops ab, setzte sich auf die Decke und deutete auf die große braune Tasche und die Kühltasche. „Was gibt es denn zu essen?“

Er setzte sich neben sie und antwortete: „Ich war beim Bäcker und habe Sandwiches und Kekse besorgt. Ich hoffe, das ist okay.“

„Perfekt“, antwortete sie, und ein weiches Lächeln umspielte ihre Lippen. „Das haben Mac und ich auch oft gemacht – wir haben einfach Sandwiches eingepackt und sind an den Strand gefahren.“

„Das war sicher großartig“, sagte Craig. Er wollte eigentlich nicht unbedingt über Kates Mann sprechen, aber wenn sich zwischen ihnen etwas entwickeln sollte, dann mussten sie sich auch mit der Vergangenheit des jeweils anderen wohlfühlen.

Sie schaute in die Ferne und antwortete: „Ja, mit Mac war jeder Tag ein Abenteuer, und Feiertage oder andere besondere Tage waren immer richtig schön. In einem Jahr hatte er zu meinem Geburtstag mit Ediths Hilfe die Gärten vor Ort durchstreift, und das ganze Haus war voller Blumen, sodass wir trotz des Regens ein Picknick veranstalten konnten – im Haus.

Aber mein Lieblingsgeburtstag war der in dem Jahr, als wir bei Great Point am Strand ein richtig vornehmes Dinner hatten – mit weißem Tischtuch, Porzellan, Silberbesteck und allem Drum und Dran. Sogar einen Smoking hatte er sich geliehen, und wir haben barfuß im Sand getanzt zu Livemusik von einigen seiner Freunde, die Musiker sind.“

„Wow“, sagte Craig nur. Nicht in einer Million Jahre wäre ihm etwas so Romantisches eingefallen, musste

Craig sich bestürzt eingestehen. „Das ist ja kaum zu toppen.“

Sie nahm ihre Sonnenbrille ab und ließ sich von ihm in die Augen schauen – und ins Herz. „Jeder hat seine ganz eigenen Gaben und ist auf seine ganz eigene Art einmalig, Craig. Genau so, wie Sie es Vicki erklärt haben.“

Als er ihre Hand berührte, hatte er einen Kloß im Hals. „Danke.“

„Ich hab Hunger, Mama. Wann gibt es denn was zu essen?“, rief Maddie schon von Weitem.

Die Mädchen kamen angerannt, sodass der Sand in alle Richtungen stob. Craig zog seine Hand wieder weg, und Kate strich den Sand von der Decke und griff nach ihrer Tasche.

„Und was ist mit dir, hast du auch schon Hunger?“, fragte Craig Vicki.

„Ja“, erklärte sie und ließ sich zu Boden plumpsen.

Während Craig das Essen auspackte und Kate es verteilte, plapperten die beiden Mädchen ununterbrochen, sodass Craig und Kate ihr Gespräch nicht fortsetzen konnten. Nachdem die Kinder mit dem Essen fertig waren und mit Eimern und Schaufeln loszogen, um eine Sandburg zu bauen, wurde es wieder ruhig.

Sie verstauten die Essensreste wieder in der Kühltasche, dann streckte Craig seine Beine vor sich aus, kreuzte sie an den Knöcheln und stützte sich auf den Ellenbogen nach hinten ab. In dieser Haltung schaute er den Mädchen beim Spielen zu. „Ich glaube, ich habe eine noch ungenutzte Energiequelle für unser Land entdeckt“, sagte er.

Leise glucksend unterdrückte Kate ein Gähnen. „Das Duracellhäschen kann Kindern wirklich nicht das Wasser reichen, das steht fest", bestätigte sie. „Ich wünschte, ich könnte diese Energiequelle anzapfen."

Jetzt fielen ihm auch die dunklen Ringe unter ihren Augen auf und die kleinen müden Fältchen in den Augenwinkeln. „Sie sehen müde aus", sagte er.

„Ja, ich hatte viel zu tun in der vergangenen Woche."

„Warum legen Sie sich denn dann nicht einfach hin und machen ein Nickerchen? Ich passe auf die Mädchen auf."

Sie biss sich auf die Unterlippe, offensichtlich sehr versucht, sein Angebot anzunehmen, wandte dann aber ein: „Das wäre aber nicht besonders höflich."

„Kate, wir sind doch keine Teenager bei ihrer ersten Verabredung. Sie müssen mich nicht mit überschäumendem Esprit beeindrucken und mich ununterbrochen unterhalten. Ich bin zufrieden, wenn wir hier den ganzen Nachmittag einfach beisammensitzen."

„Also wenn Sie ganz sicher sind …"

„Ja, ganz sicher."

Da kapitulierte Kate, nahm ein aufgerolltes Handtuch aus der Strandtasche und legte es sich unter den Kopf. „Nur zehn Minuten", sagte sie fast entschuldigend.

„Schlafen Sie, solange Sie wollen. Ich genieße währenddessen die schöne Aussicht."

Fünf Minuten später merkte er an ihrem regelmäßigen Atem, dass sie tief und fest eingeschlafen war, und er genoss tatsächlich die schöne Aussicht – auf sie.

Im Schlaf wirkte sie jünger und verletzlicher. Er verfolgte den anmutigen Schwung ihrer Wange und betrachtete die Sommersprossen auf ihrer Nase. Wenn sie schlief, war die Anspannung aus ihren Gesichtszügen verschwunden, die Sorgenfalten auf der Stirn geglättet. Eine schwache Brise spielte mit ihren widerspenstigen Locken, und er fragte sich, ob sie wohl so weich waren, wie sie aussahen.

Doch das war jetzt nicht der Moment, das herauszufinden, sagte er sich und widerstand der Versuchung, sie einfach zu berühren. Nicht während sie schlief. Doch Craig war entschlossen, seine Neugier noch vor dem Ende dieses Tages zu befriedigen.

Das Kreischen eines Kindes riss Kate aus dem Tiefschlaf. Das war Maddie! Kate hatte Mühe, richtig wach zu werden, während sie versuchte, sich aufzurichten, doch eine behutsame, aber feste Hand drückte sie wieder zurück. „Aber Maddie hat gerufen!“, sagte sie und wehrte sich gegen den Widerstand.

„Beruhigen Sie sich, Kate. Es geht ihr gut. Die beiden versuchen nur gerade, eine Möwe zu fangen.“ Das war Craigs Stimme.

Kate blinzelte, schirmte mit der Hand die Augen vor der Sonne ab und versuchte immer noch, richtig wach zu werden. Ach ja, sie waren bei dem Picknick am Strand. Er passte auf die Mädchen auf, während sie ein kleines Nickerchen machte.

Allerdings beschlich sie gerade das Gefühl, dass ihr Nickerchen eher nicht klein gewesen war. „Wie lange habe ich denn geschlafen?“

„Eine Dreiviertelstunde ungefähr."

Sie wurde sofort rot und setzte sich mit einem Ruck auf, so peinlich war ihr die Situation. „Entschuldigen Sie bitte. Das tut mir wirklich leid."

„Aber das macht doch nichts. Ich habe mich kein bisschen gelangweilt."

Sie strich ein paar Haarsträhnen zurück, die sich aus der Spange gelöst hatten, und wusste nicht so genau, wie sie seine Bemerkung verstehen sollte. „Ja, was den Unterhaltungswert angeht, sind Kinder besser als jeder Fernseher", versuchte sie es.

„Da gibt es aber auch noch andere Dinge", widersprach er, nahm seine Sonnenbrille ab, gewährte ihr einen Blick in seine Augen, die dunkler geworden waren und unruhiger als das Meer vor einem Sturm. „Sie sind so schön, wenn Sie schlafen."

Sie bekam Herzklopfen und ihr stockte der Atem. Sie versuchte, in scherzhaftem Ton zu reagieren, aber das wollte ihr nicht so recht gelingen, als sie sagte: „Wenn ich wach bin also nicht?"

„Dann sogar noch mehr", antwortete er, streckte die Hand aus, ergriff eine ihrer Locken und rieb sie zwischen seinen Fingerspitzen. Ganz langsam breitete sich ein Lächeln auf seinem Gesicht aus, und er sagte: „Genau so weich, wie ich es mir vorgestellt habe."

Kate warf einen kurzen Blick zu den Mädchen hinüber, die völlig vertieft waren in das Buddeln eines Grabens um ihre Sandburg.

„Die beiden haben schon gesehen, dass ich Sie geküsst habe, Kate."

Ihr Blick ging wieder zu ihm zurück, denn jetzt war ihr absolut klar, was er wollte. Er hatte vor, sie zu küssen, und dieses Mal würde es nicht nur ein kleines Küsschen auf die Wange werden.

Doch er warnte sie wenigstens vor und gab ihr so die Chance, sich zurückzuziehen. Die Entscheidung lag also bei ihr.

Als sie die Einladung zum Picknick angenommen hatte, war ihr völlig klar gewesen, dass es sich bei dem Treffen um eine richtige Verabredung handelte. Sie hatte gewusst, dass dadurch ihre Beziehung in eine neue Phase eintrat. Das hier war nur der logische nächste Schritt, und sie hatte geglaubt, dafür bereit zu sein, hatte geglaubt, ihre Angst so weit überwinden zu können, dass sie in der Lage sein würde auszuloten, wie es mit den Gefühlen zwischen ihnen stand.

Aber jetzt war sie sich da nicht mehr so sicher.

Als ob er ihren inneren Kampf spürte, rutschte Craig näher an sie heran, griff nach ihrer Hand und umschloss sie mit seiner.

Sie schaute hinunter auf seine starken, schlanken Finger und wurde ganz stumm, als sie von einem plötzlichen überwältigenden Ansturm lange nicht da gewesener Gefühle überrollt wurde. Zum ersten Mal seit Macs Tod fühlte sie sich sicher und beschützt, hatte das Gefühl, dass jemand sich um sie kümmerte, dass sie erwünscht war, dass jemand sie wollte.

„Wenn es dich tröstet, Kate, ich bin genauso nervös wie du. Ich habe auch seit Jahren keine Verabredung mehr gehabt.“

Sein offenes Eingeständnis trug mehr dazu bei, die Schmetterlinge in ihrem Bauch zu beruhigen, als alles, was er sonst hätte sagen oder tun können.

„Ich will nur nichts überstürzen", sagte sie zaghaft.

„Ich auch nicht. Aber ich glaube, dass wir über das Küsschen-auf-die-Wange-Stadium hinaus sind, findest du nicht?" Ein Hauch von Heiterkeit schwächte den intensiven gefühlvollen Blick etwas ab, der sie so einschüchterte, und das beruhigte sie noch etwas mehr.

„Da hast du wahrscheinlich recht. Aber … ich bin wirklich aus der Übung", gestand sie.

„Dann sind wir ja schon zu zweit. Was hältst du denn davon, wenn wir unsere Fähigkeiten darin wieder ein bisschen aufmöbeln?"

Und ohne eine Antwort von ihr abzuwarten, beugte er sich vor, legte seine eine Hand an ihren Hinterkopf und umschloss ihre Lippen mit einem sanften Kuss, bei dem ihr Herz so laut und heftig schlug, dass es die Brandung übertönte. Als er sich wieder von ihr löste, sagte er: „Das war doch gar nicht so übel für den Anfang, wenn man bedenkt, dass wir beide ein bisschen eingerostet sind, oder?"

Es dauerte einen Moment, bis sie etwas sagen konnte, und dann war ein knappes „Ja" alles, was sie herausbrachte. Er grinste und zwinkerte ihr zu. „Und mit etwas Übung wird es bestimmt noch besser."

Diese Bemerkung trug nicht gerade dazu bei, ihr Herzklopfen zu beruhigen.

Eine plötzliche Windbö wirbelte den Sand um sie herum auf, und Craig schaute in den Himmel. „Unser Ausflug war wirklich gut getimt", bemerkte er. „Es sieht ganz so aus, als ob Mutter Natur gerade etwas zickig wird."

Das Wetter. Er sprach über das Wetter, bemerkte Kate. Sie zwang sich deshalb ebenfalls umzuschalten und sah, dass sich am Horizont dunkle Wolken zusammenballten. Doch sie bezweifelte, dass der aufziehende Sturm es mit dem aufnehmen konnte, der in ihrem Herzen tobte. Sie rief den Mädchen zu: „Maddie! Vicki! Wir müssen aufbrechen. Es fängt gleich an zu regnen."

Während sie ihre Flipflops zusammensuchte, räumte Craig die Überreste ihres Picknicks zusammen, stand auf und legte die Decke zusammen. Die Mädchen kamen zu ihnen herübergetrabt, und Kate sammelte das Sandspielzeug ein.

„Wie wäre es denn, wenn ich noch ein Foto von den drei Damen am Wasser mache?", fragte Craig und nahm die Kamera aus seiner Hosentasche.

„Oh ja!", antwortete Vicki, griff nach Maddies Hand und zog sie näher ans Wasser heran.

Kate hielt sich zurück und sagte: „Mach doch einfach ein Foto von den Mädchen, Craig. Das ist eine schöne Erinnerung für sie und …"

„Möchten Sie vielleicht, dass ich Sie alle zusammen fotografiere?", fragte ein älterer Herr, der offenbar zusammen mit seiner Frau auf dem Rückweg vom Strand zum Parkplatz war und bei ihnen stehen blieb.

„Eine gute Idee", nahm Craig das Angebot an.

Es war wie ein Familienfoto, dachte Kate und damit eigentlich genau das, was sie sich beim Narzissenfest gewünscht hatte, aber trotzdem zögerte sie jetzt.

„Komm, Mama!“, rief Maddie. „Wir rücken ganz nah zusammen.“

„Ja, genau!“, sagte Craig grinsend und zwinkerte ihr schon wieder zu. „Im Ganz-nah-Zusammenrücken bin ich richtig gut.“

Da kapitulierte Kate und ließ sich von ihm zu den Mädchen mitziehen.

Als sie sich dann hinter ihren Töchtern aufstellten, legte Craig eine Hand auf Vickis Schulter und den anderen Arm um Kate.

„Und jetzt mal alle ‚Spaghetti‘ sagen!“, forderte der ältere Mann sie auf.

Nachdem er auf den Auslöser gedrückt hatte, schaute er das Bild auf dem winzigen Display der Kamera an. „Eine nette Familie“, sagte er zu Craig, als er ihm die Kamera zurückgab. „Ich wünsche Ihnen noch einen schönen Tag!“ Und mit einem Winken zum Abschied setzten seine Frau und er ihren Weg zum Parkplatz fort.

Craig steckte die Kamera wieder in die Hosentasche und holte die Kühltasche und die Decke, während Kate sich die Strandtasche über die Schulter hängte und sich das Sandspielzeug unter den Arm klemmte. Auf dem Weg zu ihren Autos nahm Craig ihre Hand und verschlang seine Finger mit ihren.

Das Gehen in dem tiefen, weichen Sand war gar nicht so einfach, und mehr als einmal verlor Kate beinah das Gleichgewicht.

Sie schob die Unsicherheit zwar auf den Untergrund, aber eigentlich war ihr klar, dass es nichts mit dem weichen Sand unter ihren Füßen zu tun hatte, sondern damit, wie sehr sie all das Neue, das sich gerade entwickelte, aus dem Gleichgewicht brachte.

„Ich finde das Bild schön, Papa", sagte Vicki vier Stunden später, als sie zuschaute, wie das Bild von ihnen vieren am Strand langsam aus Craigs Drucker hervorkam.

Er nahm den Abzug in die Hand und musste ihr zustimmen. Sie sahen wirklich aus wie eine Familie, so wie es der Mann, der das Bild für sie gemacht hatte, angenommen hatte. Die beiden kleinen Mädchen – eines blond, eines dunkel – hielten sich bei der Hand, er hatte den Arm um Kates Schulter gelegt, sie lehnte sich bei ihm an und lächelte glücklich.

„Und wo wollen wir das Bild hinstellen, Papa?"

„Ich finde, wir legen ein Fotoalbum an. Nächste Woche kaufe ich eines", antwortete er. Seit dem Kauf der Kamera hatte er schon über ein Dutzend Fotos gemacht.

„Aber können wir das hier nicht irgendwo aufstellen, damit wir es immer sehen können?", fragte sie.

„Klar", antwortete er. „Ich glaube, ich habe sogar noch einen leeren Bilderrahmen übrig. Ich schau mal nach." Craig öffnete den Schrank, denn er glaubte sich zu erinnern, einen leeren Rahmen in der richtigen Größe in einer der noch nicht fertig ausgepackten Kisten gesehen zu haben. Er holte die Kiste aus dem Schrank, öffnete sie und kramte darin herum, bis er auf den Rahmen stieß. Als er ihn dann aber herausnahm, sah er, dass das Glas in einer Ecke gesprungen und auch das Holz dort angestoßen war. Wahrscheinlich war das beim Umzug passiert.

„Der ist ja kaputt", sagte Vicki enttäuscht.

Als er den beschädigten Rahmen wieder beiseitelegte und sie gerade mit dem Versprechen trösten wollte, dass er am nächsten Tag einen neuen kaufen werde, fiel sein Blick auf das Familienfoto auf seiner Kommode.

Er erstarrte.

Nein!

Er kämpfte gegen eine Welle von Panik an und versuchte den Gedanken, der ihm gekommen war, auszublenden. Das war zu … endgültig. Es war einfach zu schwer, loszulassen. Aber wie sollte er nach vorn schauen und weitermachen, wenn er sich dermaßen an die Vergangenheit klammerte?

„Papa?"

Vickis unsicherer Tonfall zeigte, dass sie mitbekommen hatte, wie aufgewühlt er war, und er gab sich große Mühe, ein beruhigendes Lächeln zustande zu bringen. „Es ist alles in Ordnung, mein Schatz. Papa denkt nur gerade über etwas nach."

„Über Mama und Aaron?"

„Ja. Das ist ein schönes Bild, nicht?" Er legte seine leicht zittrige Hand auf den Rahmen und betrachtete schweigend das Bild.

„Ja, aber es macht dich immer so traurig. Ich finde es besser, wenn du Bilder aufstellst, die dich fröhlich machen. So wie das da. Wenn du das anguckst, dann lachst du", sagte sie und zeigte auf das neue Foto in seiner anderen Hand.

Da musste Craig seiner Tochter recht geben. Wenn er weiter Vergangenem nachtrauerte, dann verbaute er sich damit nur die Zukunft. Nicole und Aaron würden natürlich immer einen ganz besonderen Platz in seinem Herzen behalten, und vielleicht würde er ja sogar irgendwann wieder in der Lage sein, sich gern an all das Schöne zu erinnern, das sie gemeinsam erlebt hatten, ohne dass es gleichzeitig wehtat. Bis dahin musste er aber diese alten Erinnerungen erst einmal beiseitelassen. Er musste weitermachen, offen werden für die neuen Möglichkeiten, die Gott ihm schenkte, schöne Erinnerungen zu schaffen. Mit einer neuen Familie.

Mit zitternden Fingern griff Craig nach dem Holzrahmen auf der Kommode, nahm die Rückseite ab und steckte das neue Foto vom Strand vor das alte Familienfoto. Nachdem er die Rückseite wieder hinter die beiden Fotos geschoben hatte, stellte er das neue Bild zurück auf seine Kommode neben das Bild von sich und Vicki beim Narzissenfest-Umzug.

Eine kleine Hand schob sich in seine, und als er nach unten schaute, sah er, dass Vicki ihn genau beobachtete. „Das ist gut so, Papa. Du hast ja mich."

Er merkte, wie ihm die Tränen kamen, und dann ging er neben der Tochter, um die er sich so lange kaum gekümmert hatte, in die Knie und sprach ein stilles Dankgebet dafür, dass sie auf seine ungeschickten Versuche, ein richtiger Vater zu sein, so positiv reagierte und ihn auf ihre süße, unschuldige Art einfach lieb hatte.

Und als er sie jetzt an sich zog, bat er Gott darum, ihn auf dem Weg ins Unbekannte, der vor ihm lag, zu leiten.

Kapitel 14

Wenn das keine einfache Gelegenheit war, sein Geld zu verdienen!

Mit einer Hand am Steuerruder lenkte Kate die *Lucy Sue* langsam durch das Gewässer vor Great Point und schaute den drei jungen Anglern zu – wahrscheinlich Studenten –, die mehr herumalberten, als zu angeln. Sie war froh, dass die jungen Männer ihren Spaß hatten, aber wenn man sie fragte, hatten die drei offenbar zu viel Geld. Es war erst Mitte Mai, und außer ein paar vorwitzigen Artgenossen war der Blaufisch auf seiner Wanderung von Florida nach Norden immer noch meilenweit von Nantukket entfernt.

Es war also eher unwahrscheinlich, dass diese halbherzigen Angler auch nur ein Exemplar an den Haken bekommen würden.

Doch das schien ihnen absolut nichts auszumachen. Die drei waren am Anleger auf sie zugekommen und hatten ihr versichert, dass sie ohnehin mehr an der frischen Seeluft interessiert seien als an einem großen Fang, und als sie ihr die Fünfzigdollarscheine hingehalten und angeboten hatten, mehr zu zahlen als den üblichen Preis, hatte sie sich gern überreden lassen. Nach den Reparaturkosten für die Schiffsschraube kam ihr etwas zusätzliches Bargeld sehr gelegen.

Das Beste war aber, dass sie für diese Tour nicht einmal Chester hatte anrufen müssen, der ihr sonst bei den Angeltouren half. Bei größeren Gruppen arbeitete er als Maat für sie, aber mit drei Personen wurde sie auch allein fertig, besonders, wenn es ihnen mit dem Angeln gar nicht so ernst war. Außerdem hatten sie das Boot nur für zwei Stunden gechartert.

Bisher war die Tour wirklich locker und kein bisschen anstrengend gewesen, überlegte sie, während sie nach Steuerbord schwenkte. Es war ein herrlicher, sonniger Freitag, perfekt, wenn nicht zum Angeln, dann auf jeden Fall für einen kleinen Ausflug. Und im Unterschied zu den meisten Touren hatte sie bei dieser sogar die Zeit, sie selbst zu genießen. Nachdem sie sich vergewissert hatte, dass die drei Passagiere wussten, wie man mit den Angeln umging, zog sie sich ans Ruder zurück und gab sich ganz ihren Tagträumen über einen gewissen sehr attraktiven Kommandeur der Küstenwache hin.

Seit dem Strandpicknick am vergangenen Sonntag hatte ihre Beziehung zu Craig einen Quantensprung gemacht. Er kam jeden Tag vorbei, wenn er Vicki abgeholt hatte, manchmal nur, um sich einen schnellen Kuss abzuholen, manchmal blieb er dann aber auch spontan auf eine Pizza oder Spaghetti. Diese Familienzusammenkünfte wurden ergänzt durch Telefonate, die manchmal bis in die Nacht gingen, und obwohl sie nicht genug schlief, fühlte sie sich eher gestärkt als übermüdet.

So konnte es einem gehen, wenn man sich verliebte.

Und sie war verliebt. Schwer verliebt. Das stand außer Frage.

Während sich noch letzte Spuren von Angst in ihrem Hinterkopf herumtrieben, bemühte sie sich so gut, wie sie konnte, nicht zuzulassen, dass diese Restängste ihre Entscheidungen beeinflussten oder die Entwicklung ihrer Beziehung behinderten. Kate hatte viel gebetet, und sie war mittlerweile sicher, dass Gott diese Beziehung für sie wollte.

Der strahlende Sonnenschein trübte plötzlich ein, und es wurde merklich kühler. Kate ließ den Blick über den Himmel schweifen und sah ein paar weiße Wolken, die am endlosen blauen Himmel entlangzogen, während sich der Horizont grau zuzog. Gut, dass die Hälfte ihrer Tour schon hinter ihnen lag. Es sah ganz so aus, als ob wieder einer der berüchtigten Wetterumschwünge von Nantucket bevorstand, doch vorerst bestand noch kein Grund zur Sorge.

Kate schaute nach ihren Passagieren, die mit hochgelegten Füßen in den Liegestühlen an Deck lagen, aus den mitgebrachten Wasserflaschen tranken und gerade über irgendetwas grölend lachten. Sie hielten zwar immer noch ihre Angeln ins Wasser, aber es war offensichtlich, dass das eher Nebensache war.

Kate wandte sich wieder von den dreien ab, lenkte die *Lucy Sue* zurück Richtung Hafen und genoss die Aussicht auf das tiefblaue Wasser vor ihr. Es hatte genau die gleiche Farbe wie Craigs Augen, dachte sie verträumt. Vielleicht war sie ja schon ein bisschen zu alt für solche Schulmädchenträume, aber wenn er bei ihr war …

Als Kate plötzlich das Geräusch einer Angelspule hörte, von der rasend schnell Schnur abrollte, wurde sie abrupt aus ihren Tagträumen gerissen und drehte sich mit einem Ruck um. Einer der jungen Männer katapultierte sich aus dem Liegestuhl in den Stand, sodass seine Füße mit einem dumpfen Schlag gleichzeitig aufs Deck auftrafen.

„Hey, ich hab einen Fisch an der Angel!“, rief er.

Kate schaltete den Motor in den Leerlauf und wollte sich gerade zu den dreien gesellen, um ihnen zu zeigen, wie man den Fang an Bord holt, als eine etwas stärkere Welle die *Lucy Sue* ins Schwanken brachte. Kate hatte keine Mühe, das Gleichgewicht zu halten und auf den Füßen zu bleiben, aber sie sah, dass der Angler, der am Heck stand, das Gleichgewicht verlor, in Richtung der Reling taumelte – und kopfüber ins Wasser fiel.

Das alles geschah so schnell und unerwartet, dass es ein paar Sekunden dauerte, bis Kate realisierte, was da eigentlich passiert war. Noch nie in ihrer gesamten Zeit als Charterbootkapitänin war auf ihrem Boot ein Gast über Bord gegangen.

Die beiden Kameraden des jungen Mannes reagierten auf sein Malheur mit großer Erheiterung. Sie standen beide auf, traten an die Reling und schauten vor Lachen grölend zu dem dritten hinunter.

„Hey Marcus, so ist das eigentlich mit dem Fischefangen nicht gedacht. Das macht man nicht mit den Händen, sondern man benutzt dazu eine Angel!“, rief einer von ihnen.

Der Wind hatte aufgefrischt und das Deck der *Lucy Sue* neigte sich etwas, als eine weitere größere Welle auf das Boot traf. Immer noch lachend, gerieten die beiden jungen Männer jetzt ebenfalls ins Taumeln und mussten sich an der Reling festhalten.

Kate griff nach einem Rettungsring, stieß die beiden zur Seite und sah, dass der Freund in der Dünung wild mit den Armen um sich schlug. Sie schleuderte den Rettungsring in seine Richtung und fragte seine Freunde: „Ist er ein guter Schwimmer?“

„Klar“, antwortete einer der beiden und kam grinsend auf sie zugeschwankt. „Jedenfalls im Schwimmbad.“

Als sie dabei seinen Atem in ihrem Gesicht spürte, wurde Kate ganz anders. Sie trank zwar selbst keinen Alkohol, aber den Geruch konnte sie trotzdem erkennen.

Sie griff nach einer der fast leeren Wasserflaschen, schnupperte daran und stellte sofort fest, dass darin kein Wasser war.

Ihre Passagiere waren alle drei betrunken.

Es gab auf Kates Boot eine strikte Regel – kein Alkohol. Alkohol und das Meer vertrugen sich nicht. Punkt. Was das betraf, war sie ihren Kunden gegenüber absolut klar und kompromisslos, aber den dreien hatte sie es nicht extra noch einmal gesagt. Der Ausflug war eine spontane Idee gewesen, und sie war davon ausgegangen, dass in den Wasserflaschen wirklich das war, was auf dem Etikett stand. Ein schwerer Fehler, wie sich jetzt herausstellte.

Wieder traf eine Welle auf das Boot, und als die jungen Männer erneut gefährlich ins Schwanken kamen, wurde sie von einer Welle der Panik erfasst. „Sie setzen sich jetzt beide hin, und zwar sofort!“, befahl sie.

„Aber von hier aus können wir viel besser sehen, wie lustig es ist“, sagte der junge aschblonde Mann mit leicht undeutlicher Aussprache und grinste sie blöd an.

Sie schaute hinunter zu dem dritten Mann im Wasser, der immer noch wild um sich schlug und vergeblich versuchte, den Rettungsring zu fassen zu bekommen. Wenn er genauso betrunken war wie seine Freunde, dann hatte er jetzt wirklich ein Problem. Das Wasser war kalt, der Wind frischte immer mehr auf, und weil er offenbar nicht in der Lage war, den Rettungsring zu erreichen, nahm sie an, dass er wegen des Alkohols starke Koordinationsprobleme hatte.

Kate ging zu den anderen beiden hin und baute sich mit ihren stattlichen 1,60 Metern vor ihnen auf. Wenn die beiden sich sperrten, hätte sie den massigen Gestalten von über 1,80 Metern nichts entgegenzusetzen, aber sie hoffte, dass ihr autoritäres Auftreten sie so überzeugen würde, dass sie taten, was sie sagte. „Hören Sie“, sagte sie. „Ich kann Ihren Freund wieder zurück an Bord holen, aber wenn noch einer von Ihnen über Bord geht, dann ertrinkt er wahrscheinlich. Das passiert Leuten, die betrunken ins Wasser fallen nämlich oft. Sie ertrinken. Ist heute der Tag, an dem Sie sterben möchten?“

Der dunkelhaarige Fahrgast begriff jetzt offenbar den Ernst der Lage und merkte, wie entschlossen sie war. „Komm schon, Stephen“, sagte er und zog seinen Freund weg von der Reling zurück zu den Liegestühlen. „Ich will aber hierbleiben und mir den Spaß angucken.“

„Jetzt komm schon!“, sagte der andere noch einmal, zog ihn jetzt mit etwas mehr Nachdruck von der Reling weg, zwang ihn auf einen der Liegestühle und setzte sich dann auch selbst hin.

Das Problem war also erst einmal gelöst, und Kate konnte sich jetzt wieder um den Mann im Wasser kümmern. Der hatte zwar immer noch den Kopf über Wasser, aber seine Bewegungen wurden schon merklich langsamer. Wenn Chester an Bord gewesen wäre, hätte sie ihn dirigieren können, und er hätte das Boot möglichst nah an den Mann heranmanövriert, aber so wie es war, konnte sie es nicht wagen, noch näher an ihn heranzufahren, weil die Gefahr bestand, ihn zu verletzen. Und die beiden Deppen in den Liegestühlen waren ganz sicher keine Hilfe beim Dirigieren. Ihrer Einschätzung nach waren die beiden sturzbetrunken. Am besten versuchte sie, das Boot ein Stückchen von dem jungen Mann im Wasser entfernt in Position zu bringen.

Das tat Kate denn auch, so schnell sie konnte, schaltete dann den Motor in den Leerlauf, riss eine Schwimmweste aus dem Behälter, schlüpfte mit den Armen hinein, zog die Schnüre fest und kämpfte gegen die zunehmende Panik an, als sie zu Marcus hinunterschaute. Es war offensichtlich, dass er langsam müde wurde.

Hastig entriegelte sie die Heckklappe, ging auf ein Knie und rief: „Marcus! Marcus, hierher.“ Sie winkte mit beiden Händen, um ihn auf sich aufmerksam zu machen, und schrie: „Greifen Sie nach dem Rettungsring links von Ihnen.“ Wenn er ihn zu fassen bekäme, konnte sie ihn an dem Nylonseil, das am Boot befestigt war, zurückziehen.

Bitte, Herr, lass ihn den Ring zu fassen bekommen.

Er schaffte es, aber als sie dann an dem Seil zog, ließ er den Ring wieder los, und dann war der Mann plötzlich in der grauen Dünung verschwunden.

Kate blieb beinah das Herz stehen.

Als der junge Mann drei Sekunden später wieder auftauchte, hatte sie schon die Schuhe ausgezogen und sich in das kalte Wasser gleiten lassen. Der Kälteschock raubte ihr zwar den Atem, aber sie hatte damit gerechnet, denn es war erst Mitte Mai, und da war das Meer um Nantucket noch eisig kalt. Ihr war also klar, dass sie nicht viel Zeit hatte, bevor das eisige Wasser sie beide bewegungsunfähig machen würde und sie das Bewusstsein verlören.

Sie schwamm zügig zu dem Mann hin und war mit weniger als zwölf Zügen bei ihm. Sie musste jetzt sehr vorsichtig sein, weil er so verzweifelt um sich schlug, und er war sehr viel größer und schwerer als sie und vollgepumpt mit Adrenalin. Es bestand deshalb die Gefahr, dass er sie in seiner Panik unter Wasser drückte, um selbst über Wasser zu bleiben.

Vorsichtig schwamm sie näher an ihn heran und achtete darauf, dass sie zwar außerhalb seiner Reichweite blieb, aber nah genug herankam, um ihn packen zu können, falls er unterging. Sie schob den Rettungsring in seine Richtung, stellte ihn aufrecht aufs Wasser neben den Mann und rief ihm zu: „Schieben Sie Ihre Arme durch."

Marcus stürzte sich auf den rettenden Ring, verfehlte aber das Loch, sodass der Ring wieder waagerecht aufs Wasser kippte und er nicht mehr herankam.

Als Kate erneut nach dem Rettungsring griff, um ihn aufzurichten, bekam Marcus sie am Arm zu fassen. Sie war darüber nicht allzu besorgt, weil sie dachte, dass er sie nicht richtig würde packen können, wenn er sich mit der einen Hand am Rettungsring festhielt. Doch genau in dem Moment, als sie sich wieder losreißen wollte, schwang er seinen anderen Arm herum und traf sie mit einem heftigen Schlag im Gesicht.

Sie war so überrascht von dem stechenden Schmerz, der ihr durch den ganzen Kopf schoss, dass sie nach Luft schnappte. Sie sah Lichtblitze und Sterne, und vor ihren Augen verschwamm alles.

Als Nächstes registrierte sie, dass Marcus sich auf sie warf und ihr Gesicht unter Wasser drückte. Er benutzte ihren Körper, der wegen der Schwimmweste über Wasser blieb, um selbst nicht unterzugehen.

Umgeben von Finsternis und gefangen im Todesgriff des jungen Mannes, konnte Kate nicht mehr klar denken, und dennoch war ihr bewusst: Es war möglich, dass sie starb, und zwar hier und jetzt. Durch die Hand eines betrunkenen Studenten, dessen Selbsterhaltungstrieb ihr zu früh das Leben und Maddie die Mutter nehmen würde.

Nein!, schoss es Kate durch den Kopf. Nein, das würde sie nicht zulassen!

Herr, bitte gib mir Kraft!, schrie sie in stummer Verzweiflung. ***Bitte! Maddie braucht mich noch!***

Sie nahm das letzte bisschen Kraft zusammen, das sie noch hatte, wand sich und trat und wehrte sich, zuerst ohne Erfolg. Als ihre Lunge kurz vorm Platzen war, rammte sie Marcus mit aller Kraft, die sie aufbringen konnte, ihren Ellenbogen in den Bauch, sodass er sie gerade so lange losließ, dass sie entkommen konnte. Mit einem Ruck stieß sie ihn von sich weg und schoss an die Wasseroberfläche.

Dort schnappte sie nach Luft und brauchte ein paar Sekunden, um sich zu orientieren, während sie Wasser trat und ein wachsames Auge auf Marcus hatte. Als sie wieder einigermaßen bei Atem war, holte sie den Rettungsring zurück und ging wieder in Position. Doch jetzt war sie auf der Hut, damit sie sich beim geringsten Anzeichen, dass er sich wieder auf sie stürzen wollte, entfernen konnte.

Aber der junge Mann war mittlerweile völlig erschöpft. Seine Pupillen wurden glasig, und er konnte kaum noch den Kopf über Wasser halten.

Ihnen lief die Zeit davon.

Sie schob wieder den Rettungsring zu ihm hin, stellte ihn noch einmal aufrecht aufs Wasser und rief ihm sehr laut und langsam zu: „Schieben Sie Ihre Arme durch, Marcus."

Bitte, Herr, schenk doch, dass er mithilft.

Noch einmal wiederholte sie die Anweisung, und dann noch einmal. Beim dritten Mal gelang es ihm schließlich zu tun, was sie sagte.

Die erste Hürde war also genommen. Kate ließ den Ring über seinen Kopf aufs Wasser kippen, griff nach dem Nylonseil, das an dem Ring befestigt war, und bevor sie ihn in Richtung der ***Lucy Sue*** zog, gab sie ihm noch die Anweisung: „Halten Sie sich jetzt gut fest."

Weil ihre Schwimmweste sie trug, brauchte Kate nicht sehr viel Kraft, um den Mann zurück zum Boot zu bekommen, aber sie würde es auf keinen Fall allein schaffen, ihn zurück an Deck zu ziehen. Und er selbst würde es auch nicht ohne Hilfe schaffen.

Kate blieb also nichts anderes übrig, als sich Unterstützung von dem Mann zu holen, der ihr von den beiden anderen am wenigsten alkoholisiert vorkam. Sie versuchte, sich an den Namen des Dunkelhaarigen zu erinnern. Wenn sie sich nicht irrte, hieß er Jack.

Sie zog sich aus dem Wasser aufs Boot, blieb aber auf Knien in der Heckklappe sitzen und schrie über ihre Schulter nach hinten: „Jack, ich brauche hier Ihre Hilfe. Sagen Sie Stephen, dass er auf seinem Liegestuhl sitzen bleiben soll, dann gehen Sie auf die Knie und kommen Sie auf allen vieren hierher zu mir."

Sie war erleichtert, als der junge Mann tatsächlich ihre Anweisungen befolgte. Als er bei ihr ankam, bemerkte sie, dass er mittlerweile ziemlich blass geworden war. Vielleicht hatte er ja trotz seines alkoholvernebelten Gehirns doch noch den Ernst der Lage begriffen. Zumindest hoffte sie das. „Okay. Sie greifen jetzt nach seiner einen Hand und ich nehme die andere. Und bleiben sie von der offenen Heckklappe weg. Das Letzte, was wir jetzt brauchen können, ist noch ein Mann über Bord. Auf drei ziehen wir ihn dann heraus."

Irgendwie gelang es ihnen gemeinsam, einen völlig erledigten Marcus zurück an Deck zu hieven, wo er wie ein überdimensionaler Blaufisch liegen blieb – allerdings mit längst nicht so viel Gezappel.

Kate schloss die Heckklappe wieder und fühlte sich, als hätte sie gerade einen Marathon hinter sich. Jeder einzelne Muskel ihres Körpers tat ihr weh, und nachdem inzwischen die Sonne hinter einer dichten Wolkendecke verschwunden war, fuhr ihr der Wind durch die nassen Kleider, sodass sie fror bis auf die Knochen. Sie hielt sich mit beiden Händen an der Reling fest, zog sich hoch und rief: „Okay, ich möchte, dass jetzt alle unter Deck in die Kajüte gehen. Dort unten sind ein paar Decken, Jack. Tun Sie alles, was Sie können, um Marcus irgendwie warm zu bekommen. Ich bringe uns so schnell wie möglich zurück zum Anleger."

Nachdem Kate die drei unter Deck geschickt hatte, zog sie sich ihre Wetterjacke wieder an und brachte dann den Motor der ***Lucy Sue*** auf Touren. Sie lenkte hart steuerbord, gab Vollgas und fuhr auf direktem Kurs quer über den Nantucket Sund Richtung Hafen.

In dem auffrischenden Wind zitterte sie, was zum Teil sicher an dem kalten Wind lag, dem sie an Deck schutzlos ausgesetzt war, zum Teil war es auch immer noch eine Reaktion auf die lebensbedrohliche Situation. In erster Linie zitterte sie aber vor Wut.

Durch das verantwortungslose Verhalten ihrer drei Fahrgäste hätte jemand ums Leben kommen können – unter anderem auch sie. Und sie hatte wirklich nicht vor, durch die Schuld eines Betrunkenen zu sterben.

Doch der Zwischenfall machte sie nicht nur wütend, sondern er erinnerte sie auch daran, dass es Gott war, der die Entscheidung darüber traf, wann und wie man starb, und dass sein Plan oft anders war als der von Menschen. Er hatte Mac auf eine Weise zu sich geholt, mit der niemand gerechnet hatte – und sehr viel früher, als es sich irgendjemand gewünscht hätte. Heute hätte Gott auch sie zu sich holen können, aber er hatte sie verschont. Vielleicht hatte er ja noch etwas mit ihr vor.

Und vielleicht gehörte ja auch Craig in diesen Plan, überlegte sie, während der Leuchtturm von Brant Point und die Station der Küstenwache näher kamen. Möglicherweise war der Zwischenfall ja ein Weckruf gewesen, der sie daran erinnern sollte, dass Angst und Sorge nichts an der Zukunft ändern konnten, sondern einem nur die Freude an der Gegenwart verdarben.

Diese Gedanken beschäftigten Kate, als sie das Boot zum Liegeplatz manövrierte. Wenn sie sich durch ihre Angst von dem Neuen abhalten ließ, konnte sie zwar den Schmerz des Verlustes vermeiden, aber dann erlebte sie auch nicht die Liebe, die das Leben lebenswert macht.

Diese Gnade hatte sie schon einmal erlebt – mit Mac –, und trotz der riesigen Lücke, die sein Tod in ihrem Leben hinterlassen hatte, war ihr klar: Wenn sie noch einmal vor der Wahl stünde und wüsste, dass ihre gemeinsame Zeit ebenso kurz sein würde, sie hätte ihn sofort wieder geheiratet. Er hatte ihr Leben so unermesslich bereichert. Vor Kälte zitternd machte sie das Boot am Anleger fest und gelangte dabei zu einem Entschluss. Sie würde ihre Angst überwinden und offen bleiben für alles, was mit Craig möglich war. Und das würde sie ihm auch sagen, sobald sie aus den nassen Sachen heraus war, ein paar Aspirin geschluckt hatte, um den pochenden Schmerz in der rechten Gesichtshälfte zu betäuben, und das eine Auge kühlen konnte, das während ihrer erkenntnisreichen Heimfahrt auf der *Lucy Sue* halb zugeschwollen war.

Kapitel 15

Als Craig das Gebäude von Hy-Line-Kreuzfahrten nach einer Sitzung über die neuen Sicherheitsbestimmungen für Passagiere wieder verließ, blieb er kurz stehen und ließ seinen Blick über den Anleger schweifen. Der Saisonbeginn stand unmittelbar bevor und die Liegeplätze füllten sich langsam. Es waren jedenfalls schon viel mehr Menschen am Anleger zu sehen als an dem Tag, an dem er zum ersten Mal am Hafen gewesen war, um Kate zu sagen, dass er ihre Sicherheitsverwarnung gelöscht hatte.

Der Gedanke an sie zauberte ein Lächeln auf sein Gesicht, und zwar aus zwei Gründen: Erstens, weil er einfach gern an sie dachte. Zweitens amüsierte ihn auch die Ironie der ganzen Situation. Wenn ihm vor ein paar Wochen jemand gesagt hätte, dass er sich in den rothaarigen Hitzkopf verlieben würde, der damals in sein Büro gestürmt war, dann hätte er darüber nur gelacht.

Es schien so, als ob Gott in solchen Dingen wirklich viel Humor hatte. Als er sich – immer noch lächelnd – gerade wieder vom Anleger abwenden wollte, nahm er aus dem Augenwinkel rotes Haar wahr. Das war Kate. Sie musste eine Runde auf der ***Lucy Sue*** gedreht haben, nahm er an, denn sie vertäute gerade das Boot am Liegeplatz.

Doch irgendetwas stimmte da nicht.

Sein Lächeln verging ihm dann zusehends, als er blinzelnd zu der Gestalt in der Ferne hinüberblickte und herausfinden wollte, was an dem Bild nicht stimmte. Kates Bewegungen waren irgendwie steif, als sie sich von dem Poller aufrichtete, und ihr Haar war nass. Nicht feucht und kraus von der salzigen Gischt, sondern richtig klatschnass, als ob sie in einen heftigen Regenguss geraten wäre.

Weil das aber eher unwahrscheinlich war, kam er zu der einzigen logischen Schlussfolgerung. Sie musste ein unfreiwilliges Bad im Meer genommen haben.

Craig bezweifelte, dass sie einfach so über Bord gegangen war, denn Kate war erfahren auf dem Wasser und sehr vorsichtig. Außerdem war die See einigermaßen ruhig trotz der dunklen Wolken, die aufzogen. Ob es irgendein anderes Problem auf der ***Lucy Sue*** gegeben hatte?

Während er noch darüber nachdachte, wieso sie wohl so nass war, veränderte sie ihre Position, sodass er sie im Profil sah. Trotz der Entfernung war die Verfärbung der einen Gesichtshälfte nicht zu übersehen.

Sie war verletzt.

Craigs Puls wurde sofort schneller, und er ging zügig in Richtung Anleger zur ***Lucy Sue***. Dabei behielt er Kate die ganze Zeit im Auge und sah, wie sie auf die Kajüte deutete. Obwohl er zu weit weg war, um hören zu können, was sie sagte, vermittelten ihre Gestik und die angespannte Haltung, dass sie richtig wütend war. Die Situation sah so explosiv aus, dass Craig sein Tempo beschleunigte. In dem Moment sah er drei Gestalten aus der Kajüte kommen. Zwei von ihnen trugen kurze Hosen und T-Shirts, der dritte hatte eine Decke umgehängt.

Sie gingen zum Heck, aber Kate winkte sie zurück, und jetzt konnte er auch hören, was sie sagte: „Bleiben Sie an Bord, bis das Boot vertäut ist!“

Das Zittern in ihrer Stimme beunruhigte ihn. Sie klang, als wäre sie kurz davor, die Beherrschung zu verlieren.

Als die drei jungen Männer sich trotzdem weiter in Richtung Heck des Bootes bewegten, wurde sie laut: „Ich habe gesagt, Sie sollen bleiben, wo Sie sind. Ich fische nicht noch einmal jemanden von Ihnen aus dem Wasser, verstanden?“

Das erklärte, weshalb sie durchnässt war. Sie war mit den drei Typen hinausgefahren und einer von ihnen war über Bord gegangen, schloss Craig. Doch damit ließen sich nicht die blauen Flecke in ihrem Gesicht erklären.

Als sie sich beim Festmachen des letzten Taus in seine Richtung drehte, wurde ihm ganz kalt bei dem Anblick. Ihre linke Wange war geschwollen und blau verfärbt, und ein Auge war halb zugeschwollen.

Da rannte Craig los und kam genau in dem Moment bei ihrem Boot an, als sie mit dem Festmachen fertig war und sich aufrichtete.

„Craig!“, sagte sie und trat unfreiwillig einen Schritt zurück, sodass er ihr die Hand hinstreckte, damit sie nicht das Gleichgewicht verlor. „Was machst du denn hier?“

„Ich hatte hier in der Nähe zu tun und habe dich aus der Ferne am Anleger gesehen. Was ist denn passiert?“

Ohne sie loszulassen, schaute er mit schmalen Augen zu den drei jungen Männern auf dem Boot hinüber.

Sie strich sich mit zitternder Hand das nasse Haar zurück und erklärte: „Diese Kunden hatten Wasserflaschen dabei, in denen allerdings gar kein Wasser war. Als ich es gemerkt habe, waren sie schon betrunken, und einer von ihnen ist dann über Bord gegangen. Ich musste hinterher und ihn herausholen."

„Und was ist mit deinem Gesicht passiert?", fragte er, und sein Magen zog sich zusammen, als er die geschwollenen Stellen und das blaue, fast zugeschwollene Auge untersuchte.

„Er hat versucht, mich als Schwimmhilfe zu benutzen", antwortete sie.

Als Rettungsschwimmer hatte Craig es immer wieder mit Menschen zu tun gehabt, die im Wasser in Panik geraten waren. Ansonsten liebevolle Ehemänner hätten praktisch ihre eigene Frau ertränkt, um selbst über Wasser zu bleiben. Er hatte schmächtige Menschen erlebt, die übermenschliche Kräfte entwickelten, als sie den eigenen Tod vor Augen hatten. Und er hatte es mit Opfern aufnehmen müssen, die so vollgepumpt waren mit Adrenalin, dass sie sich mit einer Heftigkeit an ihn geklammert hatten, die nicht nur sie selbst, sondern auch ihn in Gefahr gebracht hatten.

Auf solche Situationen wurde man zwar in der Ausbildung vorbereitet, indem sie immer wieder trainiert wurden, aber wenn sie dann tatsächlich eintraten, war es trotzdem immer noch gefährlich. Ein schmächtiger Mensch, der in Panik geriet, konnte manchmal durchaus einen gut trainierten Schwimmer überwältigen. Und der junge Mann, der in die Decke gewickelt war, sah beileibe nicht schmächtig aus, bemerkte Craig. Er war auf jeden Fall über 1,80 Meter groß und hatte eine sportliche Statur. Und daraus konnte Craig nur eine Schlussfolgerung ziehen: Der Mann hätte Kate umbringen können.

Dass auch ihr das bewusst war, merkte er daran, wie sie zitterte, auch wenn das Zittern sicher ebenso an der kühlen Luft und dem auffrischenden Wind lag.

In diesem Moment wechselte er wie automatisch in den Einsatzmodus. „Hast du trockene Sachen auf dem Boot?“

„Ja“, antwortete sie mit klappernden Zähnen.

Er stieg aufs Boot und hielt ihr die Hand hin. „Dann zieh sie an“, ordnete er an.

„Ich kann mich doch auch umziehen, wenn ich zu Hause bin.“

„Nein, jetzt sofort, Kate. Du weißt doch selbst, dass man bei diesen Temperaturen nicht in nassen Sachen herumlaufen kann.“ Das sagte er zwar in sanftem Ton, aber er ließ sich nicht umstimmen, und er war erleichtert, als sie ihm nicht weiter widersprach, sondern ihm ihre eiskalte Hand gab und sich von ihm wieder an Bord helfen ließ.

Er wartete, bis sie die Tür zur Kajüte hinter sich zugezogen hatte, stemmte dann seine Fäuste in die Hüften, schaute die drei Übeltäter mit einem kalten, harten Blick an und verstellte ihnen den Weg von Bord. „Wie alt seid ihr überhaupt?“

„Wir sind alle über einundzwanzig“, antwortete der Dunkelhaarige.

„Kann ich bitte mal eure Führerscheine sehen?“

Sie holten sie heraus, und Craig kontrollierte ihre Geburtsdaten. Schade, für Alkoholkonsum Minderjähriger bekam er sie nicht dran, denn sie waren gerade einundzwanzig, sodass sie Alkohol trinken durften.[2] Er hatte allerdings nicht vor, sie einfach so davonkommen zu lassen. Nicht, nachdem sie Kate verletzt hatten, und nicht in Anbetracht dessen, was alles hätte passieren können.

Er holte sein Notizbuch aus der Tasche und schrieb sich die Daten von ihren Führerscheinen auf. Dann verschränkte er die Arme vor der Brust und schaute sie durchdringend an, bis sie alle drei zu Boden schauten. „So, ***Jungs***, ich sage euch jetzt mal was. Alkohol und das Meer – das passt nicht zusammen. Du“, und dabei zeigte er auf den jungen Mann, der in die Decke gewickelt war, „könntest tot sein. Und die Kapitänin auch. Hast du dir ihr Gesicht mal angeschaut? Du hast so heftig zugeschlagen, dass sie das Bewusstsein hätte verlieren können. Ich brauche dir wohl nicht zu erzählen, was jetzt mit dir wäre, wenn es dazu wirklich gekommen wäre. Und was euch beide angeht …“, sagte er an die beiden Kumpane des anderen gerichtet, „wenn euer Freund hier Kapitänin MacDonald überwältigt hätte und ihr beschlossen hättet, den Helden zu spielen, dann wäret ihr jetzt wahrscheinlich alle drei Fischfutter.“

Der Dunkelhaarige schluckte, der Mittlere zuckte merklich zusammen und der mit der Decke wurde ganz bleich.

---

2 Im Gegensatz zu Deutschland darf in den USA Alkohol an Personen erst ab 21 Jahren verkauft und ausgeschenkt werden.

Gut, dachte Craig, das hatte gesessen. „Falls ihr es noch nicht mitgekriegt habt, Jungs, ich bin bei der US-Küstenwache. Wir riskieren jeden Tag unser Leben, um Menschen zu retten, die auf dem Wasser in Not geraten, aber für Dummheit haben wir wenig Verständnis."

Craigs Standpauke hatte offenbar ernüchternde Wirkung auf das Trio, denn als der Dunkelhaarige das Wort ergriff, klang er ziemlich kleinlaut – und klar. „Die Sache tut uns wirklich leid, Sir."

„Wir wollten wirklich keinen Ärger machen. Wir haben nur das Semesterende gefeiert, und … na ja … wahrscheinlich haben wir da ein bisschen übertrieben", sagte der nasse Junge.

„Für den Schaden kommen wir natürlich auf", ergänzte der dritte.

„Nicht alles lässt sich mit Geld aus der Welt schaffen", sagte Craig, „aber es hilft, die Arztkosten zu bezahlen. Sie geht nämlich als Nächstes in die Notfallambulanz, und ich gehe davon aus, dass ihr die Kosten dafür übernehmt."

„Klar, kein Problem", willigte der Dunkelhaarige sofort ein.

„Eure Adressen habe ich ja schon, jetzt brauche ich nur noch die Telefonnummern – auch von euren Handys."

Sie willigten ein und Craig notierte sich die Nummern. Dann steckte er sein Notizbuch wieder zurück in die Jackentasche und deutete zackig mit dem Kopf in Richtung Anleger. „So, und jetzt schlage ich vor, dass ihr nach Hause geht und euren Rausch ausschlaft …" Dann wandte er sich noch einmal an den Jungen in der Decke, zog sie ihm mit einem Ruck von den Schultern und sagte dabei: „Und zieh dir die nassen Klamotten aus. Dass sich keiner von euch mehr an ein Steuer setzt, brauche ich wohl nicht mehr extra zu erwähnen, oder?"

„Wir sind sowieso vom Hotel aus zu Fuß hergekommen", sagte der Dunkelhaarige kleinlaut.

„Gut." Und damit trat Craig beiseite und ließ die drei von Bord gehen. Im Trab verließen sie den Anleger und waren innerhalb von Sekunden verschwunden.

Und in dem Moment wurde ihm erst richtig bewusst, was passiert war.

Mit beiden Händen musste er sich an der Reling festhalten und zwang sich, ein paar Mal tief ein- und auszuatmen, während er über die Geschehnisse nachdachte.

Kate hätte ertrinken können.

Genau wie Nicole und Aaron.

Er hatte sich selbst eingeredet, dass so etwas nie wieder passieren würde, aber jetzt war es genau dazu beinahe doch gekommen. Beinahe hätte die Geschichte sich wiederholt.

Sein ursprünglicher Instinkt – nämlich sich nicht mit auf eine Frau einzulassen, die ihren Lebensunterhalt auf dem Meer verdiente –, war letztlich doch vernünftig gewesen, gestand er sich grimmig ein.

Aber jetzt war es zu spät, sich die Sache noch einmal zu überlegen. Kate hatte sein Leben – und sein Herz – bereits im Sturm erobert. Ob es ihm gefiel oder nicht, sie waren zusammen. Wie sollte er damit umgehen?

„Craig?"

Als er seinen Namen hörte, drehte er sich um.

Kate war aus der Kajüte gekommen, sah aber noch wackeliger aus als zuvor und musste sich an der Kajütentür festhalten. „Ich habe mir mein Gesicht im Spiegel angeschaut und wünschte, ich hätte es gelassen.“ Sie versuchte zu lächeln, aber es gelang ihr nicht. „Du liebe Güte, was für ein Veilchen!“

Craig trat vor sie, fasste sie behutsam an den Oberarmen und ging mit ihr ins Licht, um sich die Blutergüsse, die ihre helle Haut verunstalteten, etwas genauer anzuschauen, und sein Magen zog sich zusammen. „Hast du sonst noch irgendwelche Verletzungen?“

„Nein.“

Er fuhr mit dem Finger ganz vorsichtig über die Schwellung auf ihrer Wange. „Das muss von einem Arzt versorgt werden.“

„Ach, das sind doch nur ein paar blaue Flecken“, widersprach sie und versuchte, sich ihm zu entziehen. „Das heilt von selbst wieder.“

Aber er ließ sie nicht los und sagte: „Ich bringe dich jetzt in die Notfallambulanz.“

„Auf gar keinen Fall“, widersprach sie.

„Komm schon, Kate. Es ist doch besser, auf Nummer sicher zu gehen. Vielleicht ist das Auge verletzt, oder du hast Knochenbrüche im Gesicht. Bist du bewusstlos gewesen?“

„Nein“, antwortete sie und atmete jetzt stoßweise, „aber ich dachte … er hat mein Gesicht unter Wasser gedrückt … ich weiß ja, dass er einfach nur Angst hatte … er hat das nicht mit Absicht gemacht … aber meine Lunge hat so gebrannt … und ich habe immer nur an Maddie gedacht.“ Ihre Stimme versagte und ihr kamen die Tränen. Mit der Hand wischte sie eine Träne ab, die sich nicht hatte aufhalten lassen. „Tut mir leid“, sagte sie leise.

Obwohl sie inzwischen trockene Sachen trug, durchfuhren sie immer wieder eisige Kälteschauer, und sie zitterte wie Espenlaub. Und als sie den Kopf senkte, um wieder zu Atem zu kommen, wusste Craig, dass sie Mühe hatte, ein Aufschluchzen zu unterdrücken. Auch wenn er vielleicht mit neuen Zweifeln in Bezug auf ihre Zukunft zu kämpfen hatte, konnte er unmöglich hier stehen, aus nächster Nähe spüren, wie ihr ganzer Körper bebte, und nicht seinem Herzen folgen.

Er zog sie also ganz fest an sich und schloss sie in die Arme. Die eine Hand legte er an ihren Hinterkopf, sodass sich seine Finger in ihrem Haar verhedderten, dann drückte er ihre verletzte Wange behutsam an seine Brust. „Jetzt ist ja alles wieder gut“, tröstete er sie leise. „Atme ein paar Mal ganz tief durch.“ Und so hielt er sie, bis ihre Atmung sich normalisiert hatte und das Zittern nachließ. Als sie sich schließlich ein bisschen beruhigt hatte, ließ er sie wieder los und sagte: „So, und jetzt fahren wir in die Notfallambulanz, Kate.“

„Das geht nicht, Craig. Als ich das letzte Mal mit Maddie dort war, hat es mich sechshundert Dollar gekostet.“

Er hätte sich ja denken können, dass die Kosten der Grund waren, weshalb sie sich so gegen die Untersuchung in der Notfallambulanz sträubte. „Darüber brauchst du dir keine Gedanken zu machen, Kate. Die Rechnung übernehmen deine drei sauberen Fahrgäste.“

Sie zog die Augenbrauen hoch und fragte: „Wie hast du denn das angestellt?"

Er zuckte nur mit den Achseln und antwortete: „Die Uniform hat eine gewisse einschüchternde Wirkung, und ich nehme an, dass auch Schuldgefühle eine Rolle gespielt haben könnten. Und das ja wohl zu Recht." Ein Muskel an seinem Kiefer spannte sich an, als er ihr lädiertes Gesicht anschaute.

„Wenn das so ist, wäre es vielleicht gar nicht so schlecht, es von einem Arzt anschauen zu lassen", willigte sie ein. Craig trat vom Boot auf den Anleger und reichte ihr die Hand. Sie ergriff sie und verzog das Gesicht, als sie ihr Gewicht vom Boot auf den Anleger verlagerte.

„Bist du ganz sicher, dass du sonst keine Verletzungen hast?"

„Ja. Mir tut nur irgendwie alles weh", antwortete sie und hakte sich bei ihm unter, als sie den langen Anleger entlanggingen. „Aber solange ich mich an dich anlehnen kann, ist alles in Ordnung."

Diese Bemerkung war für ihn wie ein Schlag in die Magengrube, denn er wusste, dass er sie zwar in die Notfallambulanz begleiten konnte, aber er war sich nicht mehr sicher, ob er den Mut hatte, sich noch einmal so weit auf jemanden einzulassen, dass es ihn vielleicht völlig zerstören könnte, wenn er wieder liebte – und diese Liebe dann wieder verlöre.

Zwei Stunden später runzelte Kate mit einem Kühlpack auf dem Auge nachdenklich die Stirn, als Craig sie wieder aus der Notfallambulanz geleitete.

Irgendetwas stimmte da nicht. Er war seltsam distanziert, gar nicht in körperlicher Hinsicht – er war während der gesamten Untersuchungen in der Notaufnahme bei ihr geblieben –, sondern er hielt emotionalen Abstand.

Und man brauchte eigentlich auch kein Genie zu sein, um sich denken zu können, woran das lag, dachte Kate. Er hatte ihr einmal gesagt, dass er sich nur schwer vorstellen könne, noch einmal etwas mit einer Frau anzufangen, die ihren Lebensunterhalt auf dem Meer verdiente. Sie glaubte, dass er seine Sorge in den vergangenen paar Wochen hatte unterdrücken können, aber heute war sie mit Wucht zurückgekehrt.

Das war wirklich Ironie, dachte sie kläglich, zog ihren Schlüssel aus der Tasche, als sie vor ihrem Haus standen, und steckte ihn ins Schloss. Genau dasselbe Ereignis, durch das sie überzeugt worden war, mehr in ihre Beziehung zu investieren, hatte ihn zum Rückzug bewegt.

„Kommst du allein zurecht?“, fragte er sie.

Auf seine Frage drehte sie sich zu ihm um und antwortete: „Ja. Abgesehen von ein paar Blutergüssen und einem Weltklasseveilchen bin ich nach Aussage des Arztes in der Notfallambulanz intakt. Und da Maddie heute bei Edith zu Abend essen kann, muss ich nicht mal kochen. Außerdem ist ja Edith in der Nähe, falls ich etwas brauche.“ Sie spielte mit dem Schlüsselbund herum und fragte dann: „Möchtest du vielleicht noch mit hereinkommen?“

Er zögerte, und sie glaubte schon, er würde ablehnen, aber zu ihrer Überraschung willigte er ein. „Aber nur kurz“, sagte er.

Sie stieß die Tür auf und ging voraus. „Möchtest du etwas trinken?“

„Nein, danke. Wollen wir uns kurz setzen?“

„Ja klar.“

Sie ging zur Couch hinüber und er setzte sich in den Sessel rechts von ihr.

Das war gar nicht gut.

Sie wartete ab, und als er nichts sagte, machte sie den Anfang. „Du hast deine Meinung über uns wegen des Zwischenfalls auf dem Boot geändert, nicht wahr?“

Er seufzte und rieb sich mit der Hand durchs Gesicht. „Ich hatte eigentlich vor, das ein bisschen diplomatischer zur Sprache zu bringen.“

„Wie du ja inzwischen weißt, ist Diplomatie nicht gerade meine Stärke“, gestand Kate ein und beugte sich angespannt vor, weil sie wusste, dass die nächsten paar Minuten über ihre Zukunft entscheiden würden. „Pass auf, Craig: Ich habe auch Angst vor Verlust, aber obwohl die Zeit der Trauer nach Macs Tod furchtbar war, möchte ich keine Sekunde der Zeit missen, die ich mit ihm zusammen gehabt habe. Deshalb möchte ich die Beziehung mit dir wagen, auch wenn es keine Garantien gibt. Ich möchte nämlich nicht den Rest meines Lebens allein verbringen. Und einsam. Willst du das?“

Craig fuhr sich mit den Fingern durchs Haar, stand auf und ging hinüber zu den bodentiefen Fenstern.

Sie beobachtete ihn, wie er in den Garten hinausschaute. Die Abenddämmerung hatte eingesetzt, und das Sonnenlicht kam nicht mehr durch die hohe Ligusterhekke, die ihren Garten vom Rest der Welt abschirmte. Sie sah sein Gesicht im Profil und stellte fest, dass es gequält aussah. Er schluckte.

Das stetige Ticken der alten Uhr auf dem Kaminsims war das einzige Geräusch in der angespannten Stille, in der Kate betete, dass Craig den Mut aufbringen möge, die Angst zu überwinden, so wie sie es getan hatte.

Doch als Craig sich wieder zu ihr umdrehte, zu ihr zurückkam und hinter dem Sessel stehen blieb, sah sie an seiner trostlosen Miene, dass ihr Gebet nicht erhört worden war. Ein kleines Stück ihres Herzens schrumpfte schon zusammen, bevor er anfing zu reden.

„Ich wünschte, ich könnte diese Angst überwinden, Kate, aber ich habe erlebt, dass mir das Meer eine Familie genommen hat, und heute hätte es beinah auch dich geholt. So etwas kann doch jederzeit wieder passieren." Seine Stimme brach, und er machte eine kurze Pause. „Du bist jeden Tag da draußen", fuhr er dann fort. „Ich weiß nicht, ob ich den Rest meines Lebens mit dieser ständigen Angst um dich leben könnte."

Sie faltete die Hände so fest, dass ihre Finger schmerzten. „Willst du das Versprechen von mir, dass ich nie wieder einen Fuß auf ein Boot setze? Wäre das nötig, damit es für dich funktioniert?"

„Das weiß ich nicht", antwortete er und sah durch den inneren Schmerz unglaublich angespannt aus. „Ich weiß nur, dass allein der Gedanke daran, was heute alles hätte passieren können, mir das Blut in den Adern gefrieren lässt."

„Und du glaubst, dass sich daran etwas ändert, wenn wir Schluss machen?"

Bei ihrer ganz ruhig gestellten Frage verzerrte sich sein Gesicht vor Schmerz. „Vielleicht nicht kurzfristig, aber auf lange Sicht ist es vielleicht für uns beide besser."

„Besser – oder sicherer?"

„Vielleicht beides."

Kate sah ihn lange an und wünschte, sie hätte seine Meinung ändern können, aber diese Entscheidung musste von ihm selbst und aus seinem Herzen kommen. Im Moment konnte sie nicht viel tun, außer ihm Zeit und Raum zu geben – und zu hoffen, dass er irgendwann wieder Licht sehen würde. Resigniert stand sie auf und sagte: „Ich bring dich noch zur Tür."

Sie hörte, wie er hinter ihr herkam, und als sie nach der Türklinke griff, legte sich seine Hand von hinten auf ihre. „Es tut mir leid, Kate."

Als er das sagte, spürte sie seinen Atem an ihrer Schläfe und schloss die Augen.

Lass ihn los, sagte eine Stimme in ihrem Inneren.

Erinnere ihn daran, was er aufgibt, entgegnete ihr Herz.

Und Kate hörte auf ihr Herz.

Sie drehte sich um, schlang ihre Arme um Craigs Hals und stellte sich auf die Zehenspitzen. Er ließ seine Hände auf ihre Taille sinken, und sie rückte noch näher an ihn heran.

„Kate, ich glaube nicht, dass das eine so gute Idee ist."

Doch sie ignorierte seine Worte einfach, hob ihr Kinn und stupste damit seinen Hals, bis er seinen Kopf herunterbeugte und seine Lippen ihre berührten.

Sie rechnete eigentlich fast damit, dass er sich entziehen würde, aber zu ihrer Überraschung zog er sie nach einem kurzen Zögern an sich heran und gab ihr ganz genau das, was sie gehofft hatte.

Den Kuss ihres Lebens.

Nach einer Weile löste Craig sich wieder von ihr. Seine blauen Augen waren jetzt so dunkel wie das Meer bei Sonnenuntergang an einem wolkenlosen Sommertag, und in seinem Blick lag Verlangen. „Du machst es einem ganz schön schwer, Schluss zu machen“, sagte er und die Worte klangen heiser. Dabei pochte sein Herz so heftig, dass sie es an der Hand, die noch auf seiner Brust lag, spüren konnte.

„Ich wünschte, du würdest es nicht tun“, sagte sie wehmütig.

Die Muskeln in seinem Gesicht spannten sich an, als ob er mit seiner sonst unbeugsamen Selbstbeherrschung an seine Grenzen geriet, und dann sagte er: „Ich bin einfach noch nicht so weit, Kate, und ich möchte das mit uns nicht fortsetzen, bevor ich nicht das Problem mit dieser Angst gelöst habe.“ Und mit diesen Worten ließ er seine Hände fallen und trat einen Schritt zurück. „Es tut mir leid.“

„Mir auch“, entgegnete sie gepresst, sodass sie kaum zu verstehen war.

Einen ganz kurzen Moment zögerte er noch, aber dann drehte er sich um, ging hinaus und zog die Tür mit einem leisen Klick hinter sich zu – und sie war wieder allein.

Vielleicht für den Rest ihres Lebens.

Es sei denn, sie fand einen Weg, ihm seine Ängste zu nehmen, ohne das Meer aufgeben zu müssen, das sie so sehr liebte.

Kapitel 16

Die folgenden zehn Tage waren die längsten in Craigs Leben. Seiner Arbeit ging er wie automatisch nach, kümmerte sich ganz besonders intensiv um Vicki und hatte auch immer wieder Dinge mit Edith zu besprechen, als die Hochzeitspläne seiner Mutter endgültig Gestalt annahmen. Doch gedanklich war er bei all dem gar nicht richtig anwesend, und das hatte Lillian – sehr zu seinem Leidwesen – bereits eine Stunde nach ihrer Ankunft bemerkt. Sie nahm in beiseite und sagte, dass sie natürlich für ihn da sei, wenn es etwas gebe, worüber er reden wolle.

Er hatte jedoch dankend abgelehnt und war erleichtert, dass sie zu beschäftigt war mit letzten Vorbereitungen, um noch einmal auf das Thema zurückzukommen – bis zum Morgen der Hochzeit.

Obwohl die Trauung erst um 13 Uhr stattfinden sollte, war Craig schon früh aufgestanden – lange bevor Vicki wach war – und war überrascht, seine Mutter bereits in der Küche anzutreffen, wo sie sich einen Toast gemacht hatte. „Bist du so aufgeregt, dass du nicht mehr schlafen konntest?“, fragte er lächelnd, während er sich einen Becher Kaffee eingoss.

„Ich habe geschlafen wie ein Baby“, antwortete sie. „Ich glaube, dass eher du es bist, der noch eine Mütze Schlaf vertragen könnte.“

Seine Mutter war zwar schon siebzig, aber ihre Wahrnehmung war immer noch sehr gut, musste Craig gestehen, als er sich an den Küchentresen lehnte und seinen starken Kaffee trank. „Ich hab zurzeit einfach viel im Kopf", erklärte er.

„Mit Vicki kann das nichts zu tun haben, denn die blüht ja gerade richtig auf. Du machst das großartig mit ihr, Craig. Sie wirkt glücklich und zufrieden."

„Danke. Es ist wirklich eine große Hilfe, dass sie eine Freundin in ihrem Alter hat."

„Ja, Edith hat mir von Maddie erzählt. Ich habe die reizende Kleine und ihre Mutter gestern kennengelernt, als ich Harold in das kleine Ferienhaus in Ediths Garten gebracht habe. Unser ‚Flitterwochenhauptquartier', wie Harold es nennt", sagte sie grinsend. „Aber das nur nebenbei. Ich fand Kate jedenfalls sehr sympathisch, und Edith hat mir erzählt, dass Kate und du befreundet wäret."

Craig stieß sich daraufhin von dem Tresen ab, steckte den Kopf in den Kühlschrank und tat so, als würde er den Orangensaft suchen. Er hatte von Anfang an die Befürchtung gehabt, dass Edith seiner Mutter alles Mögliche erzählen würde, denn im Laufe der vergangenen paar Wochen, in denen sie gemeinsam die Hochzeit organisiert hatten, waren sich die beiden Frauen nähergekommen.

„Ich sehe Kate ziemlich oft", erklärte Craig, „weil Edith ja die beiden Mädchen betreut."

„Hmmm", brummte sie nur und knabberte an ihrem Toast. „Heather von der ***Devon Rose*** Teestube hat gesagt, sie könnte bei der Feier problemlos noch eine oder zwei Personen mehr unterbringen. Normalerweise bewirtet sie in ihrem Lokal ja sehr viel größere Gruppen. Vielleicht überlegst du es dir ja noch mal und lädst Kate und ihre Tochter doch ein."

„Nein", antwortete er darauf nur kurz und knapp.

Lillian Cole gab etwas Milch in ihren Kaffee und rührte ihn dann um. „Dir ist aber schon klar, dass Schuldgefühle und Angst unglaublich lähmend wirken können, oder?"

Sie näherten sich jetzt einem Gebiet, das er lieber meiden wollte, und deshalb sagte er: „Für ein so ernstes Thema ist es vielleicht noch ein bisschen zu früh am Morgen, oder? Und dann auch noch an einem so besonderen Tag! Lass uns doch lieber über dich reden."

„Ich habe doch über mich geredet. Was hast du denn gedacht?", antwortete sie mit gespieltem Erstaunen und warf ihm einen entsprechenden Blick zu.

Da hatte er sich doch tatsächlich von seiner Mutter übertölpeln lassen, dachte Craig, als er am Tisch Platz nahm. Er überging ihre Frage deshalb geflissentlich und stellte die Gegenfrage. „Und wieso hast du Schuldgefühle und Angst?"

„Wegen des Todes deines Vaters."

Craig runzelte die Stirn und sah sie fragend an. „Das verstehe ich nicht."

Sie seufzte, biss noch einmal von dem Toast ab und erklärte: „Ich habe nie mit dir und deinem Bruder darüber gesprochen, aber ich habe sehr lange geglaubt, dass ich schuld wäre an seinem Tod."

Craig war so perplex, dass er sich beinah an seinem Kaffee verschluckt hätte. „Aber das ist doch lächerlich! Er hatte einen Herzinfarkt.“

„Ja, beim Schneeschaufeln, und dazu war er eigentlich schon viel zu alt, mein Junge. Aber ich habe mir mehr Gedanken darüber gemacht, dass die Damen aus meinem Bridgeklub vielleicht ausrutschen könnten als um sein angeschlagenes Herz. Ich hätte auch einfach den Jungen aus der Straße engagieren können, der damals mit Schneeschaufeln und Gartenarbeiten sein Taschengeld aufbesserte.“ Sie blinzelte und wischte mit der Fingerspitze einen Marmeladenfleck vom Tisch. „Als ich dann Harold kennengelernt und mich in ihn verliebt habe, hatte ich erst furchtbare Schuldgefühle und auch große Angst, noch einmal einen geliebten Menschen zu verlieren, denn als dein Vater starb, brach für mich eine Welt zusammen.

Irgendwann habe ich über all das dann mit Gott geredet, und danach bin ich zu mehreren Schlussfolgerungen gelangt: Niemand ist perfekt, niemand hat alles unter Kontrolle, und Angst hält uns nicht nur in der Vergangenheit fest, sondern verhindert auch, dass wir eine Zukunft haben.“

Nachdem sie das gesagt hatte, schob sie ihren Teller mit dem Toast zur Seite und nahm seine Hand in ihre. „Ich weiß nicht, was aus deiner Vergangenheit du bereust und bedauerst oder welche Ängste dich zurückhalten, Craig, aber wenn ich es mit siebzig Jahren noch schaffe, meine Ängste zu überwinden und nach vorn zu schauen, dann kannst du das mit neununddreißig auch.“ Und dann tätschelte sie noch einmal kurz seine Hand und stand auf.

„So, und jetzt muss ich mich langsam für meine Hochzeit fertig machen."

Sechs Stunden später war Craig dabei, wie unter einem wolkenlosen Himmel Lillian Cole im Rahmen einer wunderschönen Zeremonie im Beisein von Freunden und Verwandten Harold Simmons das Jawort gab.

Craigs Bruder Steve stand als Trauzeuge neben Harold – bei ihm seine Frau, sein Sohn im Teenageralter und die etwas jüngere Tochter. Die Tochter des Bräutigams stand als Trauzeugin neben Lillian, auch sie in Begleitung ihrer Familie – dem Ehemann und drei Söhnen im Alter zwischen acht und fünfzehn. Vicki stand in einem weißen Kleid mit rosa Schleife als Blumenstreumädchen ganz in der Nähe von Lillian, Chester und Edith, die ebenfalls dabei waren. Die beiden hatten sich die ganze Zeit untergehakt – nur Craig stand allein da.

Selten war ihm so bewusst gewesen, dass er wirklich allein war, wie in dem Moment, als Reverend Kaizer den Mut von Lillian und Harold hervorhob, noch einmal einen gemeinsamen Lebensweg zu beginnen in einem Alter, in dem viele Leute keinen Anfang mehr wagen würden. Dabei stehe im Lukasevangelium der wichtige Satz, dass bei Gott nichts unmöglich sei.

Daran musste Craig noch einmal denken, als er später bei der Feier in der ***Devon Rose*** Teestube beobachtete, wie Edith und Chester etwas abseits von den anderen zusammen über irgendetwas lachten, während Harolds Tochter und sein Schwiegersohn ihre Kinder für ein Foto versammelten und die Familie seines Bruders sich mit

Vicki beschäftigte, die diese Aufmerksamkeit sichtlich genoss. Lillian und Harold waren derweil noch einmal mit dem Fotografen in den Garten gegangen, um ein paar Hochzeitsfotos aufzunehmen.

Als Vicki ihren Vater allein dort stehen sah, kam sie zu ihm herübergehüpft, gefolgt von ihrer elfjährigen Cousine, an die sie sich nur noch schwach erinnern konnte von dem kurzen Zwischenstopp, den die Familie seines Bruders vor einiger Zeit auf dem Rückweg aus dem Urlaub in South Carolina bei ihm in Washington eingelegt hatte. „Kann ich mit zu Lauren in ihr Ferienhaus gehen, Papa?“

„Ich passe gut auf sie auf, Onkel Craig“, versprach Lauren.

„Das machen wir alle gemeinsam“, bestätigte Craigs Bruder Steve, der in diesem Moment zu den dreien stieß. „Das wäre doch eine gute Gelegenheit, dass sich die Cousins und Cousinen einmal wiedertreffen. Komm doch auch mit. Ich weiß, dass wir uns zwar morgen alle zum Essen treffen, aber wir könnten die Feier heute doch noch ein bisschen ausdehnen. Es ist ja noch früh.“

Jetzt unter Menschen zu sein, war wirklich das Allerletzte, was Craig sich wünschte. Er freute sich zwar für seine Mutter, aber die Hochzeit hatte ihn melancholisch gestimmt, sodass im wirklich nicht nach Geselligkeit war. Deshalb suchte er nach einer Entschuldigung, die nicht zu weit hergeholt klang, und sagte dann das Erstbeste, was ihm in den Sinn kam: „Ich muss noch kurz auf der Station vorbei und dort nach dem Rechten sehen.“

„Dann vielleicht danach?“

„Je nachdem, was dort los ist, vielleicht."

„Ist es denn in Ordnung, wenn wir Vicki so lange mit zu uns nehmen?" Steve beugte sich hinunter und zupfte an den kurzen Haaren der Kleinen, sodass sie kichern musste. „Einem Onkel steht doch wenigstens ein bisschen Zeit mit seiner einzigen Nichte zu, oder?"

Craig lächelte. „Von mir aus gerne. Ich komme dann später vorbei und hole sie bei euch ab."

„Jaaa", jubelte Vicki.

Während sich die Feier langsam auflöste und die Neuvermählten in einem Hagel aus Reiskörnern nach nebenan in Ediths Ferienhaus gingen – das Flitterwochenhauptquartier, erinnerte Craig sich und musste sich ein Grinsen verkneifen –, fuhr er nach einem kurzen Zwischenstopp bei der Station allein nach Hause. Dort zog er seine Uniform aus und wechselte in Jeans und Baumwollhemd. Beim Aufkrempeln der Hemdsärmel fiel sein Blick auf das Foto von Kate, Vicki, Maddie und sich.

Sie sahen wirklich aus wie eine Familie.

Auch wenn das eine Täuschung war.

Aber eines Tages konnte es doch noch Realität werden. Wenn er den Mut fände, seine Ängste zu überwinden, so wie Kate es gemacht hatte. Wenn er diesen Glaubensschritt wagte und sein Vertrauen ganz auf Gott setzte in der Gewissheit, dass der ihm die Kraft zum Weitermachen geben würde, was auch immer geschah.

Und was war, wenn ihm das nicht gelang?

Die dunklen Schatten, die zurückgekehrt waren, seit er mit Kate Schluss gemacht hatte, würden für immer seine Welt verdunkeln.

Als Craig in dem kleinen Zimmer auf und ab ging, hatte er das Gefühl, als würden die Wände auf ihn zukommen. Er brauchte frische Luft, Wind und Weite.

Deshalb nahm er seinen Schlüsselbund von der Kommode und ging zur Garage. Es gab nur einen Ort, wo er das finden konnte, wonach er sich sehnte, einen Ort, wo seine Gedanken klarer wurden und wo er am häufigsten die Gegenwart Gottes spürte.

Er musste ans Meer.

Zehn Minuten später war Craig am Dionis Beach und ließ seinen Blick über den verlassenen Strand schweifen, der sich vor ihm erstreckte.

Allerdings musste er schon im nächsten Moment feststellen, dass er dort doch nicht ganz allein war, denn er entdeckte eine einsame Gestalt, die ganz nah am Wasser saß. Eine einsame, ***rothaarige*** Gestalt.

Kate.

Craig erschrak und blieb wie angewurzelt stehen. Was für ein merkwürdiger Zufall, dass sie genau zum selben Zeitpunkt an genau denselben Ort gekommen war wie er, um nachzudenken.

Vielleicht war es ja auch mehr als nur Zufall, überlegte er.

Gott hatte anscheinend von Anfang an vorgehabt, sie zusammenzubringen. Kate hatte damit ihren Frieden geschlossen, aber er kämpfte immer noch dagegen an.

Als er im schwindenden Tageslicht so dastand und zuschaute, wie die Schatten länger wurden und er dem starken Drang widerstand, hinunter zum Wasser zu gehen und sie einfach in die Arme zu schließen, fiel es ihm schwer zu ergründen, woran das lag.

Angst. Ja, es war Angst. Er hatte Angst, noch einmal sein Herz zu verschenken, weil er fürchtete, es könnte erneut gebrochen werden. Als er Kates schlanke Silhouette betrachtete und sah, wie der Wind ihr Haar zerzauste, erinnerte er sich noch einmal daran, was sie am Abend ihres Unfalls gesagt hatte.

Auch wenn es für Beziehungen keine Garantien gibt, möchte ich gern wissen, ob wir zusammenpassen. Ich möchte nämlich nicht den Rest meines Lebens allein verbringen. Und einsam. Willst du das?

Nein, das wollte er nicht. Die vergangenen zehn Tage hatten ihm gezeigt, wie öde und freudlos sein Leben ohne Kate war. Sie vertrieb die Schatten, die sein Leben verdunkelten. Sie hatte für ihn das Licht eingeschaltet – so wie Harold für seine Mutter.

Und die simple Wahrheit war, dass er geglaubt hatte, er könnte kontrollieren, was er für sie empfand. Er hatte geglaubt, dass es möglich wäre, noch einen Rückzieher zu machen und sie einfach nicht mehr zu lieben. Vor ein paar Wochen wäre das vielleicht sogar noch möglich gewesen, aber jetzt war es dazu zu spät. Ob es ihm gefiel oder nicht, er hatte sein Herz schon an sie verloren. Selbst wenn er endgültig Schluss machte, würde Kate MacDonald immer ein Teil von ihm sein, und er würde den Verlust als genauso heftig empfinden, als ob der Tod und nicht seine eigene Angst sie ihm ein für alle Mal genommen hätte.

Craig musste sich eingestehen, dass seine Mutter recht gehabt hatte. Wenn er das zuließ, dann würde ihm seine Angst die Zukunft rauben, die ihm winkte – eine glückliche Zukunft voller Freude und Licht und Hoffnung.

Er fühlte sich plötzlich, als wäre ihm eine Zentnerlast von den Schultern genommen worden. Seine Ängste waren zwar nicht ganz und gar weg, aber sie hatten ihn und sein Leben auch nicht mehr im Griff. Ihm wurde klar, dass Gott ihm endlich gewährte, wonach er drei lange Jahre auf der Suche gewesen war, nämlich echten Frieden und innere Ruhe. Und darüber hinaus auch noch ganz neu die Überzeugung, dass – wie Reverend Kaizer in der Traupredigt gesagt hatte – bei Gott nichts unmöglich war.

Ihm war so leicht ums Herz wie seit Jahren nicht mehr, und in dieser Stimmung ging Craig durch den Sand auf die Frau zu, die sein Herz im Sturm erobert hatte. Wegen des Geräusches der Brandung hörte sie ihn nicht kommen, und als er sagte: „Hallo Kate“, wirbelte sie erschrocken herum.

„Craig! Was machst du denn hier?“

Er setzte sich neben sie in den Sand, zog seine Beine an und klemmte die Hände zwischen die Knie. Sie sah genauso erschöpft aus, wie er sich fühlte, dachte Craig und sagte dann: „Ich habe über uns nachgedacht. Und du?“

„Ich auch. Wo ist denn Vicki?“

„Bei meinem Bruder. Und Maddie?“

„Bei Edith. Ich habe gehört, die Hochzeit sei sehr schön gewesen.“

„Sie war perfekt. Edith kann wirklich großartig organisieren.“

Kates verzog den Mund zu einem wehmütigen Lächeln. „Ja, das stimmt", bestätigte sie, aber dann verflog ihr Lächeln ganz schnell wieder. „Ich wollte dich anrufen, wenn sich die ganze Hochzeitsaufregung ein wenig gelegt hat. Ich habe viel nachgedacht und gebetet in den letzten zehn Tagen, und ich habe dir einen Vorschlag zu machen. Ich kann dir nicht versprechen, dass ich nie wieder einen Fuß auf ein Boot setze, Craig, denn das Meer ist ein Teil von mir und wird es auch immer bleiben, aber wenn meine Arbeit das ist, was die Beziehung zwischen dir und mir verhindert, dann kann ich die *Lucy Sue* auch verkaufen und in Vollzeit als Lehrerin arbeiten. Wenn ich mich entscheiden muss, entweder meinen Lebensunterhalt auf dem Meer zu verdienen oder unserer Beziehung eine Chance zu geben, dann entscheide ich mich für die Beziehung."

Als er in Kates klare grüne Augen schaute, hatte er einen Kloß im Hals, und er merkte, wie ihm die Tränen kamen. Er wusste ja, wie sehr sie das Meer liebte und wie viel ihr die *Lucy Sue* bedeutete, und deshalb war ihm klar, was diese Entscheidung sie gekostet haben musste. Doch sie zeigte damit auch die Tiefe ihrer Gefühle zu ihm besser, als es Worte hätten tun können.

Er wandte sich ihr zu und nahm ihre Hand in seine. „Das würde ich nie von dir verlangen, Kate. Ich möchte gar nichts an dir verändern, und das ..." – er zeigte mit einer ausholenden Armbewegung auf die Weite des Meeres – „... das ist doch genauso ein Teil von dir wie von mir."

„Du hast mich ja auch gar nicht darum gebeten, sondern ich habe es von mir aus angeboten", wandte sie ein.

„Ich weiß, und ich kann mit Worten gar nicht ausdrücken, wie viel mir das bedeutet, aber ich habe auch viel nachgedacht und gebetet und muss wohl akzeptieren, dass es keine Garantie dafür gibt, dass ich das, was ist, behalten kann. Ich kann Gott nur dankbar sein für alles, was er mir schenkt, und es genießen – jetzt, in diesem Moment. Denn es gibt kein Versprechen und erst recht keine Garantien, dass die Dinge, mit denen ich heute beschenkt bin, auch morgen noch da sein werden.

Und ich habe jetzt auch eine Antwort auf die Frage, die du mir am Abend deines Unfalls gestellt hast. Nein, ich möchte nicht den Rest meines Lebens einsam und allein verbringen. Damit will ich nicht sagen, dass wir etwas übers Knie brechen sollen, aber ich glaube, dass wir weitermachen und dann schauen sollen, wohin Gott uns führt. Und wenn alles so läuft, wie ich hoffe, dann bekommst du vielleicht einen neuen ersten Maat, und zwar sowohl in deinem Leben als auch auf der *Lucy Sue* – wenn die Dienstzeit eines gewissen Leutnants der Küstenwache abgelaufen ist."

Kate schloss die Augen, atmete einmal tief und etwas zitternd ein und öffnete dann wieder die Augen.

Bei der Hoffnung und der Zärtlichkeit tief darinnen, bei dem Lächeln, das plötzlich ihr ganzes Gesicht erstrahlen ließ, ging Craig das Herz auf.

„Also, das klingt ja mal nach einem Plan, Leutnant. Ich bin dabei."

Epilog

Fünf Monate später

Kate konnte sich nicht erinnern, schon einmal einen so herrlichen Oktobertag erlebt zu haben.

Sie war auf der Polpis Road unterwegs, vorbei am Museum für Seenotrettung und dann weiter stadtauswärts durch die Moore und Sümpfe. Sie kurbelte das Fenster ihres Wagens herunter und atmete tief die ungewöhnlich milde Herbstluft ein. Das Leben war schön, und es wurde mit jedem Tag noch schöner dank des außergewöhnlichen Mannes, der ihr Herz erobert hatte und ihr Leben mit Freude und Glanz erfüllte.

So wie heute.

Ihr war ganz kribbelig vor Vorfreude, denn dank Craig würde sie gleich etwas erleben, das nicht vielen Leuten vergönnt war. Sie würde einen Blick ins Innere des Sankaty Leuchtturmes werfen können, dieser Ikone von einem Leuchtturm, der vor ein paar Jahren ein paar Hundert Meter von seinem angestammten Platz am Rande einer hohen, zerklüfteten Klippe zurückversetzt worden war – eine technische Meisterleistung, die allerdings unter den Bewohner von Nantucket immer noch für Kontroversen sorgte.

Kurz nachdem sie aus der Schule nach Hause gekommen war, hatte er sie angerufen und gefragt, ob sie sich nicht treffen könnten. Da hatte sie alles stehen und liegen lassen, und die gute Edith hatte sich sogar gefreut, Maddie noch eine Stunde länger bei sich zu behalten.

Kate hielt jetzt an der abgesperrten Schotterstraße, die zum Leuchtturm führte, und sah, dass Craigs Wagen ganz nah an dem stattlichen Bauwerk stand. Sie wusste nicht, was der Anlass für diesen Ausflug war, vermutete aber, dass es irgendeinen offiziellen Anlass gegeben hatte, denn die Küstenwache war für alle Leuchttürme auf der Insel zuständig. Als sie näher kam, entdeckte sie einen handgeschriebenen Zettel an der Tür am Fuße des Leuchtturms, und sie blieb stehen, um ihn zu lesen.

„Ich bin schon oben, Kate. Komm bitte herauf. Craig."

Kate betrat den etwas unheimlichen Ort und schaute sich um. Von außen war der Leuchtturm weiß gestrichen und hatte einen dicken roten Streifen in der Mitte, aber im Inneren konnte man die Ziegelsteine erkennen, aus denen er gemauert war. Eine Wendeltreppe aus Metallgitter führte nach oben. Kate griff nach dem Geländer und begann den langen Aufstieg.

Als sie sich – schon ein wenig außer Atem vom Treppensteigen – dem Feuerraum ganz oben näherte, legte sie den Kopf in den Nacken und schaute hinauf. Sie konnte schon den Boden des Treppenabsatzes unterhalb des Feuerraums sehen. „Craig?"

„Ich bin hier, Kate", antwortete er, und seine tiefe Stimme hallte durch den ganzen Turm, aber sehen konnte sie ihn nicht.

Also stieg sie die Wendeltreppe weiter nach oben bis zu einem Treppenabsatz, an dem für das letzte Stückchen bis hinauf in den Feuerraum eine Leiter stand. Gut, dass sie eine richtig alte Jeans anhatte, dachte Kate und griff nach der ersten Sprosse.

Als sie den Kopf durch die Öffnung zum Feuerraum steckte, wurde ihr ein blau bekleideter Arm entgegengestreckt. Eine Hand ergriff die ihre und half ihr die letzten paar Sprossen der Leiter hinauf.

„Willkommen über den Wolken!"

Zu jedem anderen Zeitpunkt wäre Kate überwältigt gewesen von dem atemberaubenden Ausblick aus der achteckigen Glaskuppel, in der sich die riesige Linse befand, die alle siebeneinhalb Sekunden aufblitzte, aber sie hatte in diesem Moment nur Augen für den Mann, dessen warmes, inniges Lächeln ihr Herz schneller schlagen ließ. Er hatte seine Ausgehuniform an und sah aus, als wäre er dem Titelbild eines Liebesromans entstiegen.

„Wow", sagte sie und musterte ihn einmal von oben bis unten. „War das eine größere Angelegenheit heute?"

„Ja, ganz groß." Er wandte sich kurz von ihr ab, griff hinter sich auf den Boden, drückte einen Schalter und Musik von Vivaldi erklang. Als er sich wieder aufrichtete, hatte er einen großen Strauß roter Rosen in der Hand. „Für dich", sagte er und überreichte ihr den Strauß.

„Danke", sagte sie völlig verblüfft, und ihr Herz schlug einen Purzelbaum, als er ihr die samtigen Blüten hinhielt und sie den berauschenden Duft einatmete. Musik, Blumen, eine spektakuläre Kulisse – das konnte nur eines bedeuten, hoffte sie.

Er lächelte sie nervös, aber unglaublich zärtlich an und sagte dann: „Nachdem ich von den spektakulären Geburtstagen gehört habe, die Mac immer für dich organisiert hat, war ich ja ziemlich unter Zugzwang, weil ich das hier auf jeden Fall richtig machen wollte. Ich möchte nämlich, dass du dich für den Rest deines Lebens an diesen Moment erinnerst. Also …“ Er holte tief Luft und verschlang seine Finger mit ihren. „Vor drei Jahren habe ich geglaubt, ich wäre am Ende. Ich hatte den Kontakt zu meiner Tochter verloren, meinen Glauben und auch meine Liebe zum Meer. Aber dann habe ich dich kennengelernt, und so wie dieser Leuchtturm, der verirrte Seelen nach Hause führt“ – dabei deutete er mit dem Kopf auf die riesige Linse – „so hast du mein Leben wieder hell gemacht und mir einen neuen Weg gezeigt, einen Weg, den ich gemeinsam mit dir weitergehen möchte, alle Tage, die der Herr mir noch zugedacht hat. Katherine MacDonald, würdest du mir die Ehre erweisen, meine Frau zu werden?“

Die Wärme, Liebe und Hingabe in der Tiefe von Craigs blauen Augen verschlug ihr den Atem, während gleichzeitig eine unglaubliche Freude sie von innen erfüllte, durch die alles verwandelt wurde. Sie musste ein paar Tränen wegblinzeln, lächelte ihn aber dann an und sagte: „Wie man einen spektakulären Heiratsantrag inszeniert, weißt du jedenfalls.“

„Ist das ein Ja?“

„Ja, Leutnant Craig Cole. Das ist auf jeden Fall ein Ja.“

Und dann nahm Craig ihr den Rosenstrauß ab, umfasste ihr Gesicht mit beiden Händen und war überwältigt von einer so wunderbaren Freude, dass er einen dicken Kloß im Hals hatte. Kate war immer hinreißend, aber als sie jetzt so dastand und von hinten von der Sonne angestrahlt wurde, da hatte ihre Haut durch das Rot ihrer Haare etwas so Strahlendes, dass das starke Leuchtfeuer neben ihm dagegen ein Witz war. „Ich liebe dich, Kate", flüsterte er.

„Und ich liebe dich", erwiderte sie mit etwas zittriger Stimme, als sie ihm die Arme um den Hals schlang, zu ihm aufblickte und ihn erwartungsvoll ansah.

Ein Lächeln umspielte seine Lippen, und er sagte: „Wie komme ich bloß auf die Idee, dass Kommunikation in unserer Beziehung kein Problem sein wird?"

Sie grinste und sagte: „Du weiß doch, was in der Bibel steht: Bittet, so wird euch gegeben."

„Dann lass es uns jetzt mal mit etwas nonverbaler Kommunikation versuchen." Und während Craig sich zu ihr hinunterbeugte, um sie zu küssen, sah er, wie Kates Augen sich schlossen, er hörte sie leise seufzen und spürte, wie ein erwartungsvoller Schauer sie durchfuhr. Er atmete ihren frischen, salzigen Duft ein und schickte ein Dankgebet zum Himmel.

Auch wenn es damals nicht den Anschein gehabt hatte, so hatte Gott es an dem Tag, als er Katherine MacDonald in sein Büro hatte stürmen lassen, ganz besonders gut mit ihm gemeint. Sie hatte seine Welt auf den Kopf gestellt, seine Grundsätze erschüttert und ihn gezwungen, sich ein paar sehr schweren Fragen zu stellen.

Aber sie hatte ihm auch Mut zum Weitermachen gegeben – wieder mit seiner Tochter in Kontakt zu kommen und den Bibelvers für sich persönlich in Anspruch zu nehmen, den Reverend Kaizer bei der Trauung seiner Mutter zitiert hatte: „Denn bei Gott ist nichts unmöglich."

Das Allerwichtigste war jedoch, dass sie ihm ein Leuchtfeuer der Hoffnung geworden war, so beständig und sicher wie die Gezeiten. Denn durch ihre Stärke, ihre Offenheit und ihre Fähigkeit zu lieben hatte sie in seinem Leben das Licht wieder eingeschaltet.

Und er wusste, dass ihretwegen der Sonnenschein alle Schatten an jedem noch kommenden Tag vertreiben würde.

Willkommen in der Lighthouse Lane!

Meine Lighthouse Lane-Geschichten spielen auf der wunderschönen Insel Nantucket vor der Küste Neuenglands. Die Menschen dort begegnen den Herausforderungen des Lebens: Enttäuschungen, Verluste, Schuld, Verletzungen, Liebe, Vergebung, Vertrauen, Vergangenheit loslassen.
Wenn wir ihre Geschichten miterleben, dann verstehen wir, dass Glaube und Liebe uns durch dunkle Zeiten tragen, und dass die Hoffnung niemals stirbt.

Irene Hannon

Jedes Buch im Pocketformat.
Ca. 320 Seiten.

Irene Hannon

Die Leute aus der Lighthouse Lane (Band 1)

Gezeiten der Hoffnung

Bestell-Nr.: 52 50495
ISBN 978-3-86773-243-7

Irene Hannon

Die Leute aus der Lighthouse Lane (Band 2)

Der Held von nebenan

Bestell-Nr.: 52 50496
ISBN 978-3-86773-244-4

Irene Hannon

Die Leute aus der Lighthouse Lane (Band 3)

Eine perfekte Wahl

Bestell-Nr.: 52 50497

ISBN 978-3-86773-245-1

Irene Hannon

Die Leute aus der Lighthouse Lane (Band 4)

Ein Vater für Zach

Bestell-Nr.: 52 50498

ISBN 978-3-86773-246-8